Introvertiert - Die leise Revolution

Linus Jonkman

Bibliografische Information der Deutschen Nationalbibliothek: Die Deutsche Nationalbibliothek verzeichnet diese Publikation in der Deutschen Nationalbibliografie; detaillierte bibliografische Daten sind im Internet über http://dnb.dnb.de abrufbar.

Originaltitel: Introvert - Den tysta revolutionen
Herausgegeben nach Vereinbarung mit Egonaut Consulting, Ängelholm
Verlag: bad project, Mannheim

ISBN (Softcover): 978-3-949294-34-1
ISBN (e-Book / EPUB / Kindle): 978-3-949294-35-8
ISBN (e-Book / PDF): 978-3-949294-36-5

Coverbild von Linus Jonkman: Der Denker (Auguste Rodin) als Roboter

Hinweis: Wie in Schweden üblich, wurde das in Schweden häufige Du auch in der deutschen Übersetzung als Ansprache gewählt.

Für Smilla und Ludvig

„Der Wind heult, der Berg schweigt"

Japanisches Sprichwort

Vorwort der deutschen Ausgabe

Wussten Sie, dass introvertierte Menschen meistens gar nicht schüchtern sind? Dass sie aber gerne Zeit für sich haben, in der sie ihre vielfältige und tiefgründige Gedankenwelt sortieren? Und dass sie sehr konzentriert, strukturiert und fokussiert arbeiten? Wussten Sie, dass bei introvertierten Menschen Sinnesreize und Ideen viele Areale im Gehirn während der Verarbeitung durchlaufen? Dass sie es lieben, neue Dinge zu lernen und ihr Wissen zu erweitern? Dass sie unabhängig denken, ohne auf ihrer Meinung zu beharren und interessiert zuhören, was andere zu sagen haben? Wussten Sie, dass die kreativsten Ideen nur alleine, unbeeinflusst von anderen, entwickelt werden?

Introvertiert zu sein, ist dennoch kein sonderlich beliebtes Persönlichkeitsmerkmal. Weder bei den Betroffenen selbst, die sich durch ihr leises Temperament oft ausgeschlossen und mängelbehaftet fühlen, als auch bei denen, die sich selbst als extrovertiert bezeichnen würden, und Therapiebedarf bei introvertiert veranlagten Menschen sehen. Viele wissen gar nicht so genau, was Introversion und Extroversion tatsächlich bedeuten.

Ich schreibe ganz bewusst von introvertierten Menschen als „Betroffene“, weil dieser Begriff genau die Gefühle hervorruft, die viele Intros kennen, wenn sie über ihr leises, zurückhaltendes, beobachtendes Wesen nachdenken: Sie fühlen sich irgendwie falsch. Nicht zugehörig, vielleicht sogar ausgeschlossen. Unbeliebt. Erfolglos. Unscheinbar. Nicht den Erwartungen zu entsprechen.

Wohlwollende Freunde versuchen gerne, uns Introvertierte mit aufmunternden Sprüchen in ihre extrovertierte Welt hineinzuschubsen: Warum bist du immer so still? Sag doch auch mal was! Du musst mehr aus dir rauskommen! Du verpasst das Leben, wenn du dich allein zuhause hinter deinen Büchern vergräbst! Wenn wir ihnen dann erklären, dass wir introvertiert und gerne allein sind, ernten wir oft ein mitleidiges Lächeln: Ach, das tut mir aber leid für dich. Wir können förmlich hören, wie altbekannte Vorurteile in ihren Köpfen aufploppen: Introvertierte müssen total unglücklich sein, wenn sie so viel alleine sind. Sie haben weniger Spaß, weniger Freunde, weniger Erfolg im Leben. Introversion wird als Schwäche, als Persönlichkeitsmerkmal zweiter Klasse oder sogar fälschlicherweise als krankhafte Persönlichkeitsstörung eingestuft.

Introvertierte und extrovertierte Menschen haben jeweils ihre eigenen typischen Eigenschaften und Stärken, die sich optimal ergänzen und verschiedenen Blickwinkeln Raum geben. Die Evolution hat beide Temperamente hervorgebracht – übrigens auch bei allen Tierarten! -, denn sowohl unerschrockene, mutige und risikofreudige, als auch beobachtende, besonnene und sicherheitsbewusste Stammesmitglieder haben schon vor Urzeiten jeweils ihren Teil zum Überleben der Gruppe beigetragen, ganz ihren persönlichen Stärken entsprechend. So ist es bis heute geblieben, doch unsere Perspektive hat sich einseitig in Richtung Extroversion verschoben. Wir brauchen in unserer Gesellschaft gerade deshalb nicht nur die lauten, geselligen und rastlosen Mitglieder, sondern auch die leisen und besonnenen, die ihre Kraft aus ihrer inneren und äußeren Ruhe schöpfen, ihren beobachtenden, analytischen Verstand einsetzen und, ganz unabhängig von anderen, eigene Wege gehen können.

Seit einigen Jahrzehnten hat das extrovertierte Ideal in unserer westlichen Kultur die Vorherrschaft übernommen. So wie Produkte heutzutage weniger über ihre gute Qualität als über ein gutes Marketing verkauft werden, so ist auch unsere Gesellschaft davon überzeugt, dass nur diejenigen erfolgreich sein können, die sich selbst gut zu präsentieren wissen, sich auf verschiedene Arten sichtbar machen und über beste

Kommunikationsfähigkeiten verfügen. All diese Eigenschaften werden dem extrovertierten Ende der Intro-Extro-Skala zugesprochen. Selbst mächtige und herausragende introvertierte Persönlichkeiten wie Angela Merkel, Mark Zuckerberg oder Albert Einstein haben die kollektive Überzeugung, dass nur extrovertierte Charaktereigenschaften in unserer Gesellschaft zum Erfolg führen, noch nicht kippen können.

Das wird bereits in der schulischen Ausbildung unserer Kinder erkennbar: Schon im Kindergarten werden die Kleinsten als „auffällig" eingestuft, wenn sie lieber beobachten und allein für sich spielen als zusammen mit den anderen. Später in der Schule hat die mündliche Beteiligung im Unterricht mehr Gewicht als die schriftliche Note, und die Tische im Klassenzimmer werden immer häufiger in Kleingruppen arrangiert, sodass mehr Gruppenarbeit als Frontalunterricht erfolgen kann. Das ist jedoch eine Lernumgebung, die extrovertierte Kinder fördert und den introvertierten das Lernen erschwert. Sie kriegen bei Gruppenarbeiten von den anderen die unbeliebten Aufgaben zugeschoben, weil sie nicht sofort vorpreschen und ihre Wünsche äußern, und ermüden durch die ständige Interaktion mit den anderen schneller. Kinder, die still und konzentriert arbeiten, ohne andere zu stören, werden nicht gelobt, sondern aufgefordert, sich mehr am Unterricht zu beteiligen. Kein Wunder also, wenn viele introvertierte Kinder davon überzeugt sind, dass ihre Persönlichkeit nicht den Erwartungen entspricht und sie so, wie sie sind, nicht gut genug sind. Im Berufsleben wird diese innere Überzeugung weiter verstärkt. Ob Bewerbungsgespräch, Team-Meeting, Verkaufsgespräch oder Gehaltsverhandlung: Überall wird Wert gelegt auf Menschen, die sich und ihre Ideen gut verkaufen können, die gesellig und dynamisch sind. Hier punkten Extrovertierte leichter. Introvertierte mit ihrer zurückhaltenden, bescheidenen und selbstkritischen Art geraten schneller ins Abseits, während Extrovertierte es genießen, im Mittelpunkt des Geschehens zu stehen.

Die Folge für viele Introvertierte ist ein Leben mit einem an extrovertierten Erwartungen ausgerichteten Verhalten, aufgesetzten Masken und dauerhafter innerer Unzufriedenheit, dem Gefühl von Unzulänglichkeit und mangelhaftem Selbstwertgefühl. Ganz zu schweigen davon, sich häufig ausgelaugt und müde zu fühlen.

Es wird also Zeit, das Bild unserer Gesellschaft von Introversion zu verändern. Wir dürfen anfangen, die Potenziale zu sehen, mit denen Introvertierte diese extrovertierte Welt ergänzen, verbessern und vervollständigen. Denn können nicht Teams aus lauten und leisen Menschen, aus schnellen, gerne diskutierenden und aus reflektierenden, analysierenden Mitgliedern zusammen viel mehr erreichen? Wenn beide Temperamente ihre Stärken für ein gemeinsames Ergebnis einbringen können? Introversion sollte weder bemitleidet noch hochgelobt, sondern einfach als gleichwertiges, starkes Persönlichkeitsmerkmal gesehen werden, das unserer Welt vieles von dem geben kann, was ihr aktuell fehlt.

Heutzutage brauchen wir Menschen, die anderen zuhören können. Die hören, was zwischen den Zeilen gesagt wird. Die empathisch sind. Die keinen Wert darauf legen, im Rampenlicht zu stehen, sondern lieber aus dem Hintergrund agieren. Die gut allein sein können, um zu entspannen, neue Energien zu schöpfen, kreativen Projekten nachzugehen und, ganz unbeeinflusst von anderen, eigene Ideen zu entwickeln. Die sich lange und beharrlich auf eine Sache fokussieren können. Die nachdenken, bevor sie sprechen. Die dem Dauerlärm mit Stille begegnen. Die innere Ruhe genießen und weitergeben können. Für die Achtsamkeit kein Modewort, sondern ganz natürlich ein Teil ihres Lebens ist.

Dieses Buch von Linus Jonkman hilft uns auf unterhaltsame, humoristische Art und Weise, die Schrauben und Rädchen, die in unseren introvertierten Köpfen auch nur ihren Job machen, zu verstehen. Wir beginnen, uns aus einer neuen Perspektive zu sehen und lernen, ein neues Selbstbild zu entwickeln. Wir erkennen die Stärken und Potenziale, die in uns schlummern – nicht obwohl, sondern *weil* wir introvertiert sind. Wir finden unser neues Selbstwertgefühl und den Mut, um authentischer und wirkungsvoller unsere bemerkenswerte Persönlichkeit zum Ausdruck zu bringen.

Lasst uns unsere persönliche Welt revolutionieren – unser Privat- und Berufsleben, vor allem aber unser Innenleben, unsere Gedanken und Überzeugungen, Meinungen und Ideen, Einstellungen und Werte. Lassen wir extrovertierte Erwartungen hinter uns und folgen unseren introvertierten Stärken. Das ist unser größtes Geschenk an die Gesellschaft und an uns selbst.

Lena Noa

Autorin von ‚Leidenschaftlich Introvertiert'

Gründerin von Teamintrovertiert.de

Inhalt

Der introvertierte Frühling ist gekommen

Die Einweihungsgala war eine Orgie der Selbstverherrlichung. Junge Trendsetter in gestreiften Hemden, dicken Sonnenbrillen und Panamahüten wimmelten vor Ort. Medienleute mittleren Alters mit rotem Teint aus dem Sonnenstudio hatten sich angezogen, um zwanzig Jahre jünger auszusehen. Wangenküssende, Rosé-trinkende Karrieristen rieben sich die Schultern. Der Hippie-Faktor war gigantisch. Jemand ist mit dem Skateboard durch den Raum gefahren. Zwischen Fünftagebartstoppeln und ironisch bedruckten T-Shirts liefen Kellnerinnen in Stöckelschuhen und verteilten kostenlose Getränke. Überall suchten die Menschen Kontakt. Die Jungunternehmer wollten Blickkontakt und Visitenkarten. Etablierte Unternehmer dürsteten danach, mir von ihren Dienstleistungen zu erzählen und suchten meine Aufmerksamkeit. Sobald ich jemanden ansah, wurde ich angesprochen. Überall gab es Menschen, die sich auf das Netzwerken konzentrierten. Der Kragen fühlte sich sehr eng an. Es fühlte sich an, als ob mich tausend Augen begutachten würden. Es gab keine Verstecke in der Menge, nur hochglänzende Epoxidböden. Nach einer Stunde war mein Hemd durchgeschwitzt und ich roch nach Ammoniak. Ich fühlte mich, als hätte ich einen Marathon absolviert.

Als ich in die kühle Spätsommerluft hinaustrat, kam ein tiefer Seufzer des Glücks aus meiner Brust. Ich konnte wieder atmen. Ich war überrascht über meine Reaktion und darüber, dass ich eine solche Erleichterung verspürte. An diesem Abend habe ich über mein Verhalten nachgedacht. Bevor die Nacht über mich hereinbrach, realisierte ich die unbestreitbare Tatsache, die ich vor mir selbst versteckt hatte: Ich bin ein introvertierter Mensch.

„Ist das die neue Laktoseintoleranz?“ fragte ein sarkastischer Bekannter, als ich ihm von meiner Entdeckung erzählte. Im ersten Moment habe ich gelacht. Aber das Lachen blieb mir im

Hals stecken, als ich merkte, dass es eine ganze Reihe von Ähnlichkeiten gab.

Das Wort *Introvertiert* ist in letzter Zeit immer wieder in den Schlagzeilen. Es wird oft genutzt, um jemanden mit einer zurückgezogenen, nach innen gerichteten, abwesenden Persönlichkeit zu beschreiben.

Das Problem mit der Laktoseintoleranz war, dass bevor sie bekannt wurde, nur wenige auf Anzeichen achteten, ob sie darunter leiden. Ganz Deutschland war extremst überzeugt, dass Milch super nützlich ist. Milch führte zu starken Kindern und enthielt viele Nährstoffe. Plötzlich wurde Laktoseintoleranz zu einem Schlagwort und die Menschen begannen, sich dafür zu interessieren. Es stellte sich heraus, dass mehrere Millionen Deutsche betroffen waren. Ich bin überzeugt, dass der Introversionstrend viel mit diesem Phänomen zu tun hat. Wir suchen nicht nach Anzeichen von Introvertiertheit in uns selbst, weil wir so überzeugt sind, dass wir extrovertiert sind, also kontaktfreudig, weil dies die Norm darstellt.

Aber es als Buzzword zu bezeichnen ist falsch. Der Begriff der Introversion ist einer der ältesten Begriffe in der Psychologie. Das Wort wurde vor fast hundert Jahren geprägt. Die Introversion wurde als die *Mutter aller Persönlichkeitsmerkmale* bezeichnet und gilt als dominanter Teil des Verhaltens aller höheren Säugetiere.

Frage: Würdest du lieber:

A - Zwei Wochen lang ununterbrochen komplett alleine sein, oder

B - zwei Wochen lang rund um die Uhr Menschen um dich herum haben?

Wenn du Ersteres beantwortest, bist du wahrscheinlich ein Introvertierter. Wenn du Letzteres beantwortest, bist du höchstwahrscheinlich ein Extrovertierter. Wenn du dich nicht entscheiden kannst, bist du vielleicht ambivertiert, das heißt, du liegst dazwischen. Diese Persönlichkeitsmerkmale bringen eine Reihe von erstaunlichen Talenten mit sich, die uns bis vor kurzem noch unbekannt waren.

Mein Name ist Linus Jonkman. Ich bin ein introvertierter Mensch. Einige der bedeutsamsten Ereignisse in meinem Leben sind nie in der Realität passiert. In meinem Dasein ist das, was im Inneren des Schädels passiert, das Wertvollste. Fantasien, Geschichten und Grübeleien sind mein warmer Kamin in einer Zeit, in der Selbstbehauptung, ständige Vernetzung und Teamarbeit die Norm sind. Eine Zeit, in der das Cover mehr verkauft als der Inhalt, und das gilt nicht nur für Bücher.

Aufgeschlossene Menschen fallen durch ihre soziale Energie auf. Sie werden gehört und gesehen. Wenn eine Person bei einem Vorstellungsgespräch sitzt und sich grob als *sozial* beschreibt, interpretieren wir das positiv. Wir denken, dass dieses Wort soziale Fähigkeiten bedeutet. Das tut es nicht. Sozial zu sein bedeutet, dass du ein soziales *Bedürfnis* hast, was etwas ganz anderes ist. Es gibt soziale Menschen, die in einem Meeting keinen Platz für andere lassen und einseitig über ihre Interessen sprechen und sich selbst in den Mittelpunkt stellen. Gleichzeitig gibt es zurückgezogene Menschen, die gut zuhören und sich auf ihr Gegenüber einlassen können. Soziale Fähigkeiten sind nicht ausschließlich auf einer Seite dieses Spektrums zu finden.

Introvertierte und Extrovertierte arbeiten auf unterschiedlichen Ebenen. Extrovertierten gehört die Bartheke, Introvertierten gehört der Gedanke.

Etiketten

Wie kommt es, dass jede Woche neue Begriffe in den Medien aufsprudeln? Jetzt ist Introversion der letzte Schrei. Auch der Begriff HSP[1] ist populär und beschreibt nicht ein elektronisches Stabilitätssystem für Autos, sondern einen Persönlichkeitstyp. HSPs sind *hochsensible Menschen* und Artikel in den Nachrichten über sie haben begonnen zu erscheinen. Es wird auch von der *Generation Y* gesprochen. Der Name wird verwendet, um eine Gruppe von jungen Menschen zu beschreiben, die in den 1980er und 90er Jahren geboren wurden. Wir scheinen es zu mögen, Menschen zu verallgemeinern und uns gegenseitig in Schubladen zu stecken. Ist das destruktiv oder kann es uns sogar helfen?

Ich habe das Privileg, Menschen in meinem Leben zu haben, die sehr unterschiedlich sind. Ihre Persönlichkeitsmerkmale umfassen die ganze Bandbreite. Das hilft mir, sowohl die Extroversion als auch die Introversion zu verstehen und darüber zu reflektieren. Der Hauptinhalt dieses Buches dreht sich um Menschen wie mich, Introvertierte. Bücher für Extrovertierte lohnt es sich nicht zu schreiben, weil sie zwischen Kitesurfen, Zumba-Training und Kaffee Latte-Trinken keine Zeit zum Lesen haben. Eine eventuelle extrovertierte Version würde wahrscheinlich ein kurzes Bilderbuch sein. Meine Hoffnung ist, dass ich mehr Menschen helfen kann, aus ihrer extrovertierten Zwangseinweisung herauszukommen. Ich denke, viele Menschen sind introvertierter als sie denken oder sich selbst eingestehen.

Die introvertierte Persönlichkeit macht etwas mehr als ein Viertel der Weltbevölkerung aus. Wir sind eine Minderheit auf dem Planeten, aber eine Mehrheit, wenn es um Talent geht.

---

[1] *Englisch:* Highly Sensitive Person, *Deutsch:* Hochsensibilität

Mir ist bewusst, dass diese Aussage provokant ist. Eine Erklärung folgt.

Einer meiner engsten Freunde hat mich neulich überrascht. Nachdem er in einer Zeitung einen Artikel über die introvertierte Persönlichkeit gelesen hatte, stellte er fest, dass er seinen Weg nach Hause gefunden hatte. Seltsamerweise ist er ein erfahrener Musiker, der durch die Welt getourt ist und tausende Fans getroffen hat. Er ist ein Mann, der es gewohnt ist, im Mittelpunkt großer Menschenmengen zu stehen.

„Linus, ich muss dir ein Geständnis machen. Ich habe das Gefühl, dass etwas mit mir nicht stimmt. Manchmal habe ich mich bei Release-Partys im Badezimmer versteckt, weil ich mich erschöpft und überfordert gefühlt habe. Dann habe ich den Artikel gelesen und bin zu dem Schluss gekommen, dass ich kein Spinner bin, sondern ein Introvertierter."

Das Wort introvertiert wird heute wild missverstanden. Wenn du „extrovertiert" googelst, wirst du Stellenanzeigen finden. Wenn du introvertiert googelst, findest du Artikel über den Amokläufer von Winnenden.

Ich bin über einen älteren Zeitungsartikel über Introversion gestolpert. Der Autor fasste es so zusammen, dass Introvertierte eine kleine Welt haben, weil sie in erster Linie an sich selbst interessiert sind. Nichts könnte falscher sein als diese Schlussfolgerung. Die Welt des Introvertierten ist grenzenlos.

Nachdem ich viel zu diesem Thema gelesen habe, mache ich mir Sorgen über einen Trend. Susan Cain erzählt in ihrem Buch *Still: Die Kraft der Introvertierten* von einem introvertierten Professor, den sie vor ihren Vorlesungen auf der Toilette antraf. Mit hochgezogener Stirn stand er vor dem Badezimmerspiegel und versuchte, genug Kraft aufzubringen, um in den Hörsaal zu wandern. Ein Journalist der New York Times erzählt uns auf seinem Blog, wie er sich auf der Toilette versteckt, um seine Batterien zwischendurch aufzuladen, wenn er auf einer Cocktailparty ist. Ich persönlich nutze normalerweise die Toilette, um einen kurzen Moment der Stille zu finden, bevor ich auf die Bühne gehe. Das macht mir ein wenig Sorgen.

Ich möchte keinen Persönlichkeitstyp repräsentieren, der sich hauptsächlich dadurch auszeichnet, dass wir uns auf Toiletten verstecken. Also dachte ich mir, ich beleuchte mal all die faszinierenden Facetten der Konzepte Introversion und Extroversion. Wir sprechen über zwei Seiten, die in jedem von uns in unterschiedlichem Maße existieren.

Wir leben in einer Zeit, in der von dir erwartet wird, dass du verbal und kontaktfreudig bist. Viele von uns gehen gegen ihre Natur, um den Anforderungen der Gesellschaft gerecht zu werden, die von uns verlangt, dass wir kontaktfreudig und spontan sind. Ich möchte denen helfen, die ihre introvertierte Seite verloren haben. Nach dem letzten Kapitel findest du einen Test, mit dem du herausfinden kannst, wo du auf der Skala stehst. Es gibt keine Augen auf dem Cover dieses Buches, aber es ist trotzdem ein Inhalt, der dich sieht. Dies ist der Beginn einer stillen Revolution.

Jenseits der Korkeiche[2] - was bedeutet das Wort introvertiert?

"Aber Ferdinand, warum sitzt du hier? Warum springst und kämpfst du nicht wie all die anderen Stiere?"

Obwohl seine Mutter verständnisvoll ist, werden die Worte mit einem Hauch von Mitleid gesprochen. Ich habe immer Sympathie für den stillen Stier in Disneys Geschichte empfunden. Ferdinand wächst zu einem sanften Riesen heran, der sich nur für das Dasein unter seiner Korkeiche interessiert. Die Herren mit den lustigen Hüten ziehen ihn hinaus in die Welt. Sie versuchen, Ferdinand dazu zu bringen, nach den Erwartungen der anderen zu handeln. Für mich ist die Geschichte eine treffende Darstellung des Lebens für einen Introvertierten. Ferdinand ist ein Abweichler, jemand, der laut der Welt aktiviert werden und Leistung bringen muss.

Bist du ein sozialer Schmetterling? Eine Person, die sich leicht in einer Firma bewegt und mit fast jedem reden kann? Bist du ständig durstig nach neuen Bekanntschaften, neugierig auf die Menschen um dich herum? Du kannst nicht genug von sozialen Kontakten bekommen? Vielleicht hast du einen Bruder, der sich für Dinge interessiert, oder einen Vater, der der starke, stille Typ ist? Vielleicht hast du eine bessere Hälfte, deren Bedürfnis nach alleiniger Zeit du nicht verstehst? Dann bist du wahrscheinlich kein Introvertierter.

---

[2] Ferdinand der Stier, ist ein animierter Kurzfilm aus den USA von Disney aus dem Jahr 1938:

In Spanien lebt das Kalb Ferdinand mit seiner Kuhmutter. Anders als die anderen Kälber hat Ferdinand kein Interesse daran, zu kämpfen. Viel lieber sitzt er jeden Tag unter einer Korkeiche und riecht an den Blumen. Die Zeit vergeht. Aus dem Kalb Ferdinand ist nach drei Jahren ein stattlicher Stier geworden, der sein Verhalten jedoch nicht verändert hat. Eines Tages kommen fünf Männer zur Weide, die einen stattlichen Stier für die Stierkämpfe in Madrid suchen. Während sich alle anderen Stiere von ihrer wildesten Seite zeigen, bleibt Ferdinand glücklich unter seiner Eiche bei den Blumen sitzen.

Introvertiertheit beschreibt, dass wir von einem Raum in den nächsten gehen und vergessen, was wir gerade tun. Wir sind mehr von den Gedanken im Inneren absorbiert als von den Stimmen um uns herum in der Kaffeestube. Es geht um diejenigen von uns, die Telefonphobie haben und von neuen Leuten Muskelkater bekommen. Vielleicht bist du einer von uns? Vielleicht hast du es vergessen in einer Welt, die von nach außen gerichteten Idealen beherrscht wird, die uns dazu drängen, unseren Platz einzunehmen und das Rampenlicht nicht zu scheuen.

Was genau ist ein Introvertierter? Stereotypen gedeihen. Laut meinen Bekannten ist dies das Markenzeichen der Introversion:

- Menschen mit mittelalterlichen Frisuren.
- Leute wie Mr. Bean.
- Diejenigen, die lieber zu Hause sitzen und Pullover mit Katzenmotiven stricken, als von Kneipe zur Kneipe zu rennen.
- Jemand der die extra Videokommentare aller Star Trek DVDs gesehen hat.
- Einer dieser Musiker, der mit dem Rücken zum Publikum spielt.

Die Karikaturen, die Extrovertierte umgeben, sind ebenfalls viele:

- Ruhepuls von zweihundert Schlägen pro Minute.
- Joko und Klaas.
- Diejenigen, die sich bei „Big Brother“ bewerben und ein Tattoo im Kreuz haben.
- Jemand, der in einem überfüllten Waggon in der S-Bahn sitzend und am Telefon ohne Weiteres über den eigenen Chlamydien Test sprechen kann.
- Jemand, der nicht aufhören kann, über sein Lieblingsthema zu reden: sich selbst.

Lassen wir die Vorurteile hinter uns und betrachten wir es aus einer psychologischen Perspektive. Das Wichtigste ist, wie du dich zu der folgenden Frage verhältst: *Bekommst du deine Energie dadurch, dass du Zeit mit anderen Menschen verbringst oder dass du alleine in deinem Zimmer sitzt und nachdenkst?*

Aber Introvertiertheit hat noch viel mehr zu bieten als das. Sie beeinflusst unsere Stärken, Talente, Beziehungen, unsere Gesundheit und eine Vielzahl anderer Aspekte unseres Lebens. Ich bin jetzt überzeugt, dass der Grad, in dem wir introvertiert oder extrovertiert sind, uns als Menschen am meisten definiert.

Schüchtern? Asozial? Arrogant? Nein, introvertiert!

Introversion ist ein Persönlichkeitsmerkmal, das sich vor allem dadurch bemerkbar macht, dass deine Energie aus deinen Gedanken entsteht, wenn du alleine bist. Das bedeutet nicht, dass du alleine im Raum sein musst, sondern nur, dass du etwas tun musst, das keine soziale Interaktion beinhaltet. Wenn du mit anderen Menschen zusammen bist, besonders in einer großen Gruppe, verlierst du Energie und dein Körper wird nach einer Weile träge. Wenn deine Batterien leer sind, wirst du reizbar, unruhig und ungemütlich. Gespräche in kleinen Gruppen mit Menschen, die viel Raum lassen, meist andere Introvertierte, sind nicht so anstrengend.

Das ist kein Lebensstil, nichts Selbstgewähltes. Es ist keine Modeerscheinung oder eine Subkultur. Introvertiert zu sein ist eine biologische Festkodierung, sie ist in deiner DNA eingeprägt. Studien mit eineiigen Zwillingen haben zweifelsfrei bewiesen, dass es sich um Vererbung handelt, nicht um die Umwelt. Eigentlich sollte man diese Persönlichkeitseigenschaft wohl als Bedürfnis bezeichnen. Introversion ist das Bedürfnis nach Privatsphäre.

Was ist denn wohl eine Gala im Schloss?[3]

Das Gegenteil von Introvertiertheit wird Extrovertiertheit genannt. Ein Extrovertierter bekommt seine Energie aus Gesprächen mit anderen Menschen. Menschenmengen und Gespräche sind Batterieladegeräte für Extrovertierte. Aufmerksamkeit zu bekommen ist wichtig für einen Extrovertierten, der zeigen will, wie gut er ist. Um es einfach auszudrücken: Introvertierte brauchen Einsamkeit, Extrovertierte brauchen Gesellschaft. Obwohl beide Typen gleichermaßen Gesellschaft genießen können, kann es für den Introvertierten zu viel werden. Ein Beispiel dafür bemerke ich bei meiner Frau Hannah, wenn wir auf Partys gehen. Auf dem Weg dorthin ist die Stimmung oft laut und die Musik lebhaft. Wir reden aus voller Kehle. Wenn wir nach Hause gehen, ist Hannah diejenige, die spricht und ich bin derjenige, der schweigt. Meine Batterien sind leer, während sie eine Menge neuer Eindrücke hat, die sie loswerden will.

Es ist ein Problem, introvertiert zu sein. Die heutige westliche Gesellschaft bevorzugt verbale Ideale. Als introvertierter Mensch kann man leicht ins Hintertreffen geraten und als unambitioniert, schüchtern oder arrogant angesehen werden. Wie viele Stellenanzeigen hast du schon gesehen, in denen z.B. ein Introvertierter gesucht wurde? Aber es gibt Licht im Tunnel. Die plötzliche Renaissance der Verhaltenswissenschaft und Psychologie hat Raum zum Nachdenken geschaffen. Was früher verstaubte Wissenschaft war, ist heute Populärkultur. Die Menschen haben im Allgemeinen begonnen, darüber nachzudenken, was ihre wahre Persönlichkeit ist. Viele Menschen hören die Begriffe Extroversion und Introversion und fragen

---

[3] In dem Zeichentrickfilm Cinderella von Disney aus dem Jahr 1950 lehnt sich Cinderella aus dem Fenster und wünscht sich nichts mehr im Leben, als dass sie zur großen Gala im Schloss eingeladen wird und sagt dabei „Was ist denn wohl eine Gala im Schloss?“. In ihrer Welt gibt es nichts schöneres als sich mit anderen Menschen auf einer großen Veranstaltung zu unterhalten und zu tanzen.

sich, wer sie wirklich sind. Einer meiner Bekannten wurde eine Probe des Entwurfs dieses Buches gegeben. Er sagte, dass er so etwas wie eine Identitätskrise hatte, als er auf der letzten Seite angekommen war. Warum ist das so? Wie kann das stärkste Merkmal unserer Persönlichkeit für uns selbst so unklar sein? Wahrscheinlich, weil jemand es für uns umgestaltet hat.

Dieser Jemand ist unsere Gesellschaft und der Geist der Zeit. Wir leben in einem Zeitalter, in dem der Extrovertierte zur unbestrittenen Norm geworden ist. Viele der Regeln, nach denen wir leben, sind wirklich nur für die extrovertierte Seite der Bevölkerung richtig. Hier sind einige extrovertierte Wahrheiten:

- Optimistisch zu denken ist der Schlüssel zum Erfolg.
- Die besten Ergebnisse werden in einer Gruppe erzielt.
- Wer bei geschlossener Bürotür sitzt, ist deprimiert.
- Kinder müssen körperlich aktiviert werden.
- Einsame Menschen langweilen sich mehr als solche, die Gesellschaft haben.

Annahmen wie diese kommen von einer extrovertierten sozialen Norm. Aber das war nicht immer so. In der Vergangenheit war es das Ideal, introvertiert zu sein. Alte Sprüche wie „Reden ist Silber, Schweigen ist Gold“ oder „Mit vollem Mund redet man nicht“ sind Beispiele aus dieser Zeit. Es wurde als unhöflich angesehen, über sich selbst zu sprechen und das Wort *„Ich“* zu benutzen. Bis in die 1960er Jahre herrschte das John-Wayne-Ideal mit seinen wenigen Worten vor.

Es gibt Langzeitstudien, die untersucht haben, was Mütter für wichtig halten ihren Kindern beizubringen. In den 1940er Jahren war die Wahrnehmung, dass *Disziplin* und *Loyalität* oberste Priorität hatten. Dann kamen die 1960er Jahre mit all ihren transformativen Veränderungen, mit solch bahnbrechenden Figuren wie Martin Luther King, Rosa Parks und John F. Kennedy. Musik und Jugendkultur waren geboren. Vor den

1950er Jahren gab es so etwas wie einen Teenager nicht; die Welt bestand aus Kindern und Erwachsenen. Es wurde plötzlich ein lauterer Ort, als die Rolling Stones, die Beatles und Elvis uns dazu drängten, wir selbst zu sein. Iggy, Ziggy und Twiggy halfen dabei, eine Ära einzuleiten, in der jeder Einzelne zum Mittelpunkt seines eigenen Universums wurde. Aussehen, Sexualität und Meinungen würden nun bei jeder Gelegenheit herausgeschrien werden. Die zurückhaltende Kultur, in der wir zuerst an das Kollektiv, die Familie und die Gemeinschaft dachten, veränderte sich. Stattdessen begannen wir, als Individuen zu denken und uns auf uns selbst und unsere Bedürfnisse zu konzentrieren. Die älteren, zurückhaltenden Vorbilder und Autoritäten waren unsere Gemeinschaftsspieler gewesen. An ihre Stelle traten nun die Jugend und das Individuum, das zum Zentrum der neuen Gesellschaft wurde.

Eine neu erwachte Generation konzentrierte sich stattdessen auf das Selbst und die Reise zum Glück. Die Generationen davor haben sich kaum Gedanken darüber gemacht, ob sie glücklich sind oder ob die Arbeit erfüllend ist. Wenn Mütter heute gefragt werden, was das Wichtigste ist, was sie ihrem Nachwuchs beibringen sollen, dann ist es, dass „Kinder lernen sollen, ihre Meinung zu sagen, für sich selbst einzustehen“. Eine weitere verbreitete Meinung ist, dass „sie ihrer inneren Stimme folgen und es wagen sollten, hoch hinaus zu wollen“. Diese Ideale sind extrovertiert. Sie betonen die soziale Person. In der alten kollektiven Welt, vor den 1950er Jahren, war es das Wichtigste, dazu zu gehören. Du musstest dir deinen Platz verdienen und der Gesellschaft etwas zurückgeben. In jenen Tagen war das stille Arbeitstier der soziale Held.

Der Planet Introvertiert?

Bereits vor 2.500 Jahren wurde dieses Thema geboren. Ein griechischer Philosoph namens Hippokrates ging am Strand spazieren und dachte nach. Er kratzte seine Gedanken in den Sand. Seine ausschweifenden Zeichen sollten zum

Ausgangspunkt für das Feld werden, das man heute Psychologie nennt. Der Mann fragte sich, warum die Menschen so unterschiedlich wurden, obwohl sie alle unter demselben Himmel existierten? Wie konnten die Menschen unterschiedlich sein, wenn sie in dieselbe Schule gingen und im selben Dorf lebten? Warum sind wir *gleich* und *einzigartig* zur gleichen Zeit?

Es handelt sich nicht um eine neue Art, die entdeckt wurde. Introvertierte und Extrovertierte sind keine Geschöpfe von verschiedenen Planeten. Dies sind Eigenschaften, die alle Menschen auf unserem Planeten teilen. Wir haben sie jedoch in unterschiedlichem Maße.

Auf der introvertierten Seite der Persönlichkeit gibt es Eigenschaften wie:

- Bevorzugt wenige, aber tiefe Freundschaften.
- Fühlt sich unwohl, wenn man im Zentrum steht.
- Wird von neuen Bekanntschaften ermüdet.

Auf der extrovertierten Seite gibt es Charakterzüge wie:

- Hat den Wunsch, der Mittelpunkt der Party zu sein.
- Ist nNeugierig auf Fremde.
- Kann trotz vieler Hintergrundgeräusche fokussiert arbeiten.

Du kannst es dir als zwei große Haufen von Persönlichkeitsmerkmalen vorstellen. Vielleicht erkennst du dich in einigen der Eigenschaften des introvertierten Stapels wieder, aber wahrscheinlich auch in einer Reihe des extrovertierten Stapels. Vielleicht ist die Verteilung bei dir so schief, dass du dich getrost als extrovertiert bezeichnen kannst? Oft haben wir so viel von beiden Seiten, dass wir uns nicht entscheiden können, auf welcher wir sind. Wer etwa zu gleichen Teilen introvertiert und extrovertiert ist, wird als ambivertiert bezeichnet. Ein Ambivertierter ist also jemand, der genauso viel Kontakt mit der äußeren Welt wie mit der inneren Welt hat. Ein Ambivertierter hat oft die Fähigkeit, zwischen den beiden Extremen zu pendeln. Ein Ambivertierter kann das Pendel von unabhängigem Denkprozess, aktivem Zuhören und tiefer Reflexion zu sozial getrieben, spontan und zentral in einem Gruppenkontext steuern. Ambiversion ist ein erst kürzlich anerkannter Persönlichkeitstyp, der nachweislich besondere Begabungen in Bereichen wie dem Verkauf hat.

Es wird geschätzt, dass siebzig Prozent der Weltbevölkerung ein klares Bedürfnis nach *sowohl* extrovertierter als auch introvertierter Natur haben. Die meisten von ihnen behaupten, überwiegend extrovertiert zu sein. Nur dreißig Prozent werden stark von ihrer Introversion oder Extroversion beeinflusst. Eine Person, die alle introvertierten oder extrovertierten Eigenschaften hat, ist schon fast eine Karikatur, aber es gibt auch solche, die herausstechen. Herausragende Introvertierte können tagelang in ihrem Keller eingesperrt sitzen und Datenbanken programmieren, ohne menschlichen Kontakt. Ein echter Extrovertierter hingegen ist eher wie ein knuddeliger Welpe, der ständig mit anderen Menschen interagieren muss. Diese beiden Extreme sind im richtigen Kontext Stärken. Das sind Persönlichkeiten, die für ganz bestimmte Aufgaben geeignet sind. Wenn ich weiterhin von introvertiert/extrovertiert spreche, dann meine ich jemanden, der sich selbst zum größten Teil in dieser Eigenschaft sieht. Es ist dabei wahrscheinlich, dass diese Person auch mehrere Qualitäten von der anderen Seite hat.

Aus dem sozialen Kämmerlein kommen - Das Erwachen

„Du bist kein Introvertierter, oder?"

Mein Freund spricht die Worte mit dem gleichen Ton aus, als hätte ich kundgetan Gürtelrose zu haben. Ich verstehe, dass die Leute mich nicht als introvertiert sehen, da ich viele Jahre lang daran gearbeitet habe, diese Seite von mir zu verbergen. Es liegt Mitgefühl in ihrer Stimme, als ob Introvertiertheit eine Krankheit wäre. Introvertiert zu sein ist zwar ein chronischer Zustand, aber es ist keine Krankheit. Oder, um es klar zu stellen, es ist *noch* keine Krankheit. Die American Psychological Association diskutiert darüber, Introversion in die Liste der psychischen Störungen aufzunehmen. Ich mache keine Witze.

Bei mir hat es lange gedauert, bis ich verstanden habe, dass ich introvertiert bin. Als Kind wusste ich es, aber ich hatte kein Etikett dafür. Dann kam die Schule ins Spiel und verzerrte meine Vorstellung davon, wie man sein sollte. In der Mittelstufe merkte ich, dass ich aus der Gemeinschaft in meiner Klasse herausgefallen war. Diese Erkenntnis brachte mich dazu, mich für den Umgang mit anderen zu interessieren. Das war meine erste Erfahrung, so tun zu müssen, als ob ich dazugehören würde. Mit der Zeit wurde das Anpassen so sehr zur Gewohnheit, dass ich bestimmte Aspekte meiner Persönlichkeit vergaß. Auch der Militärdienst hatte seine Auswirkungen. Es war eine Herausforderung, Zeit für sich selbst zu finden, wenn ich mir ein Zelt mit zwölf verschwitzten Jungs teilte und die Toilette ein Pappkarton im Wald war. Entspannung war noch schwieriger zu erreichen, nachdem ein schlafender Zeltkamerad einmal „tötet sie alle" im Schlaf geflüstert hatte. Das Arbeitsleben war der dritte Schritt in meiner sozialen Transformation. Viele Jahre lang dachte ich, ich sei ein Sonderling, der in sozialen Umgebungen nicht gedeiht. Ich konnte fast spüren, wie meine Seele während einer Stehparty starb. Wenn es eine Hölle für Introvertierte gibt, dann ist diese wie eine große Stehparty. Im Rahmen von oberflächlichem Smalltalk habe ich immer seltsame, anmaßende Dinge gesagt. „Gott, was für ein schöner Chardonnay. Die Traube hat einen Ton von schaumigem Pferd." Manchmal habe ich mir Atempausen verschafft, indem ich so tat, als würde ich auf die Toilette gehen müssen. Manchmal tat ich so als verschicke ich Textnachrichten und versuchte, beschäftigt auszusehen. Irgendwann habe ich versucht, mich abzuhärten und richtig Gas zu geben. Mit schweißglänzender Stirn sprach ich schnell und wütend. Ich konnte mich die Tage nach großen Events ausgelaugt fühlen. Danach saß ich in der Dusche in Fötusstellung und schrubbte mich kräftig mit einem Schwamm. Es gab viele Hinweise, vor denen ich viele Jahre lang die Augen verschlossen habe, bevor ich meinen Weg aus meinem extrovertierten Schrank herausfand.

Es gab Ereignisse in meinem Lebensmuster, die wirklich ganz eindeutig waren. Ich habe jahrelang zu Hause gearbeitet und Illustrationen gemacht. Eines der angenehmsten Dinge, die ich kannte, war die ganze Nacht aufzubleiben und zu arbeiten. Als ich in die Nacht hinausschaute, war es in den anderen Wohnhäusern stockdunkel. Das Gefühl, allein mit meiner Kunst zu sein, mit der richtigen Musik und starkem Kaffee, gab mir Frieden. Es war ein tief verwurzeltes Gefühl der Harmonie. Manchmal bin ich ins Auto gestiegen und einfach gefahren. Es könnte vier Uhr morgens an einem Mittwoch sein. Es war, als ob ich der einzige Mensch auf der Welt wäre. Allein hinter dem Lenkrad fühlte ich ein Gefühl der Harmonie. Ich lud meine Batterien wieder auf, während die Straßen in der Dunkelheit vorbeizogen. Ziemlich schnell wurde mir klar, dass nur wenige Menschen um mich herum dieses Verhalten verstehen konnten. Ich verstand recht früh, dass die meisten Menschen mit meiner Lebensweise nichts anfangen konnten.

Diese einsamen Aktivitäten und mein nächtlicher Schlaf waren etwas, das mich seit meiner Kindheit begleitete. Bei Aktivitäten, die frei von sozialen Elementen waren, konnte ich ich selbst sein. Ich habe meine Kindheit auf dem Land verbracht und bin ohne gleichaltrige Freunde oder Geschwister aufgewachsen. Mein Bruder ist sieben Jahre jünger als ich, also war ich quasi ein Einzelkind. Aber ein Introvertierter braucht die Außenwelt nicht als Quelle von Eindrücken. Schließlich haben wir schon genug Märchen in unseren Köpfen. Deshalb kann ich mich nicht an eine Zeit in meinem Leben erinnern, in der ich mich gelangweilt habe. Wenn ich meinen Hausschlüssel vergesse und auf der Treppe warten muss, stört mich das nicht.

Manchmal müssen wir uns wie eine Zwiebel schälen, um zu dem zurückzufinden, der wir am Anfang waren. Sich als Introvertierter zu *outen* ist eine leise Revolution. Es ist keine Revolte im klassischen Sinne, bei der man auf Barrikaden geht oder Türen einreißt. Bei der leisen Revolution geht es nicht darum, wie andere Menschen dich sehen, sondern darum, wie *du* dich selbst siehst. Ein Extrovertierter braucht sich nicht zu outen, denn dieses Verhalten ist bereits ein Ideal. Ich bin mir aber sicher, dass es viele vorgetäuschte Extrovertierte gibt. Hier sind einige Perspektiven, die auf mich zutreffen, aber gleichzeitig typisch für Menschen mit introvertierter Persönlichkeit sind:

Reisen hassen

Die ganze Welt scheint Teil einer extrovertierten Verschwörung zu sein, dass Reisen immer großen Spaß machen. Ich hatte noch *nie* das Bedürfnis zu reisen. Es gibt extrovertierte Menschen, die jeden Winkel der Welt gesehen haben, aber jeden Winkel ihrer eigenen Persönlichkeit übersehen haben. Bei Introvertierten kann es auch andersherum sein. Es gibt sogenannte Nabelschauende, die tragischerweise noch nie ihren Heimatort verlassen haben. Ich bewerte das eine nicht als besser oder schlechter, es ist einfach so. Als Introvertierter bist du empfindlich gegenüber Veränderungen und magst Struktur. Ich war schon immer anfällig für Reisefieber, selbst bei sehr kurzen Trips wie einem Tagesausflug nach Berlin. Reisen unterbricht das Muster des Lebens für mich. Es gibt so viele unvorhersehbare Faktoren an einem Reisetag.

Regelmäßig bin ich in meinem Job viel gereist. Das hat es einfacher gemacht, aber mein Unbehagen am Reisen ist nie ganz verschwunden. Reisen ist unbequem und unpraktisch. Schuhe, Gürtel und Jacken immer wieder ein- und ausziehen. Das Auspacken des Computers vor den birnenförmigen Sicherheitsleuten. Gedränge und Beobachtung von Abflügen auf Bildschirmen. Im Flugzeug wirst du zwischen riesigen Amerikanern in Tanktops eingeklemmt sein, die ihre schwitzige Haut gegen dich drücken. Die Turbulenzen kommen zur gleichen Zeit wie der unnötig heiße Kaffee. Am Zielflughafen wird entdeckt, dass dein Gepäck nach Amsterdam geflogen wurde und du musst dies einem Inder melden, der dein Englisch nicht versteht.

Die Unlust zu reisen ist eine meiner Charaktereigenschaften. Allerdings schätze ich normalerweise das Ziel, sobald ich angekommen bin. Es geht mehr um die Reise selbst. Ich bin einfach ein Stubenhocker, eine Hauskatze.

Verbale Verstopfung

Ich habe eine hohe Hemmschwelle, meinen Mund zu öffnen. Es manifestiert sich darin, dass ich mit meinen Worten geizig bin. Ich habe nicht wirklich den Drang, mit oberflächlich Bekannten über oberflächliche Dinge zu reden. Die Kontaktaufnahme mit Fremden stößt mich ab. Ich bleibe leicht an der Tür eines Raumes voller Fremder hängen. Auf der anderen Seite kann ich leicht loslegen, wenn es Themen gibt, die mich beschäftigen.

Als ich jünger war, habe ich darauf geachtet, früh auf Partys zu gehen, damit ich nicht einen ganzen Raum voller Leute begrüßen musste. Verschiedene Menschen strapazieren meine Batterien auf unterschiedliche Weise. Einige haben einen entspannten Gesprächsstil, der mich für lange Gespräche ausharren lässt. Ich arbeite am besten mit ruhigen Menschen, die nicht jede Sekunde den Blickkontakt suchen und die Luft zwischen den Worten lassen.

Ballermann in Mallorca

Ich habe mich immer gegen alles gewehrt, was sich nach Party und Nachtclubleben anfühlt. Ein Gefühl wie auf dem Ballermann, einem Rave, einer Schweineparty oder einer Schaumdisco ist meine Definition von Hölle. Situationen mit oberflächlichen Gesprächen, losen Beziehungen, Bauchnabelpiercings, Tribal-Tattoos, Bodyshots, Schulterklopfen und allgemeinem Chaos sind für mich die falschen Elemente. Ich liebe es, interessante Menschen einzeln zu treffen. Ich liebe es, über Dinge zu sprechen, die sich real anfühlen. Einfach loszulassen, Grenzen fallen zu lassen und ein Höhlenmensch zu werden, ist keine natürliche Rolle für einen Introvertierten. Die Menge an Alkohol, die ich brauche, um öffentlich zu tanzen, würde ein durchschnittliches Nilpferd töten. Auf der anderen Seite bin ich mehr als glücklich, in Lounges mit ruhiger Musik, Fingerfood und Drinks, die keine Namen mit sexuellen Anspielungen tragen, abzuhängen.

Pünktlichkeit

Ich und viele Introvertierte teilen einen Respekt vor der Zeit. Es ist unsere harte Währung. Weil wir unsere eigene Zeit managen wollen, sind wir oft auf die der anderen bedacht. Wenn es Treffen oder Spaziergänge gibt, bin ich nie zu spät. Manchmal fühle ich mich, als hätte ich eine Kalenderwoche am Flughafen verbracht, bevor der Flieger abfliegt, nur damit ich das Flugzeug nicht verpasse. Meine Mutter ist auch eine Introvertierte. Sie ist ein Meister darin, alle Gründe zu finden, warum ich bereits am Vortag am Flughafen sein sollte, um wirklich sicher zu gehen, dass ich den Flieger nicht verpasse. Ich beneide meine extrovertierte Freundin Monika, die ihre Tasche packt, während das Taxi auf der Straße hupt. Wissenswert ist, dass Studien zeigen, dass Extrovertierte die Zeit anders wahrnehmen als Introvertierte. Extrovertierte nehmen wahr, dass die Zeit etwas schneller vergeht als Introvertierte. Wenn eine halbe Stunde vergangen ist, können Extrovertierte sie stattdessen als fünfzehn Minuten wahrnehmen.

Statuen

Introvertierte vermitteln oft den Eindruck von Stabilität. Das liegt wahrscheinlich daran, dass wir die Unruhe gar nicht erst aufkommen lassen. Wir leben auch nicht aus, was wir durch unsere Mimik fühlen; wir wollen unsere Emotionen nicht auf die Menschen um uns herum projizieren. Wir stochern in unseren eigenen Gedanken herum, *bevor wir* eine andere Person in diesen Fall einbinden. Daher kann es wahrgenommen werden, dass wir ein tief verwurzeltes Gefühl von Sicherheit und Unerschütterlichkeit haben. Eine extrovertierte Freundin von mir sprach über ihre Depression, die aus einer Identitätskrise kam. „Ich glaube, es fällt dir schwer, das zu verstehen."

Es ist schmeichelhaft zu hören, aber völlig falsch. Unter der Oberfläche wüten Stürme und Stimmungsschwankungen bei Introvertierten genauso wie bei anderen. Überraschend für viele, zeigen Studien tatsächlich, dass wir generell sensibler sind als Extrovertierte. Viele Introvertierte sprechen darüber, wie unangenehm ihnen das Kämpfen ist. Introvertierter Lukas beschreibt es so: „Die große Herausforderung für mich ist es, mich an mehr Konflikte heranzuwagen. Ich kann Konflikte aushalten, wenn es um etwas geht, das für mich oder meine Kinder wichtig ist. Aber es braucht eine Menge Energie. Ich würde gerne mehr Konflikte auf mich nehmen, ohne dass es mich erschöpft."

Der Unterschied zwischen Introvertierten und Extrovertierten ist, dass wir die Dinge zuerst verinnerlichen. Wir unterdrücken unsere Emotionen irgendwo weit unter der Oberfläche.

Wenn du deine Stimme gegen mich erhebst, werde ich tagelang darüber nachdenken.

Um es etwas zen-buddhistischer auszudrücken: Ich muss deine Reaktion verstehen, um sie in mein Lebensmuster einzupassen, um wieder Harmonie zu bekommen. Das Problem ist, dass emotionale Ausbrüche oft nicht sehr logisch sind. Ich weiß ja nicht, ob du *eigentlich* genervt bist, weil dein Rasenmäher kaputt gegangen ist. Für den Introvertierten kann es schon nervig werden, wenn jemand seine Stimme erhebt. Es gibt eine Sensibilität dafür, wie wir den Tonfall, die Mimik und andere Hinweise in uns wahrnehmen. Viele Introvertierte sind sehr gut darin, das aufzugreifen, was andere kommunizieren. Gleichzeitig sind sie sich überhaupt nicht bewusst, was ihr eigener Tonfall und ihre Körpersprache aussenden.

Sonnenhetze

Schönes Wetter ist ein kleiner Geißelnehmer. In unseren Breitengraden gibt es nur eine Handvoll Sonnenstunden im Jahr. Man erwartet von uns, dass wir uns aus dem Fenster stürzen und uns einen Platz am Strand ergattern, sobald die Sonne hinter den Wolken hervorlugt. Einfach nur drinnen zu sein, wird undenkbar, wenn du eine Familie hast. Deshalb habe ich mich manchmal dabei ertappt, wie ich erleichtert aufatmete, wenn der Himmel grau war. „Gut, jetzt kann ich mich hinsetzen und mit gutem Gewissen etwas schreiben.“

Gruppen-„Arbeit“

Gruppenarbeit war für mich noch nie selbstverständlich. Ich habe das Gefühl, dass man Aufgaben erfinden muss, die nicht erledigt werden müssen, nur um allen etwas zu tun zu geben. Es ist alles erwachsenes Zeug. Partizipation und Demokratie führen zur Langsamkeit. Diskussionen enden oft damit, dass der Verbalste seinen Willen bekommt. Der Gewinner ist nicht derjenige, der am besten argumentiert, sondern derjenige, der die meiste Energie zum Argumentieren hat, was normalerweise ein Extrovertierter ist. Es gibt einen Unterschied zwischen Recht haben und Recht bekommen. Das eigentliche Ergebnis in vielen Gruppenprojekten wird dann von einem Introvertierten geschaffen, der gereizt alles macht und „viel reden, wenig arbeiten“ vor sich hinmurmelt.

Ganz auf mich allein gestellt

Aus irgendeinem Grund hatte ich schon immer eine hohe Hemmschwelle, um Hilfe zu bitten. Ich kann nicht genau sagen, warum. Ich denke, es ist eine Mischung aus nicht stören wollen und sowieso niemandem, der es besser lösen könnte als ich. Nachdem ich mich mit dem Thema Introversion beschäftigt habe, ist mir klar, dass es nicht nur darum geht, dass ich ein mürrischer alter Mann werde. Nein, die Unfähigkeit, um Hilfe zu bitten, ist etwas, das nachweislich mit Introvertiertheit zusammenhängt.

Smalltalk

Meine besten Gespräche sind meist von tiefer oder abstrakter Natur. Diese Sache, einfach auf einen Fremden zuzugehen und zu sagen: hast du das Spiel gestern Abend gesehen? funktioniert bei mir nicht. Die Chancen stehen gut, dass sie das Spiel tatsächlich gesehen haben und ich weiß nicht, wie das Ergebnis war oder ob es sich um eine Sportart mit Puck oder Ball handelte. Ich mag eine andere Art von Themen. Normalerweise funktioniert es am besten, wenn ich jemanden treffe, der meine Interessen teilt. Das führt leider dazu, dass ich mich z.B. in Networking-Kontexten oft schwer tue. Nicht viele Menschen wissen es zu schätzen, wenn du ein Gespräch so mit ihnen beginnst: Hast du daran gedacht, dass die meisten Menschen alleine sterben?

Die extrovertierte Monika denkt so: „Manchmal fühlt es sich so an, als ob ein Introvertierter nur zuhört, wenn das, was gesagt wird, für ihn interessant ist.“ Ein bisschen egoistisch, denke ich. Nicht alles, was gesagt wird, muss interessant sein, manchmal brauchen Menschen einfach jemanden, der ihnen zuhört. Sie wollen reden. Manchmal kann das Gespräch uninteressant beginnen und dann interessant werden. Dann hat sich der Introvertierte aber bereits körperlich oder in seine eigenen Gedanken verzogen.

Überanalyse

Zu oft versinke ich in meiner eigenen Welt des Grübelns. Ich trage eine ruhige Blase in mir, in der ich überanalysiere und de-rationalisiere, was um mich herum passiert. Außerhalb meiner ruhigen Blase ist meist eine stürmische Beziehung mit einer besseren Hälfte, die sich an meiner Tagträumerei stört. Die Schwierigkeit, den Moment einzufangen, ist ein starker introvertierter Charakterzug. Es hängt damit zusammen, wie ein introvertiertes Gehirn Eindrücke im Leben aufnimmt. Wir reflektieren, was geschehen ist und denken darüber nach, was passieren könnte. Die Blase ist eine Stärke in bestimmten Kontexten, wie z.B. dem analytischen Denken. Es ist eine Schwäche in anderen Kontexten, wie zum Beispiel sonst alle.

Hyperfokus

Es fällt mir leicht, mich in meinen Gedanken zu verlieren und völlig in ihnen aufzugehen. Es ist, als ob mein Gehirn ein Thema auswählt, ohne mich zu konsultieren und dann bin ich davon besessen. Ich war völlig besessen von übernatürlichen Phänomenen, als ich in der zweiten Klasse war. Wenn meine Klassenkameraden zueinander gingen und Cowboys spielten, schleppte ich dicke Bündel aus der Bibliothek nach Hause. Ich saß zu Hause und las mit feurigem Eifer. Mit meiner Palette an lebhafter Vorstellungskraft wurden Bücher der Schlüssel zu neuen Welten. Ich könnte stundenlang vor dem Text sitzen.

So hat es sich fortgesetzt. Egal ob es um Training, Videospiele oder Wissen geht, ich kann mich in kürzester Zeit in ein Thema einarbeiten. Es ist ein fast manisches Verhalten. Introvertierte verschlingen Informationen unersättlich und isolieren sich mit den Informationen. Unpersönliche Daten werden ohne Probleme im Kopf gespeichert. Gleichzeitig kann ich so zerstreut sein, wie ich will, über das, was im Raum vor sich geht. Mehrmals habe ich nach meiner Brille gesucht, obwohl ich sie aufhatte.

Die Fähigkeit, sich auf Dinge zu fixieren, ist ein klassischer introvertierter Charakterzug. Das ist der Grund, warum Introvertiertheit mit akademischem Erfolg Hand in Hand geht.

Meine extrovertierte Freundin Monika sieht das so: „Wenn man zufällig auf ein Thema stößt, das einen interessiert, weiß man oft extrem viel darüber. Ich mag das, weil ich mehr über die Dinge wissen möchte, entweder durch Diskussionen oder durch Zuhören."

Leiser Rebell

Introvertierte sind einsam, auch wenn wir nicht *alleine* sind. Mir ist klar, dass das widersprüchlich klingt. Extrovertierte finden leicht zueinander, weil sie den sozialen Kontext und Fremde mögen. Introvertierte finden sich an der Bartheke neben der Tanzfläche wieder, wenn wir uns überhaupt die Mühe machen, auf andere zuzugehen. Wir sind immer in guter Gesellschaft, denn wir hängen gerne mit uns selbst ab.

Ein Problem bei der Freundschaftssuche ist, dass wir uns nicht sehr gut an Gruppen anpassen. Introvertierte ändern ihre Mode, ihren Musikgeschmack oder ihre Einstellung nicht entsprechend den Trends. Das macht uns zu Außenseitern. Normalerweise werden diejenigen, die sich nicht anpassen, als Rebellen oder Nerds angesehen. Der Unterschied ist sehr klein.

Wir sind lieber wir selbst und haben lieber null Freunde, als viele Freunde und null Integrität.

Ich denke, die meisten Menschen haben so viele Freunde, wie sie wollen. Was ich damit meine, ist, dass wir unsere Zeit und Energie auf das verwenden, was uns wichtig ist. Ein großer Bekanntenkreis erfordert Pflege in Form von Zeit. Es wird von dir erwartet, dass du sie anrufst, mailst, ihnen alles Gute zum Geburtstag wünschst und mit denjenigen in deinem Netzwerk in Kontakt bleibst. All diese Zeit muss von etwas anderem in deinem Leben geborgt werden, normalerweise von dem, was wir *persönliche Zeit* nennen.

Das Problem wurde von einem Freund von mir angesprochen: „Ich mag es nicht, sozial zu sein, aber ich mag es nicht, keine Kumpels zu haben."

Letztlich

Einige der Eigenschaften, die ich hier besprochen habe, fallen unter die Definition von Introversion, wie z.B. die Vorliebe für selbstständiges Arbeiten. Einige Eigenschaften, die ich erwähne, sind mit Introversion verwandt, ohne introvertiert zu sein. Pünktlichkeit ist nicht per Definition eine introvertierte Eigenschaft, aber sie korreliert: wenn das eine vorhanden ist, ist es wahrscheinlich auch das andere. Man könnte es damit vergleichen, dass Übergewicht und ein Herzinfarkt nicht dasselbe sind. Allerdings korrelieren sie insofern, als dass diejenigen, die einen Herzinfarkt erleiden, oft übergewichtig sind.

Eine Mutter hat mich gefragt: „Ist es möglich, etwas gegen die Introversion der eigenen Kinder zu tun?"

Ich kann die Frage verstehen. Eltern wollen das Beste für ihre Kinder. Manchmal fühlt es sich so an, als ob es das Leben einfacher machen würde, wenn du kontaktfreudiger wärst. Schließlich beinhaltet der Alltag für die meisten Menschen eine

Form der sozialen Interaktion. Meine Antwort an sie war: „Jein".

Das nächste Kapitel erklärt meine leicht kryptische Antwort.

Zusammenfassung für Extrovertierte

- Introvertierte identifizieren sich nicht stark mit Gruppen. Wir sind daher unabhängig in unserer Meinung.
- Introvertierte Menschen langweilen sich nicht so leicht wie extrovertierte.
- Introvertierte werden von ihrem Umfeld manchmal als stabil und unsensibel wahrgenommen. Unter der Oberfläche gibt es eine Menge Emotionen. Wir sind normalerweise sensibler als Extrovertierte und neurotischer. Beleidigende Kommentare sind besonders hart für uns.

Zeitreise mit einem unerwarteten Endziel

Es gab schon immer verschiedene kulturelle Ideale, die unsere Ansicht darüber, was ein *richtiger Mann* und eine *richtige* Frau ist, beeinflusst haben. In der Vergangenheit dominierten klare, introvertierte Ideale. John Waynes breit angelegte Macho-Charaktere sagten selten mehr als: „Howdy, Pilger." Der steingesichtige Humphrey Bogart bemerkte zynisch, dass nichts so schlimm ist, dass es nicht noch schlimmer werden kann. Greta Garbo stand für ihre Introvertiertheit. Eines ihrer unsterblichen Zitate ist extrem deutlich: „I want to be alone"[4].

Die Menschen auf der Leinwand haben schon immer eine seltsame Macht über unsere Ideale gehabt. In den Filmen der 1950er Jahre ging es um Helden, Loyalität, Pflicht gegenüber dem Land. Die Werte sagten uns, wir sollten handeln, *nicht* reden. Ich bin ein Macher, kein Schwätzer, war daher das Mantra der Kriegshelden. Reden ist Silber, aber Schweigen ist Gold. Zurückhaltung und Bescheidenheit waren die Tugenden. Titel waren sehr wichtig. Das Gewicht der Worte eines Mannes in einem Gespräch wurde durch seinen Status in der Gesellschaft bestimmt. In den Schulen der 1950er Jahre wagte es niemand, seinen Lehrer in Frage zu stellen. Kinder wurden angewiesen, Erwachsene nicht zu unterbrechen und oft gar nicht zu sprechen. Es ist leicht zu erkennen, warum es falsch war, gesprächig, aufgeschlossen und sozial zu sein. Extrovertierte wurden damals unterdrückt. Die Menschen, die damals erzogen wurden, sind diejenigen, die Anzeigen in der Zeitung schalten, in denen das Werben gemieden wird. Wahrscheinlich ist es ein Akt, der aus dem Unbehagen geboren wird, im Mittelpunkt zu stehen.

In den 1950er Jahren wurde das soziale Bild auf den Kopf gestellt. Es begann in einem Bus im Süden der USA. Eine

[4] Deutsch: Ich möchte alleine sein.

schwarze Frau weigerte sich, ihren Sitzplatz an einen Weißen abzugeben, wie es das Gesetz damals vorschrieb. Rosa Parks, wie die Frau genannt wurde, wurde zu einem Symbol der Veränderung, das das nächste Jahrzehnt durchdrang. Es ging um so viel mehr als die Rassentrennung in den Vereinigten Staaten. Es ging um das Recht, seine Meinung zu äußern und um das Recht der Bürger, zu wissen, was ihre Regierung tut. Vor allem ging es um die Gleichwertigkeit der Menschen, unabhängig von Geschlecht, Hautfarbe oder Sexualität. Am Ende ging es in den 1960er Jahren um eines: das *Individuum*.

Daher wurden die extrovertierten Aspekte der menschlichen Psyche plötzlich als vorbildlich hochgehalten. Die Fähigkeit, spontan zu sprechen und seine Meinung zu äußern, wann immer sich die Gelegenheit ergab, wurde zu einer Stärke. Als Politik populär wurde, entstand die Bereitschaft zu diskutieren und zu streiten. Diese ganze Revolution wurde von einer Welle des Miteinanders angetrieben, in der sich Menschen in Gruppen zusammenschlossen, um zu manifestieren, zu protestieren und zu handeln. Was ebenfalls abgeschafft wurde, waren frühere Ideale der Aufopferung für das Kollektiv. In der neuen Ära ging es bei den Pflichten mehr um Selbstverwirklichung und nicht darum, für das Establishment zu arbeiten. So wurde den Kindern in den 1960er Jahren beigebracht, ihre Meinung zu sagen, auch wenn Erwachsene sie missbilligten.

Das Zeitalter des goldenen Sterns

Der Respekt vor Autoritäten schwand[5] und vorbei waren die alten Vorstellungen, in die Fußstapfen der Eltern zu treten. Den Kindern wurde beigebracht, immer das zu suchen, was sie wirklich interessiert, niemandem außer sich selbst gegenüber loyal zu sein. In jedem Jahrzehnt seit den 1960er Jahren hat

[5] Zu diesem Zeitpunkt erfolgte in Schweden auch die Du-Reform, bei der die Schweden Titel abschafften und anfingen, sich gegenseitig zu duzen. In Schweden sprechen z.B. die Studenten ihre Professoren mit Vornamen an.

sich dies weiter akzentuiert. Den Kindern der 1990er Jahre wurde beigebracht, dass sie alles sein können, wenn sie sich nur genug anstrengen. In dieser Zeit haben sich Extrovertiertheit und Individualismus gelegentlich in das verwandelt, was die Psychologie Narzissmus nennt. Dies ist ein Begriff, der eine extreme Form der Selbstfokussierung beschreibt, bei der man sich selbst als Zentrum des Universums wahrnimmt. Als Narzisst neigst du dazu, deine eigenen Fähigkeiten zu überschätzen. Eine amerikanische Studie fand heraus, dass siebzig Prozent der heutigen Teenager sich selbst zu den besten zehn Prozent der talentierten Menschen zählen. Ein Drittel der Generation Y glaubt auch, dass sie in ihrem Leben zu Berühmtheiten werden. Es gibt diejenigen, die behaupten, dass der zunehmend extrovertierte Geist unserer Zeit nun eine junge Armee von Narzissten geschaffen hat.

Von Don Johnson zu Don Draper

Die Medien haben uns geholfen, das extrovertierte Ideal aufzublasen. Extrovertierte VIPs wie Eddie Murphy, Tom Cruise und Michael J Fox trugen Hollywood auf ihren Schultern durch die 1980er Jahre. Hartgesottene, zurückhaltende Detektive wurden durch die Disco-Stars von *Miami Vice* ersetzt. Crockett und Tubbs posieren in weißen Halbschuhen. Sie drücken männliche Verletzlichkeit aus, während sie bei jeder Gelegenheit mit einer automatischen Pistole Macho mäßig auftreten. In den 1990er Jahren folgen wir den sozialen Charakteren in „Friends", deren Leben sich um Kaffeetische und das Leben in einem Kollektiv dreht. Im Musikgeschäft scharen sich nun extreme Persönlichkeiten, um hyperextrovertiert zu agieren. Lady Gaga und ihr Fleischkleid sind ein gutes Beispiel dafür. Die Stars von heute haben Madonnas Medienstunts aus den vergangenen Jahrzehnten genommen und sie mit Steroiden injiziert. Eine Psychologin namens Jean Twenge hat Extrovertiertheit im Laufe der Zeit untersucht und behauptet, dass die heutigen Teenager 83 Prozent extrovertierter leben als ihre

Altersgenossen aus den 1940er Jahren. Sie glaubt nicht, dass es daran liegt, dass sich der Genpool verändert hat, sondern dass viele Introvertierte heute *glauben, dass* sie extrovertiert sind und sich entsprechend verhalten. Wir haben eine Gesellschaft, die uns in eine extrovertierte Haltung zwingt.

Ich habe vorhin über die introvertierte Revolution gesprochen. Um meinen Gedanken zu verstehen, möchte ich beleuchten, was in den letzten Jahren in den Medien passiert ist. TV-Serien wie *Die Sopranos* führten alte Macho-Ideale wieder ein, aber mit einigen wichtigen Unterschieden. Der introvertierte Tony Soprano ist unglücklich, wortkarg und zurückgezogen. Er ist außen steinhart und innerlich gleichzeitig zerrissen.

Der Schauspieler Heath Ledger fragte den Regisseur Ang Lee, wie er seinen introvertierten Charakter in *Brokeback Mountain* spielen würde. Ang ballte nur seine Hand fest zusammen und sagte: „Genau so."

Die Komödie *Napoleon Dynamite* aus dem Jahr 2004 hat Kultcharakter. Napoleon ist ein origineller, introvertierter Junge, dessen Interessen das Zeichnen von Ligern - einer Kreuzung aus Tiger und Löwe - und das Üben mit Nunchakus sind. Der Film ist eine Karikatur der Introversion. In dem Film geht es um die Wahl eines Schülersprechers. *Napoleon Dynamite* ist ein Film über Nerds und junge Leute lieben ihn. Ein Neunzehnjähriger, mit dem ich diskutierte, sagte: „Der Nerd ist der neue Trend." Es ist inzwischen Zeitgemäß, still zu sein und sich in Sonderinteressen zu vergraben.

Die Fernsehserie *The Big Bang Theory* betritt ungeniert die Introversion-Arena und ist immens beliebt. Wie man so schön sagt: „Come to the nerdy side, we have Pi"[6] Vielleicht liegt der Erfolg dieser Art von Serien daran, dass sich viele neu erwachte

---

[6] Deutsch: „Komm auf die Nerdy-Seite, wir haben Pi." (Im Englischen ist Pi sowohl das Symbol der Kreiszahl, klingt aber auch nach Pie für "Kuchen").

Introvertierte im Nerd-Ideal wiedererkennen. Nicht mehr alle Introvertierten werden in den Medien als eingeschneite Star Trek Fans oder als einsame Frauen mit vielen Katzen dargestellt. AMCs Serie *Mad Men* ist einer der größten Hits im Fernsehen überhaupt. Es dreht sich um den geheimnisvollen Don Draper, einen introvertierten Charmeur, der in einem Anzug lächerlich gut aussieht. Er raucht sich schmollend, notorisch schummelnd und glamourös durch jede Folge. Don Draper ist wortkarg, ausweichend und brillant in seinem Job.

Heiliges Fliegenpapier: Batman!

Es ist interessant, Charakteren zu folgen, die schon seit Jahrzehnten in den Medien sind. Batman ist ein solches Beispiel. Die Transformation, die er durchgemacht hat, ist bezeichnend dafür, wie sich der Blick der Gesellschaft auf Introvertiertheit verändert hat. Der Batman der 1940er Jahre war ein grober einsamer Rächer, der regelmäßig Schurken erschoss und tötete. Er war ein Charakter ohne Empathie. Dann kamen die 1960er Jahre und der neue Geist zwang Batman dazu, aus seinem Schrank zu kommen. Filme und Comics aus dieser Ära zeigen einen kostümierten, rührseligen Softie, der seinem jungen Kumpel Robin Moralpredigten hält.

Robin: „Kein Wunder, dass ich verhungere, es ist Mittagszeit! Oh Batman, kannst du mir bitte ein paar Süßigkeiten besorgen?“

Batman: „Bon-Bons? Frisches Obst ist viel gesünder!“

Dieser Batman ist sozial und anständig. Er und Robin sind auffällig freundlich zueinander, wie auch ein besorgter Psychologe während dieser Zeit feststellte. Dies führte zur Erfindung von Batgirl im Eiltempo. Der Batman der 1960er Jahre ist ein freigeistiger, verspielter und extrovertierter Charakter. Er tanzt, singt und surft in der Serie. Jetzt hat sich der Kreis geschlossen und der introvertierte Batman-Charakter ist wieder da. Die neueste Filmtrilogie zeigt einen Batman mit einer Seele so schwarz wie Asphalt. Er ist wieder einmal der eitle Einsiedler, kein Robin soweit das Auge reicht. Der moderne Batman ist ein introvertierter Schuft, der im ganzen Film etwa vier Sätze sagt.

Introvertierte in der Welt des Films

Manche Filme haben die Fähigkeit, mein Interesse von der ersten Sekunde an zu fesseln. Manchmal ist es diese seltene Mischung aus Bildern und Charakteren, die mich in den Bann zieht. Es gibt einen gemeinsamen Nenner bei den Filmen, die mich ansprechen. Sie scheinen meine introvertierte Seite anzusprechen.

In meiner Teenagerzeit erschien *Edward mit den Scherenhänden*. Er drang in eine Zeit in der Filmgeschichte, in der sich das meiste, was produziert wurde, um Muskeln, Feuer und Rache drehte. Rachefilme haben einen Charakter, der so dünn wie kommunales Toilettenpapier ist und die Dialoge bestehen aus Einzeilern wie „Yippie ki-ai motherfucker".

Edward mit den Scherenhänden brach diesen Trend.

Das moderne Pinocchio-Märchen von dem einsamen Edward ist phänomenal. Edward ist ein sehr anhänglicher junger Mann, der allein im großen Krähennest zurückgelassen wird, nachdem sein Schöpfer gestorben ist, bevor er Zeit hatte, Edwards Hände fertigzustellen. In Erwartung echter Hände wurde die etwas seltsame Entscheidung getroffen, diese provisorisch durch Scheren zu ersetzen. Eine gutherzige Familie findet ihn zufällig und adoptiert ihn als ihr eigenes Kind. Die soziale Wankelmütigkeit des introvertierten Edward ist rührend. Es ist eine schöne und traurige Geschichte, über die es sich lohnt nachzudenken.

Vor zehn Jahren kam der meisterhafte *Lost in Translation – Zwischen den Welten* heraus. Der gesamte Film zeigt eine lockere Beziehung zwischen zwei Introvertierten, die beide eine Leere in ihrem Leben erfahren. Sie werden sehr überzeugend von Scarlett Johansson und Bill Murray gespielt. Der größte Teil des Films findet in einem Hotel in Japan statt und die Dialoge sind spärlich. Das pikante japanische Setting und das entspannte Tempo locken den Zuschauer für hundert Minuten in eine leichte Hypnose. Vor diesem Film hatte ich noch nie gesehen, dass Beziehungen im Film mit diesem leisen, bodenständigen Ton beschrieben werden. *Lost in Translation – Zwischen den Welten* war eine Erfahrung, die mir noch lange im Kopf geblieben ist.

Sicher, es gab in der Vergangenheit schon viele introvertierte Charaktere im Film. Yoda in *Star Wars* ist ein grüner Troll, drei Äpfel groß, neunhundert Jahre alt und allein in einem Sumpf lebend. Er kommt nicht wirklich als extrovertierter Charakter rüber.

Travis Bickle in *Taxi Driver von* 1976 ist ein introvertierter Mann, der von Schlaflosigkeit und dem Stress, nicht in die Gesellschaft zu passen, geplagt wird. Im Laufe des Films sehen wir, wie er sich in paranoide Fantasien hineinsteigert, die zu dem makabren Ausbruch im Crescendo des Films führen.

Ein brillantes Film-Meisterwerk ist Jean-Pierre Jeunets Film *Die fabelhafte Welt der Amélie*. Die Handlung folgt der unschuldigen Amelie, einer stillen Träumerin, die die Welt mit den Augen eines Kindes beobachtet. In einer denkwürdigen Szene gibt sie sich enorme Mühe, sich auf ein Date mit einem Typen vorzubereiten. Sobald er auftaucht, ist sie unfähig, etwas zu sagen. Ich denke, viele Introvertierte können sich mit ihr identifizieren.

In der schwedischen Literatur steht Stieg Larsson an der Spitze der Introvertierten. Die Figur Lisbeth Salander aus seinen Büchern[7] ist ikonisch als die einsame Einsiedlerin. Lisbeth wird von Noomi Rapace mit einem gleichbleibenden Gesichtsausdruck über drei ganze Filme hinweg gespielt. Während der Filme tauscht sie nur sehr wenige Zeilen aus und spricht hauptsächlich durch Handlung.

Clint Eastwood verabschiedet sich in *Gran Torino* von 2011. Der introvertierte Charakter, den er spielt, soll eine gealterte Version der Macho-Rollen sein, die Clint Jahrzehnte zuvor spielte. Gran Torino ist ein sentimentaler Abschied von einem introvertierten Dinosaurier eines Männerideals.

Film hat einen größeren Einfluss auf unsere Ideale, als uns bewusst ist. Der Ansturm des letzten Jahrzehnts auf introvertierte Charaktere hat begonnen in unserer Wahrnehmung dessen, was *normal* ist, mitzuschwingen.

Bekämpfe deine Apathie (oder nicht)

Als ich aufgewachsen bin, gab es noch viel Raum, um introvertiert zu sein. In den 1980er Jahren gab der Erziehungsstil den Kindern eine Menge Freiheiten. Dann kam die Pubertät und es war an der Zeit, eine Identität aufzubauen. Wir schauten uns nach Vorbildern um, die uns lehren konnten, wie wir sein sollten. Leider neigten die Idole unserer Zeit dazu, Drogensüchtige mit Instrumenten zu sein. Guns N' Roses, Mötley Crüe und die Grunge-Welle der Musik gaben uns eine ziemlich schwarze Plattform, von der aus wir agieren konnten. Wenn ich mit einem Wort beschreiben müsste, wie man sein muss, um als Teenager beliebt zu sein, dann wäre es: apathisch. Unsere Jugendkultur basierte auf der Tatsache, dass es cool war, sich *nicht* zu kümmern und *nichts* zu unternehmen. Es ist offensichtlich eine sehr negative Einstellung, aber gleichzeitig gibt es eine Entspannung in der Apathie. Es ist leicht, sich

---

[7] Die deutsche Ausgabe der Millennium-Reihe enthält folgende Bücher: Verblendung, Verdammnis und Vergebung.

zurückzulehnen und Ruhe zu finden, wenn deine Ambitionen und der Glaube an deine Zukunft nicht vorhanden sind. Der letzte Sommerurlaub meiner Jugend enthielt viel Negatives, aber wir waren selten gestresst. Die Schule war in vielerlei Hinsicht einfach für jemanden mit einer introvertierten Persönlichkeit. Du konntest im Unterricht sitzen und schlafen und dann kurz vor den Prüfungen das Wissen fokussiert in dich reinpauken. Wenn du in den Prüfungen Einser bekommen hast, hast du eben Bestnoten bekommen. Das Notensystem war einfach, logisch und so ausgeklügelt wie Kartoffelbreipulver. Für jemanden wie mich, der ein gutes Gedächtnis hat, war es einfach, hervorragende Noten in den Fächern zu bekommen, die mich interessierten. Leider waren dies nur sehr wenige Themen. Gruppenarbeit war in der Schule so gut wie nicht existent. Wir saßen auf Bankreihen mit Blick nach vorne. Es war extrem selten, dass wir vor der ganzen Klasse sprechen mussten, was gut war, denn solche Vorträge handelten meistens von jemandes Hamster. Der Lehrerberuf erlebte sein letztes Jahrzehnt mit einer Form von Autorität, die mit ihm verbunden war.

Planet Ego

Zwanzig Jahre später ist die Situation ganz anders. Die Jugendkultur hat einen Sprung in eine ganz andere Richtung gemacht. Die Idole sind bildhübsche Menschen, die für positive Ideale stehen. Sie ermutigen uns, es zu wagen, unseren Träumen zu folgen. Idole wie Lady Gaga bringen junge Menschen dazu, an sich zu glauben und ihre Talente zu kultivieren. Das sind keine Künstler, die alle 15 Minuten eine Überdosis Heroin nehmen oder psychotische Tendenzen zeigen wie ihre Vorgänger aus den 1980ern. Die Künstler von heute sind vorzugsweise Fürsprecher für gute Eigenschaften. Sie lehren ihren Anhängern, an sich selbst zu glauben, tolerant gegenüber den Unterschieden anderer zu sein und für ihre Meinung einzustehen. In den Medien stehen Talentshows wie *Deutschland sucht den*

Superstar oder *Let's Dance* ganz oben auf der Liste. Junge Menschen wetteifern und glänzen mit ihren Talenten in allem vom Operngesang bis zur Nasenflöte. Noch nie zuvor hatten wir eine Jugendkultur, die so sehr darauf getrimmt ist, Ehrgeiz und Aussehen zu glorifizieren. Es ist wichtiger denn je, gut auszusehen, seinen eigenen Stil zu finden und für die Zukunft hoch hinaus zu wollen. Nervös lächelnd bewegt sich eine vereinte Front von Schönheitsköniginnen auf eine Zukunft zu, die mit ihren eigenen Erwartungen so hell ist, dass sie eine Sonnenbrille brauchen. Im erbitterten Wettbewerb um Aufmerksamkeit gedeihen also die extrovertierten Seiten von uns Menschen. Wenn du nicht gehört werden kannst, kannst du nicht gesehen werden. Früher waren wir bekannt, weil wir besonders waren; heute wollen wir besonders sein, indem wir bekannt sind.

Die Veränderung der Schule hat zu dieser verbalen Flut beigetragen. Schularbeit heißt zunehmend auch Gruppenarbeit. Heute reicht es nicht mehr aus, gute Arbeiten *zu schreiben* oder über komplexe Fragestellungen *nachzudenken*. Nein, was zählt, ist, dass du aufstehen und mit dem Rest der Klasse darüber *reden kannst*. Du solltest auch in der Lage sein, rhetorisch zu argumentieren, was du zu sagen hast.

Fächer wie Rhetorik und Präsentationstechniken sind heute in den Lehrplänen enthalten. Das zementierte Notensystem der Vergangenheit ist vorbei und heute gibt es Elemente der Verhandlung deiner Note. Es ist gang und gäbe, dass mürrische Eltern die Lehrer anrufen und eine Verbesserung der Noten ihrer Kinder fordern. Viele leben in dem Glauben, dass alles erreicht werden kann, wenn deine Stimme laut genug ist. Die meiste Zeit haben sie recht. Mehr als jemals zuvor gibt es ein Element der Beziehung zwischen Schülern und Lehrern. Diejenigen, die heute mit Noten ganz oben stehen, sind meist die sozialen Entrepreneure, die mit der Gabe der Rede ausgestattet wurden und diejenigen, die das Netzwerken beherrschen. Aber auch hier gibt es einen erkennbaren Umschwung. Mit der politischen Weichenstellung für die Schulen sehen wir eine Rückkehr zum klassischen Modell. Es ist die Rede von ruhigen Klassenzimmern und klaren Abiturprüfungen, bei denen nicht nur die verbal stärksten Schüler bevorzugt werden.

Die stille Revolution - die Rache der Nerds

Neben dem Flirt der Medien mit der Introvertiertheit gibt es auch Anzeichen dafür, dass die Werte der Vergangenheit zurückkehren. Wir werden in mancherlei Hinsicht etwas ruhiger und weniger abenteuerlustig. Die Menschen heiraten heute früher als noch vor einem Jahrzehnt. Immer mehr junge Menschen überlegen, Hausfrauen/Hausmänner zu werden oder sich Selbstständig zu machen. Familienbande stehen im Mittelpunkt und nicht die Karriere. Es gibt einen Trend, aufs Land zu ziehen und der Natur näher zu sein. Eine Forsa-Umfrage aus den letzten Jahren zeigt, dass sieben von zehn Frauen zwischen 15 und 29 Jahren einen Umzug aufs Land in Betracht ziehen könnten.

Ein weiterer Faktor hat ebenfalls zur introvertierten Revolution beigetragen. In der Vergangenheit saßen Introvertierte im Keller und schufen erstaunliche Dinge. Das Problem war, dass sie nicht die Kapazität hatten, dies einer schreienden Menge zu verkaufen. Starke Ideen, getragen von schwachen Stimmen, blieben auf der Strecke. Mit Hilfe des Internets können Introvertierte nun ihre Produkte in die Öffentlichkeit bringen, ohne dass der Schöpfer irgendjemandes Blicken begegnen oder schwierige Telefonate führen muss. Ein geschriebener Text oder ein Bild kann mit einem Knopfdruck an Millionen von Menschen verbreitet werden. Was gut ist, verselbstständigt sich durch die sozialen Medien und verbreitet sich wie ein Virus. Ein Beispiel dafür ist Markus Persson, der zu Hause saß und ganz alleine ein Spiel programmiert hat. Dieses Spiel wurde schließlich *Minecraft* genannt und machte einen jährlichen Umsatz von gut 500 Millionen Euro bevor es von

Microsoft für knapp zwei Milliarden Euro gekauft wurde. Introvertierte Talente sind heute weiter verbreitet als in der Vergangenheit. In der Vergangenheit hatten Extrovertierte auf eine andere Art und Weise den Vorrang. Es ist erwähnenswert, dass viele der größten Parteien heute von Menschen geführt werden, die von Natur aus ziemlich introvertiert zu sein scheinen. Angela Merkel ist beispielsweise bekannt für ihre zurückhaltende, schweigsame, aber konzentrierte Ausstrahlung.

Wir bewegen uns auf eine Kultur zu, in der das Introvertierte immer mehr überwiegt. John Wayne feiert ein Comeback und vielleicht sehen wir bald eine Stellenanzeige, in der ein Introvertierter gesucht wird, der alle Bälle im Kopf hat und gerne am Rande des Netzes sitzt.

Zusammenfassung für Extrovertierte

- Früher hat die gesellschaftliche Norm die Introversion gefeiert. In den letzten fünfzig Jahren wurde aber das extrovertierte Verhalten als Ideal propagiert.
- Es gibt mehrere Anzeichen dafür, dass wir den Scheitelpunkt des extrovertierten Hügels überschritten haben und uns nun auf ein eher introvertiertes Zeitalter zubewegen.
- Das Internet ist ein idealer Vertriebskanal für Introvertierte, der es ihnen ermöglicht, ihre Ideen in die Welt hinauszutragen, ohne ihre Stimme erheben zu müssen.

Die introvertierte und extrovertierte Psyche

Ich weiß noch, wie ich die Holztreppe hinaufflog. Es war, als ob meine schwere Last zu einem Sack voller Gänsefedern geworden wäre. Nach einem Tag, den ich mit den Cousins verbracht hatte, wurde ich reichlich belohnt. Mein comicbegeisterter Onkel hatte eine Pappschachtel mit Comic-Zeitschriften gefüllt. Ich hatte gerade lesen gelernt und entwickelte diese Fähigkeit mit Lichtgeschwindigkeit weiter. Es war ein ständiger Hunger in mir zu lesen. Schnell kroch ich ins Bett und schaltete das Leselicht an. Die Zeit verschwand, während ich in die Geschichten vertieft war. Petzi, Spider-Man, Donald Duck, Peter + Alexander, für mich waren sie echte Kreaturen aus Fleisch und Blut. Plötzlich war es draußen dunkel und ich hatte keine Ahnung, wie das passiert war. Als ich schließlich einschlief, war mein Kopf voller Charaktere, Geschichten und Grübeleien. Ich erinnere mich vor allem an ein Gefühl der totalen Entspannung. Obwohl ich das Wort zu der Zeit nicht kannte, war ich völlig „Zen“[8].

Introversion ist biologisch bedingt. Es geht um das Maß an Aktivität, das deine Hormone benötigen, um deinem Gehirn mitzuteilen, dass du dich zufrieden fühlst. Für einen Extrovertierten ist ein höheres Maß an Aktivität erforderlich. Was für einen Introvertierten lustig und erfüllend ist, kann für einen Extrovertierten als langweilig und zu ruhig empfunden werden. Deshalb stimmt oft auch das Vorurteil, dass Introvertierte bis zum fünfundvierzigsten Lebensjahr zu Hause wohnen und ihr ganzes Geld für Märklin-Eisenbahnmodelle ausgeben. Solche Menschen gibt es tatsächlich. Dass viele Extrovertierte Adrenalinjunkies sind, die in Südamerika Klippen hinunterspringen müssen, um sich lebendig zu fühlen, trifft auch auf einige

[8] Japanisch: Zen bedeutet, das Leben zu leben – in seiner ganzen Fülle.

zu. Der Grad der angestrebten Aktivität hängt mit dem Bedürfnis nach sozialer Interaktion zusammen. Ein Gespräch mit einer Gruppe von Menschen zu führen ist eine Aktivität, die ruhig erscheinen kann. Für ein Gehirn ist aber eine soziale Situation ein massives Bombardement an Informationen. Wenn wir kommunizieren, sagt man, dass 247 verschiedene Prozesse gleichzeitig im Kopf ablaufen. Es gibt so viel, was wir während eines Gesprächs aufnehmen. Wir notieren Handgesten, Mimik, Tonfall, Körperhaltung, Pupillen und mehr. Wir hören zu, bewerten und beziehen uns auf das, was gesagt wird. Wir denken darüber nach, was nicht gesagt wird und suchen nach der Bedeutung hinter den Worten. Die introvertierte Psyche wird von all dem schnell überfordert. Eine Studie kam zu dem Schluss, dass Introvertierte während der Kommunikation schneller erschöpfen, weil wir mehr Informationen aufnehmen als die Extrovertierten. Wenn wir überlastet sind, kommt der Impuls, dass wir uns zurückziehen wollen.

Die Magnetresonanztomographie zeigt, dass Introvertierte einen höheren Blutfluss in den frontalen Regionen des Gehirns haben. Diese Regionen beschäftigen sich mit Problemlösung und Reflexion. Extrovertierte Menschen hingegen neigen dazu, einen höheren Blutfluss in den Teilen des Gehirns zu haben, die Emotionen verarbeiten, sowie in denen, die Sehen, Riechen, Tasten und Hören aufnehmen. Der Extrovertierte ist einfach mehr im Moment präsent. Viele Introvertierte können sich sicherlich, wie ich, mit dem Gefühl identifizieren, manchmal in einer Blase zu sein. Es ist, als würde diese innere Stimme die Kontrolle übernehmen. Es nimmt die Form des Tagträumens und des Verschwindens in Grübeleien an.

Die Software der Extrovertierten erlaubt es ihnen, in der Gesellschaft anderer zu gedeihen. In Menschenmengen werden sie euphorisch und hyperaktiv. Sie gedeihen, wenn sie im Zentrum eines Kontextes stehen. Deshalb schleppen Extrovertierte eine Akustikgitarre auf die Party und singen *Living next door to Alice* von Smokie.

Viele Extrovertierte reden schnell. Manchmal scheint es keinen Filter zu geben zwischen dem, was sie denken und dem, was sie sagen. Aus diesem Grund platzen sie manchmal mit spontanen Beobachtungen heraus, die sie später bereuen.

Extrovertiert: „Herzlichen Glückwunsch, ich bin so froh, dass du ein Baby bekommst!“

Irritiert: „Was, nein wir bekommen keine Kinder?“

Extrovertiert: „Doooch.“ Piekt bedeutungsvoll in den Bauch.

Wirklich genervt: „Nein, ich bin einfach nur fett...“

Extrovertiert: „Ähm, achso, und wie steht es gerade so in der Bundesliga-Tabelle?“

Oft hat der Extrovertierte einen sehr offenen Ton und wird frei über sein Leben sprechen, ob du es magst oder nicht.

„Meine Eierstöcke tun heute weh“, sagte mir eine Frau während eines Vorstellungsgesprächs. Es war das erste, was sie nach „Hallo“ zu mir sagte. Aufgrund des gleichen offenen Tons sind Extrovertierte leicht kennenzulernen, sie sind großzügig mit sich selbst und haben eine vertrauensvolle Einstellung gegenüber Fremden. *Was du siehst, ist das, was du bekommst*, so kann es sich anfühlen.

Ich finde, dass sich viele extrovertierte Menschen mit Stille in einem Gespräch unwohl fühlen. Kunstpausen irritieren sie. Sie haben es sich zur Aufgabe gemacht, diese Stille mit Worten zu füllen. Es ist wie eine Art soziale Inkontinenz. Über das Wetter und andere Geräusche zu reden ist daher ein eher extrovertierter Akt.

Beziehung zu Aktivitäten

Stell dir Folgendes vor: Dein Chef steckt seinen Kopf in die Tür deines Büros und sagt:

„Hey, bei mir läuft es gerade nicht! Ich muss morgen für eine fünftägige Konferenz in Tokio sein, aber ich fühle mich krank. Kannst du an meiner Stelle gehen?"

Was ist deine erste Reaktion? Fühlt sich das aufregend oder schwierig an? Introvertierte haben ein geringeres Bedürfnis nach Veränderung und Abenteuer. Spannend für uns dürfte sein, was das nächste Betriebssystem von Microsoft an Neuigkeiten zu bieten hat. Ein ehemaliger Kollege von mir war so begeistert, dass er es geschafft hatte, seine Grafikkarten zu parallelisieren, dass er seine Hose wechseln musste. Extrovertierte neigen hingegen dazu, alle Arten von Aktivitäten zu lieben. Sie sind immer *in Bewegung*, ähnlich wie ein Jack Russell Terrier. Introvertierte suchen eher die Ruhe, eine Abwesenheit von Aktivität. Wir haben die Mentalität einer fetten Perserkatze. Introvertierte Menschen sind am glücklichsten, wenn sie ins Bett gehen, ohne dass der Morgen mit Aktivität gefüllt ist. Wir genießen ein Gefühl der Vollendung. Ein Extrovertierter verabscheut dieses Gefühl. Diese introvertierte Gelassenheit bringt einige positive Eigenschaften mit sich. Meine Frau hat zum Beispiel oft Schwierigkeiten, unsere Kinder zum Einschlafen zu bringen. Die Kinder werfen mit Kissen, hüpfen von den Wänden und kauen stattdessen wild auf den Möbeln herum. Es ist, als ob sie allein durch ihre Anwesenheit im Raum energetisiert werden. Wenn sie sie für eine Weile verlässt, passiert etwas Seltsames. In nur wenigen Minuten krabbeln sie zu mir auf die Couch und schlafen dann plötzlich ohne Widerrede ein. Ich denke, das ist ein Effekt meines ruhigen Verhaltens, während meine Frau behauptet, dass die Kinder einschlafen, weil ich „so verdammt langweilig" bin.

Dieses *Bedürfnis nach Aktivität* muss geklärt werden. Ein Extrovertierter kann eine enorme Energie für soziale Interaktion haben. Sie laufen zu Meetings, Networking-Events, Line Dance, Baby-Yoga und vielen Gruppentreffen, ohne müde zu werden.

Introvertierte haben auch eine Menge Energie, aber wir investieren sie in andere Dinge als das rein Soziale. Der Autor Stephen King wird als extrem introvertiert beschrieben. Trotzdem hat er die Energie gefunden, während seiner Karriere mehr als sechzig Ziegelsteine an Romanen und hunderte von Kurzgeschichten zu produzieren. Introvertierte sind energiegeladen, aber nicht immer auf eine Art und Weise, die der Norm entspricht. Wir können als im Verborgenen agierend wahrgenommen werden.

Zur Veranschaulichung würde ich behaupten, dass vieles von dem, was bei computeraffinen Jugendlichen als Faulheit wahrgenommen wird, enorme geistige Herausforderungen beinhaltet. Eine Frau, mit der ich sprach, hatte das verstanden, als sie sich für die Interessen ihres Sohnes interessierte. Anfangs hatte sie den Eindruck, dass er nur ein weiterer verlorener Teenager war, der seine Zeit vor einem Computerbildschirm verbrachte und Spiele spielte. Er sprach mit den Leuten mehr durch sein Headset als im echten Leben. Sie erkannte dann, dass er das Online-Spiel *World of Warcraft* spielte und dass er Verbindungen mit hunderten von beteiligten Spielern koordinierte. Da war er und sprach fließend auf Englisch mit Menschen aus der ganzen Welt. Währenddessen spielte er auf der Tastatur wie ein Pianist, traf strategische Entscheidungen in Echtzeit und befehligte Leute, die viel älter waren als er selbst. Das mag nichts an der Tatsache ändern, dass er ein Computerfreak ist. Aber er ist definitiv talentiert. Vielleicht wird er eines Tages ein Fluglotse mit einem Headset sein, der die Piloten auf genau die gleiche Weise koordiniert.

Das innere Auge

Kennst du jemanden, der ein erfolgreicher Zeichner, Schriftsteller oder Künstler ist? Denke darüber nach, was diese Person bevorzugt. Wo auf der Skala von introvertiert bis extrovertiert liegt diese Person deiner Meinung nach? Die Wahrscheinlichkeit, dass die Person introvertiert ist, ist ziemlich hoch.

Ein Talent, das stark mit Introversion assoziiert wird, ist die bildende Kunst. Psychologische Experimente haben gezeigt, dass es Introvertierten leicht fällt, das Gehörte zu visualisieren. Wir machen einfach Bilder aus Worten. Die Fähigkeit zu visualisieren ist ein Ausdruck dafür, ein nach innen gerichtetes Auge zu haben. Dies ist die positive Seite unserer Grübelei, unsere Abwesenheit von der Gegenwart. Künstlerische Ausdrucksformen haben eine starke Verbindung zur Introversion. Kunst ist das, was unsere Vorstellungskraft von innen heraus stenografiert. Es ist nicht nur Kunst in Form von Malerei und Skulptur. Es bezieht sich auch auf Musik, Film, Poesie und Schreiben. Ich bin überzeugt, dass unsere größten Regisseure Introvertierte sind. Die Liste der Namen spricht für sich selbst. Ingmar Bergman, Woody Allen, Stanley Kubrick, Ridley Scott, Steven Spielberg, sie alle gehören zur stillen Hälfte.

Selbst am Stand der Schauspieler drängen sich die Introvertierten. Wir finden Namen wie Clint Eastwood, Tom Hanks, Meg Ryan, Glenn Close, Gwyneth Paltrow, Marilyn Monroe und Matthias Brandt. Wie kommt es, dass diejenigen, die soziale Interaktion vermeiden, einen Beruf wählen, in dem die Definition von Erfolg massive Aufmerksamkeit ist?

Warum all diese introvertierten Schauspieler?

Als Introvertierter hat man manchmal das Gefühl, aus dem sozialen Kontext herauszufallen. Das macht sich vor allem in einer großen Gruppe von Menschen bemerkbar. Es ist, als ob du auf der Ersatzbank sitzt und den extrovertierten Spielern auf dem Spielfeld zuschaust. Ich glaube, dass diejenigen, die zu Regisseuren, Künstlern, Schauspielern und Schriftstellern wurden, sich darin wiederfanden. Sie nahmen einfach Stift und Papier in die Hand und fingen an festzuhalten, was sie sahen. Woody Allen und Ingmar Bergman werden beide für ihre Fähigkeit, menschliche Beziehungen einzufangen, gelobt. Ich habe einmal mit einem älteren Herrn gesprochen, der sein ganzes Leben lang im Theater gearbeitet hatte. Er beschrieb, dass die meisten Schauspieler, mit denen er gearbeitet hatte, introvertiert waren. Sie waren bühnenscheue Menschen, die erst nach einer Weile im Rampenlicht auftauten.

Robert De Niro nahm 100 Pfund zu, um den gealterten Boxer Jake La Motta in *Wie ein wilder Stier* darzustellen. Christian Bale hat für seine Rolle in *Der Maschinist*, in der er eine magersüchtige menschliche Spitzmaus spielt, extrem viel an Gewicht abgenommen. Beide sind extrem selbstbelichtete Schauspieler, die dafür bekannt sind, in ihren Rollen alles zu geben. Sie sind weiterhin die, die sie spielen, auch wenn die Kamera aus ist. Sie sind fantastische Schauspieler, die sich beide als introvertiert bezeichnen. Es wäre falsch, Meryl Streep nicht zu erwähnen, die von vielen als die talentierteste Schauspielerin der Gegenwart angesehen wird. Sie ist dafür bekannt, dass sie in jede Rolle, die sie darstellt, hineinschlüpft. Auch sie ist ein introvertierter Mensch. Aber nochmal: Warum sollte ein Introvertierter das tun wollen?

Die Erklärung ist folgende: Viele Introvertierte beschreiben, dass sie das Gefühl haben, immer eine Maske zu tragen. Sie haben sich ein Verhalten angewöhnt, das es ihnen leichter macht, mit anderen Menschen zu interagieren. Eine Rolle zu spielen kann daher für Introvertierte eine seltsam häusliche Erfahrung sein. Deshalb sind die Schauspielerei und viele Dienstleistungsjobs gute Kontexte für diejenigen von uns mit dieser Veranlagung. Ein Psychologe behauptete, dass der Introvertierte zwei Persönlichkeiten hat: eine *öffentliche* und eine *private*. Darin steckt eine Menge Wahrheit.

Fokus auf Ergebnisse oder Beziehungen?

Es war ein Chaos. Überall lagen bunte Legosteine und bekritzeltes Papier. Keine der Aktivitäten, die ich als Kind gemacht habe, hing von anderen Menschen ab. Irgendwie hatte ich dieses Bedürfnis nicht. Das Wichtigste für mich waren immer meine Ideen, meine Fantasien und meine Gedanken. Es war das Ergebnis und nicht die Beziehung, was zählte. Einmal haben mein Cousin und ich eine riesige Weltraumbasis aus Lego gebaut. Es war ein riesiges Gerüst, das den Boden meines Zimmers bedeckte. Sobald es fertig war, wollte ich es abreißen und etwas Neues bauen. Für meinen extrovertierten Cousin hingegen war das Ziel, dass wir damit spielen. Ich erinnere mich an diesen Vorfall, weil er illustriert, was immer noch meine durchdringende Philosophie ist: es ist interessanter, etwas zu schaffen, als die Gesellschaft anderer zu suchen. In den Augen des Extrovertierten werde ich dadurch eher ungesellig, sogar etwas zum Einzelgänger.

Extrovertiertheit und Introvertiertheit sind in uns bereits im Alter von ein paar Monaten sichtbar. Wenn du Zitronensaft auf die Zunge träufelst, werden extrovertierte Babys weiter quasseln, weil sie mehr von dem sauren Erlebnis wollen. Introvertierte hingegen neigen dazu, überreizt zu sein und ihren Mund zu verschließen. Es wurde untersucht, wie vier Monate alte Babys auf platzende Luftballons reagieren. Ein Wissenschaftler namens Jerome Kagan führte diese mittlerweile legendären Studien durch. Die Forschung war vor den 1950er Jahren einfach, weil die Gesellschaft Ethik und Moral noch nicht erfunden hatte und es in Ordnung war, wild mit Babys zu experimentieren. Kagan fand heraus, dass einige Babys durch das Platzen der Ballons erschreckt wurden, während andere kaum reagierten. Ein paar Jahrzehnte später nahm er wieder Kontakt zu denselben Kindern auf. Er fand heraus, dass diejenigen, die am stärksten reagierten, die Introvertierten waren und diejenigen, die keine Angst hatten, die Extrovertierten. Diese Art von Langzeitstudie hat uns ein sehr klares Bild davon gegeben, wie extrem ausgeprägt dieses Persönlichkeitsmerkmal ist. Geschätzt ab dem zweiten Lebensjahr beginnen sich die Symptome zu häufen. Ich kann diese Unterschiede deutlich bei meinen jüngeren Kindern sehen. Mein Sohn Ludwig spielt gerne alleine, hat aber Angst vor Geräuschen, während meine Tochter Smilla jede Sekunde Bestätigung braucht und bei allem furchtlos ist, außer bei Buntspechten, vor denen sie aus unerfindlichen Gründen eine Phobie hat.

Ich muss nicht weiter als bis zu mir selbst gehen, um zu sehen, wie beständig diese Charakterzüge sind. Meine Kinder haben Duplo Spielzeug mit riesigen Teilen, geeignet für kleine Kinder oder große Erwachsene mit kindischen Bedürfnissen. Meine Tochter schleppt normalerweise diese Bauteile heran und ich muss einfach mitmachen. Wenn ich eine Stunde später in der Realität erwache habe ich einen Nachbau des Fernsehturms am Alexanderplatz gebaut. Meine gelangweilte Tochter ist aber längst im Nebenzimmer und schaut sich Kindersendungen an. Kurzum, ich habe immer noch diese Affinität zum Basteln, fokussiert zu sein. Sich absolut fokussieren zu können ist ein Schlüsselkonzept im Leben eines Introvertierten. Das ist der Grund, warum ich immer noch süchtig nach Lesen bin. Lesen ist ein Weg, den Geist zur Ruhe zu bringen.

Extrovertierte müssen aktiviert werden

Ein Mädchen, das ich kenne, ist gereist wie kein anderes. Sie hat Killerwale gefüttert, Grizzlybären gestreichelt, hatte Durchfall im Amazonas und ist mit dem Hundeschlitten durch ganz Alaska gefahren. Sie ist eine sehr extrovertierte Person, immer auf Achse. Sie ist immer bereit, Dinge zu erfinden. Das Beste, was sie kennt, ist das Unerwartete und ihr Kalender hat immer Platz für das Spontane. Letzten Sommer wurde sie gebeten, eine Busladung von Fußball-Hooligans zu betreuen. „Klar!" antwortete sie und war ein paar Stunden später zum ersten Mal in ihrem Leben ein Tourguide. Dann verbrachte sie Tag und Nacht mit etwa dreißig Fußballfans. Während dieser Zeit interagierte sie fast jeden Tag mit neuen Menschen. Die Vorstellung dieser Existenz tut meiner introvertierten Seele weh. Zu Hause angekommen, packt sie aus und wäscht ein wenig Wäsche. Sie nimmt ein paar Atemzüge, lüftet die Wohnung ein wenig. Am nächsten Tag bucht sie einen Last-Minute-Flug.

Sie ist ein Beispiel für einen ausgeprägt extrovertierten Menschen. Sie ist neugierig auf das Leben, hungrig nach der Welt. Extrovertierte sind Lebensschnüffler auf der Suche nach dem nächsten sozialen Fix.

Mein Bruder ist ein weiteres Beispiel für Extrovertiertheit. In seiner Welt gibt es immer ein Projekt, immer eine Aktivität, die in der Pipeline ist. Wenn er alleine ist, ruft er jemanden an. Sein Netzwerk an Kontakten ist riesig. Das Mantra, als wir aufgewachsen sind, war: Bist du nicht der große Bruder von Thomas?

Die Extrovertierten glänzen in der Gesellschaft von anderen. Bei der Vermischung wird der Extrovertierte aufgeregt. Die Energie geht durch die Decke, die Stimmung ist hoch, der Abend kann nie enden. Extrovertierte mögen spontane Ereignisse.

„Können wir nicht etwas Verrücktes machen? Einfach irgendwo hingehen!" „Warum?" sagt der Introvertierte, der Planung und Vorbereitung mag, aber vor allem Ruhe und Stille.

„Komm schon, lass uns gehen!" Er hat eine manische Ausstrahlung.

„Wie hieß es nochmal?" Meine Augenbrauen sind irgendwo am Haaransatz.

„Tequila-Selbstmord!" Er lächelt von Ohr zu Ohr. „Eh?"

„So: Du nimmst die Zitrone ins Auge, du schnupperst am Salz und du trinkst den Tequila!"

„Warum tun wir uns das an?" frage ich.

„Sei nicht so verdammt langweilig! Lebe ein bisschen!"

Die Definition meines Freundes von „ein bisschen leben" beinhaltet, sich so zu betrinken, dass du nur noch Vokale in deinem Wortschatz hast.

Der Extrovertierte sucht die Aktivität, der Introvertierte die Stille. Der Introvertierte langweilt sich aus diesem Grund selten. Vielleicht ist das der größte Unterschied zwischen Introvertierten und Extrovertierten.

Ein introvertierter Riese

Hans Eysenck kam schließlich aus dem Flugterminal. Ein zehnstündiger Atlantikflug lag hinter ihm. Alter und Krebs hatten ihren Tribut von seinem Körper gefordert, aber er hatte immer noch diesen scharfen Blick in seinen Augen. Sein alter Freund Professor Thayer wartete auf ihn. Thayer fragte ihn, was er auf der Reise gemacht hat. Er antwortete leise: „Ich habe nachgedacht".

Hans Eysenck ist ein Mann, der in mehr Büchern und Artikeln erscheint als Freud oder Jung. Was er auf dem Feld geleistet hat, war eine großartige Forschungsleistung. Eysenck wurde der Mann, der Biologie und Psychologie verband. Man kann argumentieren, dass er eine 2.500 Jahre alte Reise vollendet hat. Immerhin kamen die ersten Ideen über die Persönlichkeit von Hippokrates noch vor der Geburt Jesu. Es war Hippokrates, der als erster Persönlichkeitstypen kartierte.

Freud und Jung setzten diesen Gedankengang dann mehrere tausend Jahre später fort. Hans Eysenck war der erste, der die wissenschaftliche Methode in diesen Kontexten anwendete.

Er griff einfach Jungs und Freuds Definitionen von Extroversion und Introversion auf und betrachtete sie mit modernen Werkzeugen. Freud und Jung waren eher Philosophen als Psychologen. Sie gingen weniger wissenschaftlich vor und daher waren ihre Formulierungen manchmal extrem abstrakt.

Jung definierte Introvertiertheit und Extrovertiertheit danach, ob du deine Energie von dir selbst oder von anderen bekommst. Freud betrachtete Introvertiertheit als eine Eigenschaft, die in erster Linie mit Selbstbeherrschung zu tun hat. Was Eysenck tat, war, dass er beschloss, zwei Dinge herauszufinden.

- Zu sehen, ob es wirklich eine solche Eigenschaft gab oder ob dies nur ein philosophischer Mythos war.
- Abzubilden, wie diese Vorliebe physisch aussah.

Hans Eysenck hat eine sehr lange und vielfältige Reihe von Studien zur Introversion durchgeführt. Das hat ihn mehrere Jahrzehnte gekostet. Unter anderem isolierte er Introvertierte und Extrovertierte und verglich, wie lange es dauerte, bis sie zu gestresst wurden, um weiterzumachen.

Er entdeckte, dass das von den Herren vor ihm beschriebene Merkmal auf unterschiedliche Hormonspiegel zurückgeführt werden konnte. Die Magnetresonanztomographie (MRT) konnte zeigen, wie sich der Blutfluss in den Gehirnen von Introvertierten und Extrovertierten tatsächlich unterscheidet. Es wurde festgestellt, dass Schlafbedürfnis, Stressreaktionen, Denkprozesse und Wahrnehmung mit dieser Vorliebe in Verbindung stehen. Dazu gehörte eine Studie, die Introvertierte und Extrovertierte miteinander verglich. Die Teilnehmer der Studie durften 36 Stunden lang nicht schlafen und dann wurde ihre Arbeitsfähigkeit bewertet. Es stellte sich heraus, dass die Extrovertierten viel schlechter abschnitten als im Ruhezustand. Introvertierte hingegen behielten weiterhin ungefähr die gleiche Kapazität wie zuvor. Eine der Theorien, die sich herauskristallisiert hat, ist, dass das introvertierte Gehirn ressourceneffizient ist. Er verbraucht weniger Energie als das der Extrovertierten. In diesem Sinne sind Introvertierte eher Marathonläufer als Sprinter.

Hans Eysenck wird als hartnäckiger Introvertierter beschrieben, der dafür bekannt ist, alte Wahrheiten in Frage zu stellen. Er debattierte stundenlang steif und fest. Eine der strittigeren Debatten entstand, als er behauptete, dass es keinen Zweck der Psychotherapie gibt.

Wenn Eysenck nicht gerade in einem wissenschaftlichen Kampf verwickelt war, war er ein höchst produktiver Mensch, der zu Lebzeiten 80 Bücher und hunderte von Berichten schrieb. Er wird als ein zurückhaltender und bescheidener Mensch beschrieben. Er verzichtete oft darauf, seinen Namen unter Forschungsergebnisse zu setzen, weil er andere Leute hervorheben wollte. Kollegen beschreiben, wie er darauf bestand, dass ihre Namen als Autoren auf Berichten erscheinen, die sie gemeinsam schrieben. Hans Eysenck ging 1997 in den Ruhestand.

Seine Website enthält Anekdoten, in denen ehemalige Kollegen und Schüler seine Persönlichkeit beschreiben. Die einheitlichen Merkmale sind, dass er als introvertiert, großzügig und wahnsinnig talentiert beschrieben wird.

Stabilität

Eysenck brachte eine zusätzliche Dimension in die Konzepte von introvertiert und extrovertiert. Er entdeckte, dass es noch eine andere Seite gab, die wichtig war, und man dieser Beachtung schenken sollte. Eine Person mit hoher Stabilität unterscheidet sich in vielerlei Hinsicht von einer Person mit niedriger Stabilität. Psychologen nennen diese Dimension der Stabilität *Neurotizismus*, ein Begriff, der die Tendenz einer Person beschreibt, negative Emotionen zu erleben und zu zeigen. Eine neurotische Person ist anfällig für Wut, Depression und Pessimismus.

Eysenck war der Meinung, dass diese Dimension bestimmt, ob das Persönlichkeitsmerkmal eine Stärke ist oder nicht. Nimm zum Beispiel die Sache mit dem sozial sein. Das könnte man als die stärkste Eigenschaft der Extrovertiertheit bezeichnen. Wenn du sozial und stabil bist, magst du Menschen und einen Dialog. Du beobachtest andere Menschen und interessierst dich für das, was sie sagen. Wenn du sozial, aber nicht stabil bist, wird es eher so sein, dass du Menschen auf die gleiche Art und Weise benutzt, wie Vampire Blut benutzen. Du willst ein Publikum, das dir zuhört und auf deine Bedürfnisse achtet, aber du bist nicht besonders an den Gedanken anderer interessiert. Die Namen der vier Persönlichkeitstypen hat Eysenck der 2.500 Jahre alten Theorie von Hippokrates entlehnt. Diese sind cholerisch, phlegmatisch, sanguinisch und melancholisch.

Eine stabile Person erntet alle Vorteile ihrer Veranlagung, während die instabile Person die Nachteile aufweist.

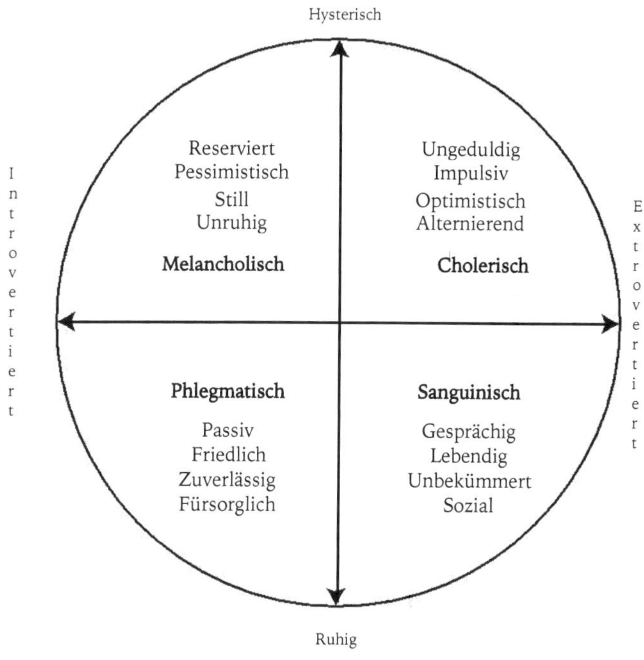

Charakteristika für Eysencks vier Persönlichkeitstypen.

Extrovertiert und hysterisch - Cholerisch

Beispiele: Lucy (bei den *Peanuts*), Miss Piggy, Donald Duck, Giovanni Trapattoni (ehemaliger Fußballtrainer).

Vielleicht ist Lucy im Comic der *Peanuts* ein ikonisches Bild für den Choleriker. Dies ist eine Person, die aufgeschlossen und temperamentvoll ist. Sie zeigt, was sie denkt, reagiert schnell und bildet sich ihre Meinung aus dem Bauchgefühl heraus. Oft dominiert der Choleriker seine Umgebung auf eine schlechte Art und Weise. Das ist jemand, der ein bisschen wie eine Fahne im Wind ist und sich schnell drehen kann. Der Choleriker ist eine schwierige Person, zu der man auch nur schwierig eine Beziehung aufbauen kann, weil sich Temperament, Meinungen und Werte im Handumdrehen ändern. Es wird viel Wert auf Status und Prestige gelegt, Titel werden wichtig.

Introvertiert und ruhig - Phlegmatisch

Beispiele: Linus Jonkman, Buddha, Gandhi, Winnie the Pooh, Bob Ross, Hillary Clinton, Angela Merkel.

Dies ist eine ruhige und sichere Person mit einem tief verwurzelten Selbstbild. Es gibt wenig Bedürfnis nach Selbstbehauptung oder danach Aufmerksamkeit zu erregen. Dieser Typus des Introvertierten wird oft als guter Zuhörer, nachdenklicher Entscheidungsträger oder weise alte Frau wahrgenommen. Der Phlegmatiker ist ein reflektierender Analytiker, der sehr objektiv und unerschütterlich in diesem Denkprozess ist. Als Führungskraft ist es jemand, der ein hohes Maß an Vertrauen in seine Mitarbeiter hat. Der Phlegmatiker lässt Menschen in ihrer Umgebung glänzen.

Extrovertiert und ruhig - Sanguinisch

Beispiele: Snoopy, Jesus, Stephan Raab, Oprah Winfrey.

Das ist die extrovertierte Persönlichkeit von ihrer besten Seite. Sie zeichnet sich durch eine positive und optimistische Einstellung zum Leben aus. Der Sanguiniker hat Vertrauen in die Menschen um ihn herum. Dies ist jemand, der andere Menschen aus den richtigen Gründen mag. Diese Person sieht andere nicht als Werkzeuge, um Einfluss oder Status zu erlangen. Sie ist eine fürsorgliche Person, die andere Menschen in Gespräche einbezieht und die Kommunikation warm hält. Hilfreich zu sein, ohne eine Gegenleistung zu erwarten, ist ein sanguinischer Charakterzug.

Introvertiert und hysterisch - Melancholisch

Beispiele: Charlie Brown, I-Aah (Esel bei Winnie Pooh), AdrianMonk (aus der TV Serie „Monk") Woody Allen, Marilyn Monroe.

Wenn die introvertierte Seite mit einem niedrigen Selbstwertgefühl kombiniert wird, scheint eine gestörte Persönlichkeit durch. Dies ist eine Person, die Veränderungen als Bedrohung und Fremde als Konkurrenz sieht. Das Leben wird durch eine pessimistische Brille betrachtet und der Kontakt zu Fremden wird vermieden. Zynismus ist hier ein starker Charakterzug und der Melancholiker sieht Hintergedanken in anderen Menschen, selbst wenn sie gute Dinge tun.

HSP - die hochsensible Person

In den letzten Jahren wurde viel über das rätselhafte Konzept der *hochsensiblen Person* geschrieben. Häufig abgekürzt als HSP, beschreibt es einen Persönlichkeitstyp, zu dem 15 % der Bevölkerung gehören sollen. Die Entdeckung von HSP wurde 1996 von Elaine Aron gemacht. Ihre Forschung kann als eine Fortsetzung von Hans Eysencks Studien über die Ableitung von Verhalten aus der Biologie gesehen werden. HSP ist ein Zustand, der in vielerlei Hinsicht einige der typischsten Merkmale der Introversion teilt, weshalb ich ihn hier mit aufnehme. Etwa siebzig Prozent der Menschen, die hochsensibel sind, sind introvertiert. Hervorzuheben ist, dass es aber eine Reihe von Merkmalen gibt, die HSP von Introversion unterscheiden.

Im Grunde genommen geht es bei HSP um eine hochsensible Wahrnehmung, ein überladenes Nervensystem. HSP ist ein angeborener Zustand, bei dem man sich sehr auf das konzentriert, was die Sinne in Form von Gerüchen, Geschmäckern, Geräuschen und Bildern wahrnehmen. Diese erhöhte Sensibilität bedeutet, dass eine HSP leicht überstimuliert wird. HSPs nehmen Gerüche als zu stark oder Geräusche als zu laut wahr, lange bevor Nicht-HSPs Unbehagen empfinden. Eine HSP, die ich kenne, wäscht ihren gesamten Kühlschrank, nur weil eine Schale mit Oliven ein wenig fischig riecht. Ihr Belohnungssystem ist empfindlicher als das von Extrovertierten, sodass eine HSP leicht starke Emotionen erleben kann. Hochsensible Menschen können leicht Faszination in kleinen Dingen finden. Diese Eigenschaft teilen sie mit Introvertierten, die dafür bekannt sind, dass sie eine Vorliebe für Details haben und resistent gegen Monotonie sind. Ein hochsensibler Mensch erlebt Erschöpfung im Kontakt mit Menschen genauso wie ein Introvertierter. Eine Schlüsseleigenschaft hochsensibler Menschen ist es, ein großes blutendes Herz zu haben. Es fällt ihnen leicht, sich in andere Menschen einzufühlen. Gleichzeitig kann diese Gabe aber auch zur Last werden, da eine HSP leicht jede schlechte Stimmung aufsaugt und davon betroffen ist. Es gibt die Wahrnehmung, dass HSPs überrepräsentiert sind, wenn es um Burnout geht.

Einfach ausgedrückt könnte man HSPs als in einem Zustand beschreiben, bei dem einige Persönlichkeitsmerkmale auf das Maximum gedreht sind. Typische HSP-Eigenschaften sind

Offenheit für Eindrücke, Genauigkeit, Vorstellungskraft, niedrige Stressschwelle und starke Empathie.

Gemeinsamkeiten von Introversion und HSP:

- Empfindlichkeit gegenüber Reizen. Es ist leicht, Stress und Ablenkung zu erleben.
- Langweilt sich nicht, sondern findet Freude an kleinen Dingen.
- Erschöpft durch den Kontakt mit Menschen.
- Fokus auf Details und Qualität.
- Denkt lange nach und mag es nicht, schnelle Entscheidungen zu treffen.

Exklusiv für HSP:

- Wird leicht sensorisch überlastet. Empfindlich für subtile Dinge, die andere gar nicht bemerken, wie Gerüche oder ablenkende Geräusche.
- Hohe Präsenz im Raum. Sehr aufmerksam auf das, was in der Gegenwart passiert (was eine extrovertierte Eigenschaft ist).
- Lebendige innere Gefühlswelt. Leichtes Ertrinken in starken Emotionen positiver und negativer Natur.
- Empathische emotionale Reaktionen, die die Stimmung anderer Menschen wahrnehmen. Fühlt, was nicht gesagt wird.

Es ist schwer, sich nicht zu fragen, *warum* die Natur uns introvertiert, extrovertiert, ambivertiert, HSP, etc. macht. Warum sind wir nicht alle extrovertiert?

Ein Biologe hat vorgeschlagen, dass die Erklärung darin liegt, dass die Evolution das Risiko gerne verteilt. Alle Persönlichkeitstypen bringen unterschiedliche Stärken mit. Durch die Mischung erhalten wir eine Gruppe von Menschen, die neugierig, reaktiv und spontan sind - Extrovertierte. Eine andere

Gruppe wird nachdenklich, vorsichtig und zurückhaltend - Introvertierte. HSPs bringen zusätzliche Gaben in die Gruppe. Die Natur mag einfach Vielfalt.

Menschen in Schubladen stecken

In einem weit entfernten Land vor langer Zeit, ging ich zu einer Maskerade in der Arbeitswelt. Ich hatte mich selbst davon überzeugt, dass ich ein äußerlich ansprechendes Kostüm mit Bravour tragen kann. Das war, bevor ich mich für Psychologie interessiert habe, bevor ich eine Ahnung von Persönlichkeitsmerkmalen hatte. Ich hatte einen Kollegen, den ich als schmerzhaft langsam in seinem Denken und Worten empfand. Was auch immer ich ihn fragte, er dachte sehr lange darüber nach. Ich hatte das Gefühl, dass er jeder Veränderung negativ gegenüberstand. Er schien es als seine Aufgabe zu sehen, alles genau so zu lassen, wie es war. Das war frustrierend für einen jungen Mann, der überall Potenzial für Verbesserungen sah. Wenn wir sprachen, hatte ich das Bedürfnis, seine Worte zu ergänzen, weil er so langsam sprach. Das hatte zur Folge, dass er mich so sehr mochte wie ich ihn, also gar nicht. Dann wurde ich auf meinen ersten Kennenlern-Kurs geschickt. Dort musste ich einen Persönlichkeitstest machen und zum ersten Mal darüber nachdenken, wie ich im Verhältnis zu anderen bin. Es hat mich überrascht, dass ich eine Persönlichkeit habe. Ich hatte mein ganzes Leben lang gewusst, dass ich *ich* bin, aber ich hatte nie von mir gedacht, dass ich gedankengesteuerter, routinierter und ergebnisorientierter bin als der Durchschnitt. Ich hatte mich nie als jemand gesehen, der weniger Bedürfnis hat, sozial zu sein als andere um mich herum. Das Seltsame war folgendes: Bevor ich meinen ersten Persönlichkeitstest gemacht habe, dachte ich von mir, dass ich in allem durchschnittlich bin, ein durchschnittlicher Mensch. Dann hatte ich eine Einsicht in Introversion und Extroversion. Es war magisch, wie dies mein Bild von anderen veränderte. Mein langsamer, detailorientierter und taffer Kollege wurde nun in meinem neuen

Weltbild zum Introvertierten. In dem Moment, in dem ich ihn in die Schublade gesteckt habe, wurde er ein Aktivposten. Ich begann, seine Nachdenklichkeit als eine Möglichkeit zu nutzen, mich selbst zu reflektieren. Seine Stärken wurden zu einem Weg, das, was ich tat, zu verbessern. Was denkst du darüber? fragte ich ihn. Dann gab ich ihm so viel Zeit zum Nachdenken, wie er brauchte.

Egal für wie offen wir uns halten, wir sollten uns bewusst sein, dass wir ständig verallgemeinern. Unser Gehirn hat eine eingebaute Funktion dafür, die ziemlich phänomenal ist. Es mag rückwärtsgewandt klingen, aber viele Forschungen deuten darauf hin, dass die Generalisierung bei weitem eine der anspruchsvollsten Funktionen ist, die wir in unserem Gehirn haben. Verallgemeinerungen sind eine Art des Denkens, die uns schnelle Annahmen ermöglicht, ohne dass wir viele Informationen aufnehmen müssen. Viele Menschen sind erleichtert, ein Etikett zu bekommen. Ein Freund aus der Kindheit wurde als Erwachsener mit ADHS abgestempelt und empfand dies als große Erleichterung. Plötzlich konnte er erkennen, dass die Züge, mit denen er sein ganzes Leben lang gekämpft hatte, nicht Unsinn und Unreife waren, sondern Teil eines neurologischen Zustands.

Selbst Menschen, die sich selbst als weltoffen bezeichnen und sich stark gegen Verallgemeinerungen wehren, tun dies immer wieder. Ich bin schon mehrmals in Diskussionen mit jemandem geraten, der starke Ansichten gegen jede Art von Verallgemeinerung hat. Eine weise alte Dame sagte: „Um uns unseren Vorurteilen zu stellen, müssen wir zuerst zugeben, dass wir sie haben."

Ich denke, eine Verallgemeinerung muss locker und ungezwungen sein. Sie sollte leicht veränderbar und vor allem tolerant sein, denn jeder Mensch, den du triffst, kann die Ausnahme von der Regel sein. Introvertiert zu sein ist zum Beispiel nicht das Einzige, was du bist. Du bist viele andere Dinge. Du bist vielleicht der große Bruder oder die kleine Schwester von jemandem. Du könntest der Vater oder die Mutter von jemandem sein und das gibt dir bestimmte Eigenschaften. Du kannst ein Einwanderer sein, ein Auswanderer, hetero oder schwul. Alle sind Fäden in dem Gewebe, das deine Persönlichkeit ist. Die Ausnahmen bestätigen die Regel. Meine Frau Hannah zum Beispiel ist sehr geräuschempfindlich, wenn sie sich konzentrieren muss. Dies wird als untypisch für Extrovertiertheit angesehen. Ebenso bin ich untypisch für Introvertiertheit, wenn ich über Themen spreche, an denen ich ein leidenschaftliches Interesse habe. Die Leute nehmen mich eher als leidenschaftlich, redefreudig und kontaktfreudig wahr.

Für mich ist es eine absurde Idee, dass es keine Persönlichkeitsmerkmale geben sollte. Es klingt völlig unvernünftig, dass wir durch Geburt identische Persönlichkeiten erhalten. Es ist doch schön, mich als Introvertierten identifizieren zu können, anstatt herumzulaufen und mich zu fragen, ob etwas mit mir nicht stimmt.

Lukas ist ein introvertierter Blogger, Journalist und Vater von drei Kindern. Er drückt es folgendermaßen aus:

Ich habe mich mein ganzes Leben lang falsch gefühlt, hauptsächlich weil ich introvertiert bin. Ich habe gedacht, dass ich Partys mögen muss, dass ich es mögen muss, die ganze Zeit unter Menschen zu sein, dass ich gut im Small Talk sein muss. Wenn ich das immer wieder versäumt habe, hat das ein schlechtes Selbstwertgefühl und Selbstvertrauen genährt.

Nachdem ich entdeckt habe, dass ich introvertiert bin, bin ich paradoxerweise viel besser darin geworden, extrovertiert zu agieren. Zum einen kann ich meine extrovertierten Ausflüge so planen, dass ich nicht zu müde werde, zum anderen fühle ich mich sicher mit dem, was ich bin, bin stolz darauf, wer ich bin und habe dadurch ein besseres Selbstbewusstsein und Selbstwertgefühl.

Das Konzept des Introvertierten ist für mich extrem wichtig geworden, vielleicht weil ich jahrelang ein sehr extrovertiertes Leben geführt habe, obwohl ich im Grunde ein sehr introvertierter Mensch bin.

Menschen nicht in Schubladen zu stecken, *bedeutet,* sie in eine universelle Box zu stecken. Normalerweise ist die Wahrnehmung dann, dass alle gleich sind wie *ich*, oder schlimmer, wie die *gesellschaftliche Norm*. Für einen Extrovertierten, der einen Introvertierten trifft, kann der Introvertierte schüchtern, langweilig oder arrogant erscheinen, wenn er mit den Augen eines Extrovertierten gesehen wird. Mit Einblick in das Thema ist die Beobachtung meist positiver. Ich denke, wir sollten keine Angst davor haben, Muster zu sehen, solange wir offen dafür sind, sie zu hinterfragen. Das gegenseitige Verstehen erhöht die Toleranz zwischen Menschen, die anders sind. Wie Abraham Lincoln sagte: „Ich mag diesen Mann nicht. Ich muss ihn besser kennenlernen."

Erbe, Umwelt und?

„Ich denke, also existiere ich", sagte der Philosoph René Descartes. Zu existieren und in der Lage zu sein zu denken, ist vielleicht das Geheimnisvollste am Menschsein. Wir wissen jetzt, dass der Grad der Introversion biologisch fest kodiert ist. Bedeutet das, dass das, was wir sind, bereits bei unserer Geburt vorbestimmt ist?

Hier müssen Persönlichkeit und Verhalten als Worte getrennt werden. Ich gebe dir ein Beispiel, wie das gemacht werden kann:

Wir schreiben das Jahr 1920. Du wirst in die Welt geboren und schreist wie jeder andere auch. Leider stimmen deine Eltern mit den Idealen der damaligen Zeit überein. „Kinder sollten gesehen, nicht gehört werden", sagen sie mahnend. Es wird von dir erwartet, dass du deinen Mund nur öffnest, wenn du angesprochen wirst. Steinharte Disziplin ist etwas, das notfalls mit einer Rute ausgeübt wird. Es gibt keinen Raum für Diskussionen, weil: *Vater weiß es am besten.* Auch in anderen Situationen ist das Verhandeln oder Streiten tödlich, denn in diesem Zeitalter geht es nicht darum, Recht zu haben, sondern darum, der Älteste zu sein. Die Lehrer ohrfeigen dich in der Schule bei der kleinsten Andeutung von Ungehorsam. Die ganze Zeit wird dir gesagt, dass du dich benehmen sollst und nicht herumrennen sollst, dich nicht wie ein Kind verhalten sollst. Es wird zu einem Interessenkonflikt zwischen dem, was dir in die Wiege gelegt wurde: deine Extrovertiertheit und der Welt, in der du aufwächst. Die Gesellschaft der 1920er Jahre war sehr introvertiert, autoritär und traditionsbewusst. Die heutigen Ich-will-einen-goldenen-Stern-nur-für-mich-Kinder wären in dieser Zeit wie Aliens. In dem Beispiel bist du also von Natur aus so konfiguriert, dass du sozial, reizbar und gesprächig bist. Die Kultur ist anders, also wirst du wahrscheinlich das tun, was viele Introvertierte heute tun, nämlich eine Maske aufsetzen. Du legst ein eher introvertiertes Verhalten an den Tag, um dich anzupassen und nicht isoliert zu sein. Mit der Zeit wird diese Anpassung tief in dir verankert. Es ändert nichts an deiner Biologie und es wird wahrscheinlich nie gut passen.

Was ich hier beschrieben habe, ist das, was in der Psychologie als die erste und größte Frage gilt: Werden wir mehr durch das Erbe oder die Umwelt beeinflusst?

Im Laufe der Jahre hat die Forschung verschiedene Dinge gezeigt. Eine Zeit lang glaubte die psychologische Elite, dass wir unbeschriebene Blätter sind und dass die Umgebung, der wir ausgesetzt sind, der einzige Einflussfaktor ist. Dann kam eine Zeit, in der man annahm, dass unsere DNA die ganze Wahrheit ist. Studien mit eineiigen Zwillingen, die bei der Geburt getrennt wurden, haben uns einen einzigartigen Einblick in diese Tatsache gegeben. Heute ist die beliebteste Theorie diese:

Es wird davon ausgegangen, dass wir sowohl vom Erbe als auch von der Umwelt geprägt sind, sowie von einer dritten Komponente, die in jüngerer Zeit hinzugekommen ist. Eigentlich ist es die natürlichste Sache der Welt, nämlich die *freie Wahl.* Es wird davon ausgegangen, dass es ein ziemlich ausgeglichenes Verhältnis zwischen Erbe, Umwelt und *Auswahl* gibt. Wir sind als Menschen unabhängig in dem Sinne, dass wir Entscheidungen darüber treffen können, wie wir sein wollen. Wenn du ein extrovertierter Mensch bist und in einer Zeit aufwächst, in der das Ideal introvertiert ist, kannst du dich immer noch entscheiden: *Fuck yes! Extrovertiert und stolz! Ich werde mich nicht anpassen!*

Menschen wie Oscar Wilde oder Oprah Winfrey sind Beispiele für diejenigen, die sowohl dem Erbe als auch der Umwelt getrotzt haben. Sie haben sich aktiv dafür entschieden, die Person zu sein, die sie sein wollen. Wer du wirst, ist deine Wahl.

Verschiedene Sorten in verschiedenen Kulturen

Wenn du Deutsch bist und dich eigentlich extrovertiert fühlst, dann ändert sich das vielleicht nach einem Besuch in den USA. In ihrer Kultur ist die Selbstbehauptung ein integraler Bestandteil. Reden halten ist etwas, das man von der ersten Klasse an lernt. Präsentationsfähigkeiten und Rhetorik werden von jedem geübt, egal ob er introvertiert oder extrovertiert ist. Eine amerikanische HR-Tante, die deinen Lebenslauf liest, wird routinemäßig zwanzig Prozent dessen, was du schreibst, dass du getan hast, außer Acht lassen. Von dir wird einfach erwartet, dass du deinen Einsatz und deine Leistungen übertreibst.

In den lateinamerikanischen Ländern ist die Kultur ebenfalls ausdrucksstark. Sie richtet sich danach aus, dass fast alle Situationen soziale Aktivitäten sind. Man kann wahrnehmen, dass die Menschen dort leben, um Kontakte zu knüpfen. Umgekehrt können manche Kulturen als sehr verschlossen und sozial zurückhaltend gelten. Dies ist zum Beispiel in Japan und

Finnland der Fall. Eine Finnin in meinem Verlag hat mir erzählt, dass Introvertiertheit in Finnland ein Nationalmerkmal ist. Es gibt Studien, die nahelegen, dass sich unser Umgang mit unseren extrovertierten und introvertierten Seiten mit dem Alter verändert. Das bedeutet nicht, dass wir mehr von beidem werden, aber viele Menschen beginnen, diese Seiten um das mittlere Alter herum zu erkunden. Meine introvertierte Mutter zum Beispiel begann sich erst für das Reisen zu interessieren, als sie die fünfzig überschritten hatte. Der Vater eines Kollegen kaufte seine erste Playstation, als er sechzig war. Wenn sich das mittlere Alter abzeichnet, fühlen sich die meisten Introvertierten wohler als Extrovertierte. Eine Studie fand heraus, dass Introvertierte diese Altersphase schon verdaut hatten, bevor sie eintrat, während viele Extrovertierte sich von ihrem eigenen Alter überrascht fühlten. Die klassische Midlife-Crisis ist also generell für den extrovertierten Persönlichkeitstyp stärker spürbar.

Zusammenfassung für Extrovertierte

- Extrovertiertheit ist ein westliches Ideal. In östlichen Ländern ist die Introversion das Ideal. Daher sind extrovertierte Manager eher im Westen und introvertierte Manager im Osten verbreitet.
- Introversion ist biologisch bedingt. Es ist ein Charakterzug, der nicht verändert werden kann. Du kannst dir antrainieren, sozialer zu sein, aber du kannst deine Introversion nicht ändern.
- Introvertierte sind gut im Visualisieren. Diese Fähigkeit erlaubt es uns, in Bildern zu denken und unsere Vorstellungskraft lebendig werden zu lassen.

Kannst du dir antrainieren, ein Extrovertierter zu sein – und möchtest du das?

Ich erinnere mich an eine zitternde Hand am großen Flipchart. Sie war nervös, aber ehrlich. Dies war die letzte Übung in einem Führungskurs, der sich über mehrere Monate hingezogen hatte. Bei der Übung ging es darum, den eigenen offenen und unzensierten Eindruck von der Person neben sich zu schreiben. Sie schrieb: Er hat eine Schale, wie eine Muschel. Sie schaute nervös an mir vorbei, als sie sich wieder setzte. Es war offensichtlich, dass es ihr schwerfiel, diese Rezension zu schreiben. Ich war nicht wütend oder verletzt. Meine erste überraschte Überlegung war: „Hat das nicht jeder?"

Inzwischen habe ich verstanden, dass dies charakteristisch für Introvertierte ist. Wir sind eine Person, wenn wir wir selbst sind, aber in sozialen Kontexten werden wir zu jemand anderem. Damit stehen wir in scharfem Kontrast zu extrovertierten Menschen, die ihre Emotionen und ihre Persönlichkeit nach außen hin zu tragen scheinen.

Manche Dinge sind mit Schalen entworfen, so ist das Leben. Wenn die Kokosnuss keine Schale gehabt hätte, wäre die Milch ausgelaufen. Introvertierte Menschen werden aus diesem Grund oft als zurückhaltend angesehen. Es kann sehr lange dauern, uns kennenzulernen. Das gilt nicht nur für Introvertierte, die sich im Schatten aufhalten. Auch der Klassenclown ist jemand, der eine Maske trägt. Oft bleiben wir sogar für unsere Lieben ein Geheimnis.

Mein Großvater war ein gutherziger, eigenwilliger und introvertierter Mann. Für einige Jahre meiner Kindheit lebte ich bei ihm, nachdem sich meine Eltern geschieden hatten. Die meiste Zeit war er wortkarg, aber manchmal brach er in ein herzhaftes, zahnloses Lachen aus. Er lebte alleine, da seine Frau schon sehr früh verstorben war. Jeden Tag ging er alleine am Strand spazieren und schaute auf das Meer. Er war seltsam handlich und lebte in einer riesigen Villa mit drei Bauernhöfen, die er von Grund auf selbst gebaut hatte. Ich habe noch nie jemanden mit einer solch unglaublichen künstlerischen Ader gekannt, wie er sie hatte. Seine Kunst lebt weiter und ist in der Familie verbreitet. Er schnitzte die realistischsten Figuren aus Holz. Detaillierte Modellboote wurden buchstäblich aus einem kahlen Stumpf geschaffen. Er hatte die Fähigkeit, Dinge wirklich zu sehen. Gleichzeitig war er aber auch zurückhaltend. Ich glaube nicht, dass er jemals ein Wort darüber verlor, wie er sich wegen seiner Kinder fühlte oder über den Kummer, Witwer zu sein. Er trug das alles in sich. Die Person, die ich als Großvater kennengelernt habe, war die Person, die er gewählt hat, um sie der Welt zu zeigen. Wer er im Inneren war, weiß ich nicht. Das Einzige, was ich mit Sicherheit weiß, ist, dass er Haribo Color-Rado liebte. Ich habe jeden Respekt davor, dass er sich die Seiten ausgesucht hat, die er uns zeigen wollte und ich habe sein formelles Auftreten nicht als Problem empfunden.

Soziales Training

Apnoetauchen ist ein seltenes Phänomen. Das Ziel ist es, so lange wie möglich unter Wasser zu bleiben, mit nur einem Atemzug Luft. Am Anfang ist es unangenehm. Du kannst nicht sehr lange unten bleiben. Panik ist nicht weit entfernt, wenn der Sauerstoff zu Neige geht. Aber ziemlich bald passiert etwas Faszinierendes. Nach einer kurzen Zeit verlängert sich die Zeit, die du unter Wasser bleiben kannst, deutlich. Was du merkst ist, dass es statt um das Runterkämpfen um das *Runterschlafen geht*. Wenn dein Körper lernt, sich zu entspannen, wird die Erfahrung des Meeres zu einem Vergnügen. Gleichzeitig wird das Bedürfnis zu atmen viel entspannter, wenn es das tut. Es wird zu einem natürlichen Impuls, Sauerstoff aufzunehmen und es geschieht ohne Angst oder Unbehagen. Ich erlebe soziale Ereignisse auf die gleiche Weise. Es ist möglich, die

Fähigkeit zu trainieren, in sozialen Situationen den *Atem anzuhalten.* Ich fühle mich nicht mehr unwohl, wenn ich in Gruppen bin und ich kann die Illusion, sozial zu sein, erfolgreich aufrechterhalten. Ein Beweis dafür ist, dass Menschen, die mich treffen, oft sagen, dass sie mich als solchen wahrnehmen. Du kannst nicht beeinflussen, ob du ein Introvertierter oder ein Extrovertierter bist, aber du kannst deine Fähigkeit trainieren, in verschiedenen Kontexten unterschiedlich zu agieren.

Die Art und Weise, wie Introvertierte Kontakte knüpfen, muss geklärt werden. Eine weit verbreitete Vorstellung ist, dass Introvertierte einfach keine anderen Menschen mögen. Die Wahrheit ist, dass unsere sozialen Batterien schnell leer werden und wir dann erschöpft und abgeschaltet sind. Bevor das passiert, sind wir so sozial wie jeder Extrovertierte. Ein trauriges Eingeständnis ist angesagt: Ich hasse Menschen, wenn meine Batterien leer sind. Ich spüre, wie ich von einem Pessimismus und Zynismus erfüllt werde, der nicht passt, wenn das passiert. Ich möchte meine Augen von dem Gespräch abwenden und spüre instinktiv, dass ich gehen möchte.

Wann werden die Batterien schnell leer? Hier sind einige Beispiele:

A: Konversation in einer Gruppe mit mehreren lauten Leuten, die ihre eigene Stimme mögen und andere nicht reinlassen.

B: Ständig unterbrochen zu werden ist ein großer Energieräuber. Manchmal wird es offensichtlich, dass die Person, mit der ich spreche, nicht wirklich zuhört, was ich sage. Sie sucht nach *Eingängen,* um über ihre Sachen zu sprechen. Dann werde ich gleich richtig ausgelaugt.

C: Unordentliche Umgebungen mit mehreren laufenden Gesprächen, lauter Hintergrundmusik und klirrendem Geschirr.

Soziale Interaktionen ist eine Währung, von der wir nur einen begrenzten Vorrat haben. Deshalb sind wir nicht diejenigen, die automatisch den Blickkontakt mit der Supermarktkassiererin in REWE suchen. Wir plaudern nicht unnötig mit der Rezeptionistin bei VeniceBeach. Wie ein introvertierter Bücherwurm, den ich kenne, es ausdrückte: „Wir sozialisieren uns nicht mit anderen Menschen, wir tolerieren sie."

Wir versuchen nicht, unseren Bekanntenkreis zu erweitern, sobald wir das Haus verlassen. Extrovertierte haben es auf diese Weise leichter. Sie können sich ganz natürlich mit Menschen verbinden, mit denen sie auf der Straße in Kontakt kommen. Im Einklang mit unserer restriktiven Herangehensweise an Geselligkeit, mögen wir generell keine spontanen Besuche. Ein Introvertierter möchte seine Zeit an Besuche anpassen können und ist nicht auf Standby, um mit jedem über alles zu reden. Ein ungeplanter Besuch ist ein Eingriff in unser tägliches Leben und unseren Kalender. Das Unerwartete unterbricht unseren Rhythmus.

In diesem Punkt sind Extrovertierte meist anders. Sie finden spontane Besuche aufregend und freuen sich, wenn sie zu jeder Zeit stattfinden. Die Form der Geselligkeit hat einen großen Einfluss darauf, wie entspannt sie ist. Bei einem Pärchenabendessen sitzen die Leute um denselben Tisch und schauen sich in die Augen, bis jemand einschläft. Diese Form der Geselligkeit ist hart für einen Introvertierten, dem nach der Vorspeise der Akku ausgegangen ist. In diesem Zustand sich alte Urlaubsgeschichten anhören zu müssen, ist ein Rezept für eine Katastrophe.

Ein Introvertierter mag dennoch und braucht Menschen um sich herum. Aber die perfekte soziale Umgebung ist viel lockerer in der Natur und beinhaltet nicht, dass man die ganze Zeit interagiert und kommuniziert. Mein Freund Jürgen hat es gut ausgedrückt. Er sagte, dass der perfekte Treff mit Freunden für ihn ist, wenn ein paar Freunde bei ihm zu Hause sind. Zwei

Leute sitzen auf seiner Couch und schauen einen Film. Jemand sitzt am Computer und macht etwas, während ein vierter im Sessel sitzt und in einer Zeitschrift blättert. Wenn Introvertierte gute Gesellschaft beschreiben, liegt der Fokus nicht auf der Kommunikation, sondern auf einer Aufgabe. Angeln zu gehen ist ein Beispiel dafür. Wandern in der Natur ist ein anderes.

Ich erinnere mich an einen Tag, den ich mit einem Kindheitsfreund verbracht habe. Er lebte im Ausland und wir hatten uns schon lange nicht mehr gesehen. Jetzt war er wieder im Lande auf Blitzbesuch. Er kam am Morgen zu mir nach Hause und hatte Sushi mitgebracht. Ich sagte: „Hi, schön dich zu sehen." Er sagte: „Hallo, ja in der Tat." Dann setzten wir uns vor den Fernseher und schalteten mein Videospiel ein. Um 3 Uhr morgens war es dann wieder soweit und wir waren die ganze Nacht wach und haben gespielt. Der Dialog, den wir an diesem Abend hatten, hätte auf die Rückseite einer Briefmarke gepasst. Gleichzeitig war es für uns beide eine lohnende Begegnung und eine anregende Zeit.

Introvertierte sparen soziale Energie und horten sie, wenn sie gebraucht wird. Zu viel soziale Zeit überfordert unsere Gehirnschaltkreise und macht es uns schwer, uns selbst zu genießen.

Teenager-Angst

Viele Introvertierte fühlen sich in der Phase unseres Lebens, in der jeder am meisten falsch liegt, unwohl und entfremdet: der *Pubertät.* Die Adoleszenz selbst ist die Definition von Angst. Es geht darum, sich anzupassen und normal zu sein, während in uns ein Hormonkrieg tobt und jeder Tag ein Max Giesinger-Song sein könnte. Wenn du in sozialen Situationen auch noch unsicher bist, macht das die Sache noch schlimmer. Hinzu kommt, dass Introvertierte ausgeprägte Individualisten sind, was es der Gruppe leicht macht, dich als seltsam wahrzunehmen, weil du dich nicht um Modetrends und andere wichtige äußerlichen Marker kümmerst.

Für die meisten Introvertierten ist die Pubertät daher ein langer Leidensweg voller Peinlichkeiten. Wir bekommen einen nicht-hippen Ohrring und wählen eine Bekleidungsmarke, die mit einer anderen Subkultur assoziiert wird als der, zu der wir gehören wollen.

Studien zeigen, dass Extrovertierte in der Jugendzeit generell ein höheres Selbstwertgefühl haben.

Vielleicht hängt es mit dem Bild zusammen, das die Medien von introvertierten Persönlichkeiten haben? Im Film wird der introvertierte Teenager zum Trottel mit Zahnspange, der ein Dummkopf ist und von Extrovertierten manipuliert wird. Der Film *Ferris macht blau* ist ein typisches Beispiel dafür. Matthew Brodericks schnell sprechender Charakter überredet seinen introvertierten Freund im Laufe des Films zu vielen Dingen, die er nicht tun will. Dazu gehört auch, dass er sich das liebste Spielzeug und den Augapfel seines Vaters leiht, einen klassischen Ferrari, der schließlich einen Totalschaden erleidet. Die Teenagerjahre sind hart für Introvertierte, auch wegen des Mangels an Vorbildern. Viele Introvertierte rächen sich später, denn nach den schwankenden Teenagerjahren passiert etwas.

Der Introvertierte reift auf eine andere Weise als der Extrovertierte. Nach Jahren der Verarbeitung von Gedanken und Gefühlen im Inneren, passiert etwas. Der Introvertierte mag noch wortkarg, zurückgezogen und sozial zurückhaltend sein, das ist fest einprogrammiert, aber im Laufe der Jahre entwickelt sich eine natürliche Stabilität, die eine wunderbare Integrität verleiht. Natürlich ist das keine universelle Wahrheit, aber viele ältere Introvertierte stehen mit beiden Beinen fest auf dem Boden. Das liegt daran, dass jahrelanges Grübeln und Nabelschau schließlich zu einem guten Verständnis von sich selbst führen. Und mit dem Verstehen kommt normalerweise auch die Akzeptanz. Ein Introvertierter ist schnell bereit, sich selbst mit seinen Fehlern und Stärken zu akzeptieren.

Freude

Studien zeigen, dass Extrovertierte tendenziell glücklicher sind als Introvertierte. Die Selbstmordneigung ist bei Introvertierten etwas höher. Das könnte so interpretiert werden, dass die positive Einstellung, die Extrovertierte auszeichnet, ihnen tatsächlich hilft, Erfolg im Leben zu haben, aber das stimmt nicht ganz.

Wenn du erfolgreich bist, neigen die Leute dazu, dich für einen Extrovertierten zu halten. Sie werden überrascht sein, wenn du dich als introvertiert beschreibst. Im Westen assoziieren wir Erfolg mit Extrovertiertheit. Zu diesen Verhaltensweisen gehören ständiges Networking, Vertrauen in die eigenen Fähigkeiten, Offenheit, hohe verbale Fähigkeiten, Wettbewerbsgeist und vieles mehr.

Im Osten ist der introvertierte Charakterzug die Norm. Hier werden Reflexion, Nachdenklichkeit und Würde geschätzt. Als erstes oder am lautesten zu reden ist negativ. Sich abheben ist negativ. Dies spiegelt sich in japanischen Sprichwörtern wie: *Es ist der Nagel, der herausragt, der eingeschlagen wird.* Daher sind Introvertierte die glücklichsten Menschen in diesen Kulturen. Glück hat also mehr damit zu tun, was das Ideal in der Gesellschaft ist und wie nah du diesem Ideal bist. Oft gibt es religiöse Gründe, warum das eine oder andere Ideal zum führenden wird. Im Osten ist der Buddhismus ein starker Faktor, der das introvertierte Ideal begünstigt. Unser westlicher Jesus hingegen wirkt im Vergleich dazu ziemlich extrovertiert. Er hing mit seinen zwölf Freunden ab, unterhielt sich mit Fremden und mischte sich unter Menschenmengen, wann immer er die Gelegenheit dazu hatte.

Dieses Ideal ist auch für die Rolle der Führungskräfte von großer Bedeutung. Hier im Westen bevorzugen wir Extrovertierte, während in Ländern wie Südkorea das Arbeitsleben von introvertierten Führungskräften dominiert wird. Deutschland ist in dieser Hinsicht sehr extrovertiert und es wird geschätzt, dass weniger als ein Viertel der Führungskräfte introvertiert sind.

Ich mag Gedankenspiele. Eine Sache, die ich gerne mache, ist, Leute, mit denen ich spreche, durch ein „Last Man on Earth“ Szenario zu führen. Die Frage, die ich stelle, ist: „Du wachst eines Morgens auf. Alle Menschen und Tiere auf der gesamten Erde sind verschwunden. Alles andere bleibt. Was tust du?“

Ich habe das Gefühl, dass die Antwort mit der Präferenz des Befragten zusammenhängt. Wenn du ein Introvertierter bist, könnte die Antwort lauten, dass du Gemüse anbauen, Bücher lesen und ein Instrument spielen lernen würdest. Ein Introvertierter antwortete, dass er exklusive Autos sammeln würde. Extrovertierte hingegen neigen dazu, Dinge zu beantworten wie „Ich würde einen Porsche nehmen und ihn in eine Bergwand fahren.“ Ich habe viele kreative Vorschläge gehört, wie sie sich umbringen würden. Extrovertierte scheinen zu leben, um andere Menschen zu treffen, während Introvertierte glauben, dass sie auch in einer unbevölkerten Welt sinnvolle Beschäftigungen finden können.

Gehört dir die Bar oder der Keller?

Der Extrovertierte ist ein soziales Wesen, das aufgeregt und euphorisch werden kann, wenn viele Menschen beteiligt sind. Extrovertierte Menschen haben eine Leidenschaft, sie sind der Motor der Party und sie gehen erst, nachdem die Bar geschlossen wurde. Introvertierte können auch feiern, aber wir mögen das Vorglühen oft mehr als die eigentliche After-Party. Ich war immer so verständnislos, wenn Leute losziehen und ausgehen wollten. „Warum sollten wir irgendwohin hingehen, wo wir Schlange stehen und Geld bezahlen müssen, nur um zu versuchen, die Lautsprechenden zu überstimmen?“ Die Energie eines Extrovertierten kann als ansteckend und aufbauend wahrgenommen werden. Hauptsächlich erleben es andere Extrovertierte so. Sie können egozentrisch sein. Ich bin auf extrovertierte Menschen gestoßen, die von sich selbst in der dritten Person sprechen. Aber meistens sind Extrovertierte warme Menschen, die zu einer guten Atmosphäre beitragen. Sie lieben andere Menschen und teilen ihr Leben und ihre Freuden mit ihnen. Der Charme extrovertierter Menschen kann leicht mit einem Flirt verwechselt werden, auch wenn sie es nicht so meinen. Nicht selten haben sie die Fähigkeit, introvertierte Menschen aus ihrem Schneckenhaus zu *locken* und uns zu *zwingen*, Spaß zu haben. Sie haben eine Tendenz, andere Menschen zu beeinflussen und manchmal sogar zu dominieren. Auf Partys sehen sie sich oft als eine Art Treibjagdhund, dessen Aufgabe es ist, die steifen Leute, also die Introvertierten an der Bar, in Schwung zu bringen. Es ist immer ein Extrovertierter, der mit schwungvollen Schritten die Introvertierten auf die Tanzfläche zieht. Ich persönlich hasse das Gefühl, auf eine Tanzfläche gejagt zu werden. Auf Partys fühle ich mich wie einer dieser Hummer in einem Fischbecken in einem Restaurant. Es ist nur eine Frage der Zeit, bis jemand auf mich zeigt und mich zum Essen auswählt.

Talent

Es gibt eine Menge Forschung darüber, wie introvertierte und extrovertierte Gehirne mit Informationen arbeiten. Extrovertierte sind Schnelldenker und übertreffen Introvertierte in Bezug auf das, was ihre Sinne aufnehmen. Der Teil des Gehirns, der visuellen Input verarbeitet, arbeitet bei Extrovertierten auf Hochtouren. Wenn ich dich bitten würde, eine Frucht zu nennen, die mit dem Buchstaben P beginnt, würdest du wahrscheinlich als Extrovertierter schneller antworten.

Aber wenn es um andere Arten von Aufgaben geht, solche, die tieferes, längeres Denken erfordern, holen Introvertierte schnell auf. Wir denken langsam, aber in großen Blöcken. Introvertierte nehmen im gleichen Gedankengang viele Informationen auf, bevor unsere Analyse abgeschlossen ist. Du kannst es dir so vorstellen, dass wir eine Ladefläche mit Gedanken füllen, bevor wir sie zu unserem Mund oder Stift transportieren. Extrovertierte haben stattdessen ein Kurierfahrrad, das sofort losfahren kann und Zeit hat, viele Male in derselben Zeitspanne zu laufen. Es gibt einen großen Unterschied zwischen dumm sein und langsam denken. Letzteres ist ein introvertierter Charakterzug, der oft mit ersterem verwechselt wird. Der Erste zu sein, der über ein Problem spricht, hat nichts damit zu tun, dass er es auch lösen könnte.

Musikalische Wunderkinder sind in der überwiegenden Mehrheit introvertiert. Das hat eine gewisse Logik, wenn du die Aufgabe betrachtest, ein Experte in etwas zu werden. Der Weg zu wahrer Expertise besteht aus einer mörderischen Menge an monotoner Wiederholung. Es erfordert Hyper-Fokus und tiefes Engagement. Dies sind Eigenschaften, die der introvertierten Seite einer Person nahe stehen. Introvertierte werden nicht so schnell müde wie Extrovertierte und erreichen daher manchmal einen sehr hohen Grad an Spezialisierung in dem, was sie tun. Introvertierte sind eine Minderheit in der Welt, aber eine Mehrheit unter den wirklich Begabten. Eine statistische Beobachtung, die dies unterstützt, ist, dass je höher der IQ einer Person ist, desto höher ist die Wahrscheinlichkeit einer introvertierten Persönlichkeit. Die Organisation MENSA behauptet, dass die Mehrheit ihrer Mitglieder introvertiert ist. Emotionale Intelligenz, bekannt als EQ, ist auch eine der starken Karten eines Introvertierten. Das mag seltsam klingen. Wie können sozial unbeholfene und introvertierte Menschen geschickt darin Emotionen zu verstehen? Jemand hat vorgeschlagen, dass Introversion mit sozialer Legasthenie vergleichbar ist. Dies ist falsch. Wir können soziale Situationen sehr gut lesen. Es wird angenommen, dass dies mit der Tatsache zusammenhängt, dass Introvertierte eher beobachten als teilnehmen. Wir bemerken und analysieren die Reaktionen und das Verhalten anderer und auch von uns selbst. Im Starterpaket des Introvertierten ist ein kleiner Psychologe, der alles, was um uns herum passiert, beobachtet und darüber nachdenkt. Etwas, das sowohl mit dem IQ als auch mit dem EQ zusammenhängt, ist die Fähigkeit, lange bei einer Aufgabe zu bleiben und sie mit tiefer Konzentration zu erledigen, ohne sich zu langweilen. Das ist zweifelsohne die Eigenschaft, die mir im Leben am meisten geholfen hat. Ohne Ausdauer und Wiederholung hätte ich nichts erreicht.

Ich habe mich daran gewöhnt, dass dies meine Methode zum Erfolg ist. Ich gehöre nie zu den Besten, wenn ich etwas anfange, eher zum Mittelmaß, oder zu den Underachievern. Energetische Extrovertierte sind in der Regel am schnellsten bei der Sache. Aber mit Zeit und Ausdauer überhole ich oft diejenigen, die auf dem Weg müde geworden sind und ihren Ehrgeiz gesenkt haben. Beide Seiten haben ihre Stärken und Schwächen.

Einer meiner eher extrovertierten Bekannten hat mir von der Herausforderung erzählt, Bücher zu lesen. Er sagt, dass er für jede Seite, die er in einem Buch liest, etwa zwanzig Mal Zeit hatte, sich ablenken zu lassen. Gedanken und Eindrücke kommen von allen Seiten herein und stehlen seine Aufmerksamkeit. Der extrovertierte Intellekt ist sehr aktiv und nimmt alle Impulse und Eindrücke um ihn herum wahr.

Ich bin schon ein paar Mal von extrovertierten Menschen angesprochen worden, die sich einem Fitnessstudio anschließen wollten. Ich selbst habe in den letzten zwanzig Jahren regelmäßig trainiert. Es gibt mir Harmonie, aber es ist alles andere als inspirierend. Krafttraining ist eine extrem eintönige Aktivität, die eher wenig Ergebnisse bringt. Wenn du wirklich ehrgeizig bist, kannst du damit rechnen, ein Kilo Muskeln pro Jahr zuzulegen. Aber um diese Gewichtszunahme zu erreichen, musst du dich auf Ernährung, Bewegung und vor allem regelmäßiges Training konzentrieren. Außerdem ist es keine sehr soziale Form des Trainings. Bei so viel Aufwand und so wenig Ertrag sind nur wenige Extrovertierte dazu zu bewegen, lange im Fitnessstudio zu trainieren. Genau das ist auch meine Erfahrung gewesen. Meine extrovertierten Bekannten haben mit voller Energie begonnen und sind etwa einen Monat sehr entschlossen dabei. Weil Ergebnisse Zeit brauchen, werden sie danach meist müde. Monotonie und Introvertiertheit gehen Hand in Hand. Die überwiegende Anzahl der Leistungsträger in den einzelnen Sportarten sind Introvertierte. Meine Hypothese ist, dass dies auf die Toleranz für Monotonie zurückzuführen ist, die sie haben. Zlatan Ibrahimovics italienischer Trainer Allegri beschreibt ihn als einen *sehr introvertierten Typen*. Im Gegensatz dazu scheint es im Mannschaftssport viele Extrovertierte zu geben. Das Gefühl, ein Team zu sein, ist in der Regel ein stärkerer Motivator für Extrovertierte als für Introvertierte, die sich ohnehin nicht als Teil der Gruppe sehen. Introvertierte haben oft den Ruf, langweilig und arrogant zu sein. Introvertierte sind nicht von Natur aus freundlich zu Menschen, die ihnen spontan im Supermarkt über den Weg laufen. Nicht selten sind sie der Feind der Journalisten. Wie Zlatan Ibrahimovic es gegenüber Expertenkommentator Arrigo Sacchi ausdrückte: „Du redest zu viel und schreibst zu viel. Wenn du nicht magst, was ich mache, musst du mir nicht beim Spielen zuschauen."

Aus dem gleichen Grund glaube ich auch nicht, dass dieser Text geschrieben worden wäre, wenn der Autor sozialer gewesen wäre. Dann hätte ich meine Zeit damit verbracht, Roséwein zu trinken und mit oberflächlichen Bekannten auf der Veranda über Politik zu reden.

Vieles von dem, was wir als Talent sehen, ist zweifelsohne das Ergebnis einer extremen Menge an Wiederholungen. Es erfordert unglaubliche Disziplin, auf den Fußballplatz zu gehen, wenn deine Füße mit Blasen übersät sind und es in Strömen regnet. Man braucht viel Geduld, um sich durch die ganze Menge an Texten zu arbeiten, den der Weg zu einer Professur mit sich bringt. Diese Disziplin und Geduld ist das Markenzeichen des Introvertierten.

Introvertierter Wunschzettel

Hier sind einige Tipps für diejenigen, die Harmonie mit dem introvertierten Ökosystem erreichen wollen.

1. Vermeide spontane Besuche. Niemals einfach auftauchen. Rufe vorher an oder schreibe besser eine Kurznachricht, um zu sehen, ob ein Besuch möglich ist.
2. Kurze Telefonate. Die meisten Themen können in drei Sätzen vermittelt werden. Habe ein Ziel, wenn du anrufst. Du kannst gerne eine Nachricht auf dem Anrufbeantworter hinterlassen, falls wir nicht antworten.
3. Buchstabiere richtig. Verwende nicht unnötig GROSSBUCHSTABEN, das wird als Schreien interpretiert. Vermeide tausend Ausrufezeichen oder Smileys, das lässt dich wirken wie ein fünf Jahre altes Kind.
4. Erzwinge keine spontanen Entscheidungen am Tisch. Zeit ist wichtig, um rationale Entscheidungen zu treffen. Gib uns Informationen zur Entscheidungsfindung und lass uns mit unseren Gedanken allein.
5. Vermeide intensiven Augenkontakt.
6. Lass Raum in Gesprächen. Stille ist kein Loch, das gefüllt werden muss.
7. Lass uns auf den Punkt kommen.
8. Mische dich nicht ein, wenn wir uns konzentrieren. Wir haben eine lange Standby-Zeit, um wieder dahin zu kommen, wo wir vor der Unterbrechung waren.
9. Sprich nicht laut in dein Handy an Orten, an welchen man nicht weglaufen kann.

Zusammenfassung für Extrovertierte

- Introvertierte dominieren die akademische, technische und künstlerische Welt. Wir sind dafür eine Minderheit in der Rockmusik und in der Politik. An der politischen Front scheint es aber eine Verschiebung hin zu wortkargen, nachdenklichen Machtmenschen wie Barack Obama oder Angela Merkel zu geben.
- Introvertierte haben eine unerschütterliche Disziplin, wenn es darum geht, sich wiederholende Aufgaben zu erledigen, die sich nur langsam auszahlen. Klassische Sinfoniker sind aus diesem Grund meist introvertiert.
- Je höher der IQ einer Person ist, desto wahrscheinlicher ist es, dass sie introvertiert ist. Die Mehrheit der MENSA-Mitglieder sind Introvertierte.

Haben Extrovertierte die Gabe der Rede?

Die spontane Rede

Ich habe meinen Namen gehört. Hunderte von glücklichen Gesichtern schauten mich an und hoben ihre Gläser. Der warme Abend in Barcelona wurde plötzlich noch wärmer. Ein tobender Applaus setzte ein. Ich war überrumpelt. Mein Herz schlug wie verrückt, meine Beine zitterten. „Sag ein paar Worte!" drängte der Moderator und hielt mir das Mikrofon hin. Ich packte es mit weiß gewordenen Fingerknöcheln und wurde völlig passiv. Alles, was ich produzierte, war ein seltsam brummendes Kehlgeräusch. Die längste Kunstpause der Welt hat gerade stattgefunden. Das Publikum applaudierte pflichtbewusst, als ich zu meinem Platz zurückkehrte. Ich fühlte mich abwesend.

Winston Churchill sagte: „Eine gute spontane Rede braucht mindestens drei Wochen an Vorbereitung." Die Aussage klingt sicherlich so, als käme sie von einem Introvertierten. Das spontane Wort ist nicht unser Freund. Wenn ein Introvertierter spontan spricht, ist das, was du hörst, eine Aneinanderreihung von alten einstudierten Monologen und Aussagen. Mit der Introversion kommt das Bedürfnis, Dinge zu durchdenken. Wir wollen unsere Worte innerlich konstruieren, bevor wir sie mit der Welt teilen. Wie bereits erwähnt, gibt es zahlreiche Beispiele für introvertierte Redner. Das sind Menschen, die für sich selbst eine Rolle als Sprecher konstruiert haben. Niemand hätte sich vorstellen können, dass aus dem nervösen Landstreicher, der in Barcelona einen sprachlichen Totalausfall hatte, ein renommierter Redner werden würde.

Es ist nicht das, was du siehst, was dir sagt, ob eine Person introvertiert ist oder nicht. Sicherlich gibt es Dinge, die als typisch für das Auftreten von Introvertierten gelten. Wir können solche Dinge wie konservative Kleidung in Erdtönen oder

Grauschattierungen und eine Vorliebe für Schwarz erwähnen. Ein steifer Gesichtsausdruck und eine monotone Stimme sind weitere klassische Anzeichen. Aber viele sind vom Zeitgeist gefärbt. Vielen wurde in der Schule Rhetorik beigebracht und gelehrt, über den Aufbau ihrer eigenen Marke nachzudenken. Sie haben vielleicht bewusst ein Bild geschaffen, um gesehen zu werden. Das hat zur Folge, dass viele der klassischen Schilder nicht mehr funktionieren. Was die Einstellung einer Person offenbart, ist das Muster des Lebens im Allgemeinen. Die wichtige Frage ist: Was tust du, wenn du nichts tun musst? Hinter dieser Frage liegt die Antwort: Ein wahrer Introvertierter hat viel Qualitätszeit mit sich selbst.

Ich habe einen guten Freund namens Manfred, der Kontexte schafft, in denen er im Mittelpunkt steht. Er betrachtet sich selbst als introvertiert, aber das ist nichts, was irgendjemand glauben würde. Er nennt es seine Theaterpersönlichkeit. Wenn es nötig ist, holt er einen geradlinigen Partygänger heraus. Mit fester Stimme und stolzer Haltung betritt er die Bühne und scheint direkt aus dem Herzen zu sprechen. Aber es gibt immer einen Spickzettel. Er sorgt immer dafür, dass er einen einsamen Moment bekommt, bevor es soweit ist. Er spielt eine Rolle, brillant.

Das ist etwas, das mir bewusst geworden ist, seit dieses Thema in den Medien diskutiert wird. Viele von denen, die wir als extrovertiert ansehen, sind in Wirklichkeit gar nicht extrovertiert. Es sind Menschen, die seit ihrer Kindheit aus sozialen Zusammenhängen geflohen sind, um Frieden zu finden. Menschen, die ihre Introvertiertheit vielleicht nicht verstanden haben, sich aber fragten, ob mit ihnen etwas nicht stimmt.

Spontaneität und Stress sind für mich eine fatale Kombination. Am selben Abend wie die Rede in Barcelona sagte ich zufällig zu unserem CEO: „Nur ein Mann weiß, was einem Mann gefällt." Ich finde es immer noch schwierig zu erklären, warum ich das gesagt habe. Ich fühlte mich gezwungen, etwas

Spontanes, Lustiges und Unvergessliches zu sagen. Am Ende kann ich sagen, dass ich es wenigstens geschafft habe, etwas zu sagen, das nicht vergessen wurde. Es beruhigt mein Gewissen, dass ich nicht allein bin, wenn ich unter Stress die dümmsten Dinge sage. Niemand im Universum ist dümmer als ein gestresster Introvertierter. Studien zeigen, dass Introvertierte im Denkprozess anfällig sind. Stress führt dazu, dass unsere Gedanken durcheinandergeraten. Die Stärke, die wir normalerweise in Bezug auf Logik, Reflexion und Analyse haben, verschwindet. Extrovertierte hingegen werden durch Stress und Druck angespornt. Sie arbeiten schneller und präziser, wenn sie unter Druck stehen. Einige Extrovertierte behaupten, dass die besten Dinge, die sie in ihrem Leben getan haben, in der Hitze des Gefechts entstanden sind. Stress ist die Achillesferse von Introvertierten. *Wir spielen am besten, wenn der Gegner nicht da ist.*

Wäre ich vorgewarnt gewesen, dass ich den Preis erhalten würde, hätte ich eine bessere Spontanrede gehabt. Die Stärke der Introversion liegt in der Vorfreude, der Reflexion und der Möglichkeit, sich vorzubereiten. Wie viel Zeit habe ich, um darüber nachzudenken? ist immer meine erste Frage, wenn ich vor einer Aufgabe stehe. Für Introvertierte ist es eine Notwendigkeit, etwas Abstand vom Thema zu bekommen.

Kann ein Introvertierter ein ebenso herausragender Redner werden wie ein supersozialer Extrovertierter? Reflexartig scheint die Antwort nein zu sein. Der stereotypische Redner ist ein lebendiger Extrovertierter, der die Bühne wie ein Komet betritt. Brüllende Energietypen wie Steve Ballmer bei Microsoft sind zur Ikone geworden. In einem mittlerweile legendären YouTube-Video rennt er schweißgebadet auf die Bühne und schreit: „I LOOOVE THIS COOMPANNNYYY YEAAHHHH!“ Das zappelige Phänomen Clifford Stoll war der TED Speaker of the Year 2010. Diese beiden sind zu

Markenzeichen dafür geworden, wie wir den *inspirierenden Redner* sehen.

Auf den ersten Blick wirken die großen Redner unserer Zeit alle extrovertiert, an der Grenze zum Manischen. Es gibt viele großartige Redner mit deutlich extrovertierten Persönlichkeitsmerkmalen. Ein Großteil der ausdrucksstarken Körpersprache, die man bei der Extrovertiertheit findet, ist das, was wir mit Charisma in Verbindung bringen. In den 1960er Jahren wurde ein Experiment von einem Gentleman durchgeführt, der sich als Dr. Fox ausgab. Dr. Fox tourte durch verschiedene Schulen in den USA und sprach zu Schülern. Er war aber in der Realität ein Schauspieler. Dr. Fox war wunderbar charismatisch und spielte seine Botschaft mit großer Energie aus. Mit hohem Puls und üppigen Bewegungen vermittelte er die Botschaft an die Gymnasiasten, die gebannt vor ihm saßen. Hinterher war das Publikum lyrisch und hatte das Gefühl, eine Menge gelernt zu haben, auch wenn sie sich an nichts mehr erinnern konnten. Der Punkt war, dass Dr. Fox wirklich nur Kauderwelsch redete. Die ganze Vorstellung war voller logischer Lücken. Aber die Schlussfolgerung des ganzen Experiments war diese: ein ausreichend charismatischer Sprecher wird als Autorität wahrgenommen, egal was er oder sie sagt. Charisma übertrumpft Substanz, zumindest auf kurze Sicht. Deshalb ist das Bild des stereotypischen Sprechers auch so deutlich extrovertiert.

Introvertiert und Redner, ein selbstschädigendes Verhalten?

Warum also sind einige unserer lautesten Sprecher so still? Wie konnte ein Introvertierter so laut sprechen, dass sein Traum von einer farbenblinden Gesellschaft auf der ganzen Welt gehört wurde und noch heute, 60 Jahre später, nachhallt? „I have a dream“ wurde als die mächtigste Rede der Weltgeschichte bezeichnet. Auch heute noch können Martin Luther Kings Worte eine Erektion bei mir auslösen, wenn ich eine raspelkurze Audioaufnahme höre. Die Botschaft wird herausgesungen, zitternd vor Kraft.

Winston Churchill, Al Gore und Barack Obama gelten ebenfalls als introvertiert, sind aber für ihre starken Reden bekannt. Warum sind viele Introvertierte hervorragende Dozenten, wenn diese Veranlagung per Definition soziale Abstinenz impliziert?

Die perfekte Rede

Dale Carnegie wird als der Vater der modernen Rede bezeichnet. Er behauptete, dass eine wirklich starke Leistung von drei Dingen abhängt. Bei keinem dieser drei geht es darum, sich mit dem gesprochenen Wort wohlzufühlen.

1. Zeige nur die Spitze des Eisbergs an Wissen, das du hast. Wenn du gebeten wirst, 5 Minuten lang über etwas zu sprechen, solltest du genug Wissen haben, um 50 Minuten darüber zu sprechen.
2. Das Publikum muss das Gefühl haben, dass du *dir das Recht verdient hast*, über dein Thema zu sprechen. Das Publikum muss glauben, dass du gekämpft hast und diszipliniert warst in deinem Kampf, um ein Champion des Themas zu werden. Zum Beispiel hat eine Person, die die Konzentrationslager überlebt hat und darüber spricht, mehr Gewicht, als ich jemals zu diesem Thema haben könnte.
3. Die dritte und vielleicht wichtigste Komponente ist das Engagement. Du musst diesen nerdigen, eingeschneiten Eifer haben, der dich aus echtem Engagement sprechen lässt. Ein begeisterter Redner ist ansteckend. Er sendet Signale aus, die bei anderen Menschen Interesse wecken. Wir hören dem Redner zu und denken: Das will ich auch, diese Leidenschaft!

Diese drei Komponenten sind für jeden Introvertierten selbstverständlich. Da wir uns mit dem gesprochenen Wort nicht wohlfühlen, werden wir automatisch mehr Material lesen, als für unsere Leistung notwendig ist. Wenn wir dann aufstehen und sprechen, sind wir oft schon Lichtjahre über den Zeitpunkt hinaus, an dem wir uns das Recht verdient haben, zu dem Thema zu sprechen. Wir haben bereits geprobt und geübt, was wir vor dem Spiegel sagen werden. Diejenigen, die uns am nächsten stehen, mussten sicherlich als Publikum fungieren und Kritik üben. Wir bereiten uns vor und hoffen, dass andere das auch tun. Mit der Introvertiertheit kommt ein enormer Respekt vor dem gesprochenen Wort. Wenn du einen Introvertierten aus freien Stücken auf einer Bühne siehst, kannst du sicher sein, dass es sich um echtes Engagement für das Thema handelt.

Etliche Extrovertierte nehmen ihren Auftritt mit einem Fersenkick, habe ich festgestellt. Sie stellen ihre PowerPoint-Präsentation fertig, während sich das Publikum hinsetzt. Sie beginnen zu sprechen, ohne zu wissen, wo es enden wird, aber mit einem starken optimistischen Glauben, dass es gut sein wird. Sprechen ist für sie ganz natürlich.

Ich hatte schon mehrmals die Gelegenheit, meinen Stil mit dem von viel extrovertierteren und introvertierteren Menschen zu vergleichen. Einige der Dinge, die mir aufgefallen sind, sind die folgenden:

Extrovertierte Sprecher

- Fesseln das Publikum mit ihrem Charisma.
- Fordern und aktivieren das Publikum sozial. Mögen es, das Publikum zu berühren und versuchen, eine Beziehung zu ihnen aufzubauen.
- Bauen oft spielerische Aktivitäten für das Publikum ein. Als Zuschauer wirst du aufgefordert, andere Fremde körperlich zu berühren. Ihr werdet ermutigt, zu zweit zu

diskutieren oder euch gegenseitig in die Augen zu schauen. Ich glaube, ich muss dir nicht sagen, was ein introvertiertes Publikum über solche Dinge denkt.

- Ändern ihr Material von Zeit zu Zeit. Sagen verschiedene Dinge während ihrer Auftritte und halten die Botschaft auf diese Weise lebendig. Die Änderungen fügen einen Nerv hinzu, der den Sprecher wach hält.
- Legen wenig Wert auf Details und mehr auf das Erzeugen von Energie.
- Sind bestrebt, während der gesamten Aufführung einen Dialog zu schaffen, oder zumindest die Illusion eines Dialogs.
- Sind in der Regel etwas dünner an formalem Wissen, aber lebendiger und dynamischer in der Ausstrahlung. Verbringen mehr Zeit mit der Performance als mit dem Inhalt.
- Spüren keine Nervosität, sondern eher einen Adrenalinschub, bevor es losgeht.
- Leben Zeitverschwendung im Übermaß. Denken, dass es so viel Spaß macht zu reden, dass sie meist ihre Redezeit überziehen.
- Ziehen ihre Highlights aus der Wiedererkennung durch das Publikum.
- Beantworten alle Fragen des Publikums, egal ob der Sprecher eine Ahnung von der Antwort hat oder nicht.
- Gestalten den Inhalt oft persönlich und voller selbsterlebter Situationen. Der Sprecher versucht, Emotionen zu vermitteln und bietet sich selbst an.
- Nehmen bei ihrer Rede den Redner in den Fokus. Die Rede dreht sich oft sehr stark um den Redner und beginnt meist mit einer PowerPoint-Folie, die über den Redner erzählt.

Introvertierte Redner

- Verzaubern das Publikum mit ihrer Botschaft.
- Versuchen, das Publikum mit cleveren Fragen und unerwarteten Punkten intellektuell herauszufordern.
- Sind akribisch und haben ein vorgegebenes Material, an dem ständig gefeilt wird.
- Merken sich große Mengen an Informationen. Verbringen mehr Zeit mit dem Inhalt als mit der Überlieferung.
- Konzentrieren sich darauf, die Vorlesung rechtzeitig zu beenden.
- Scheinen improvisiert zu sprechen, obwohl das selten der Fall ist.
- Haben oft eine zurückhaltende Körpersprache. Steve Jobs' berühmte Rede in Princeton ist ein überragendes Beispiel für etwas, das trotz eines völligen Fehlens von Mimik oder Publikumskontakt verzaubert.
- Gestalten das ganze Paket als Skript.
- Haben Schmetterlinge im Bauch bevor es losgeht.
- Basieren ihre Highlights auf ausgeklügelten Theorien, relevanten Zusammenhängen und gewichtigen Argumenten.
- Setzen nicht auf Status und Prestige, wenn du alles weißt. Können Fragen aus dem Publikum mit einem ehrlichen: „Darauf habe ich keine Antwort“ beantworten.
- Gestalten den Inhalt oft interessant und inspirierend, ohne die Erfahrungen des Sprechers in den Vordergrund zu stellen. Der Sprecher bewahrt durch die Performance Distanz und Integrität.
- Fokussieren sich in der Rede hauptsächlich auf das Thema.

Das Problem mit dem Pokerface

Einer der Fallstricke für Introvertierte ist, was passiert, wenn das Thema wirklich interessant für uns ist. Wenn wir wirklich interessiert sind, bekommen wir die gleiche Ausstrahlung wie ein gefrorenes Fischfilet. Je toter der Blick und je steifer das Gesicht, desto mehr hören wir zu. Leere im Äußeren bedeutet Empathie im Inneren. Dies steht im Gegensatz zu den Extrovertierten, die andersherum arbeiten. Je lebendiger ihre Mimik ist, desto interessierter sind sie. Meine Frau besteht darauf, dass ich manchmal etwas Einsilbiges sage, oder wenigstens blinzle, wenn sie spricht. Sie möchte das, damit die anderen um uns herum nicht denken, dass sie mit sich selbst spricht.

Das hat mich als Dozent schon mehrfach verwirrt. Obwohl ich selbst ein introvertierter Mensch bin, vergesse ich, was ein Pokerface bedeutet. Ich denke, die meisten Introvertierten sind sich dessen auch nicht bewusst. Manchmal habe ich dagestanden und gefühlt, dass ich nichts vom Publikum zurückbekomme. Die Sitzreihen waren voll von abwesenden oder, meiner Meinung nach, genervten Gesichtern. Aber im Nachhinein haben sie sich gemeldet und davon geschwärmt, wie sehr sie von meinem Vortrag in den Bann gezogen wurden. Das Signal für Interesse ist bei Introvertierten einfach anders als bei Extrovertierten.

Im Tierreich gibt es ähnliche Kommunikationsprobleme zwischen Katzen und Hunden. Wenn ein Hund mit dem Schwanz wedelt, ist er glücklich. Wenn eine Katze mit dem Schwanz wedelt, will sie dich töten. Das ist einer der Gründe, warum Katzen und Hunde nicht immer so gut miteinander auskommen. Ich selbst arbeite daran zu versuchen, aktiver zu sein, wenn ich die zuhörende Partei bin. Wenn ich wirklich zuhöre, neigt mein Blick oft dazu, wegzudriften. Ich finde es einfacher, mich auf das zu konzentrieren, was gesagt wird, wenn ich nicht gleichzeitig visuellen Input vom Erzähler erhalte. Manchmal hilft es, beim Zuhören die Augen zu schließen. Das liegt daran, dass eine Menge Bilder in meinem Kopf gemalt werden, während ich zuhöre. Es ist verwirrend, auf zwei Bildschirme gleichzeitig zu schauen. Wenn dies als Desinteresse fehlinterpretiert wird, verstehe ich das. Ich versuche nun, Interesse zu signalisieren, indem ich mich nach vorne lehne, anerkennend nicke und lache, wenn es lustig ist. Manchmal entstehen Probleme, wenn ich von Tagträumen entführt werde. Dann höre ich mit halbem Ohr zu und lache zur falschen Zeit. Manche Menschen sind intensiv, wenn sie kommunizieren. Sie sprechen schnell und laut. Sie nutzen jede stille Sekunde und schauen dir aufmerksam in die Augen, während sie sprechen. Das ist ein typisch extrovertierter Charakterzug. Ich kenne auch Introvertierte, die sich so in Gespräche stürzen. Der Effekt, den es auf mich und andere Introvertierte hat, ist, dass wir uns etwa 45 Grad von ihnen abwenden, als ob wir versuchen, uns vor einem Sturm von Worten zu schützen. Meine Frau hat immer von der iPhone-Blase gesprochen. So nennt sie mein Selbstverteidigungsmanöver in diesen Momenten. Wenn jemand zu intensiv wird, senke ich meinen Blick und schaue auf mein Handy. Auf diese Weise bekomme ich ein paar Sekunden ohne Reize, in denen ich Luft holen kann. Unsere traditionelle Sichtweise auf Redner und Publikum ist falsch. Wir denken, wir wollen einem extrovertierten Redner zuhören und wir denken, wir wollen ein introvertiertes Publikum. In der Realität ist es oft genau andersherum. Du willst ein extrovertiertes Publikum, denn sie sind engagiert, interessiert und inspiriert auf eine Weise, die den Raum belebt. Ein introvertierter Redner achtet darauf, dass er rechtzeitig auf den Punkt kommt, anstatt sich auf einen spontanen Wortausflug zu begeben. Ein introvertiertes Publikum ist zurückhaltend und kritisiert manchmal offen kleinere sachliche Fehler: „Laut Wikipedia durften Avocados nicht 1978, sondern erst 1979 nach Neuseeland eingeführt werden."

Aufgesetztes Lächeln

Leute, die mich kennen, sagen, dass ich steif werde, wenn ich Vorträge halte. Ich habe versucht, mehr zu lächeln, aber ich habe erkannt, dass meine Ausdruckslosigkeit von einem starken inneren Fokus kommt: Je mehr ich lächle, desto weniger weiß ich, was ich sagen soll. Aus irgendeinem Grund, sobald ich lächle, schalte ich ab. Mein Pokerface ist ein zementierter Teil dessen, wie ich und viele Introvertierte funktionieren.

Ich würde sagen, dein Pokerface ist ein *Vorteil* der Introversion. Ich erinnere mich an Vorlesungen, bei denen ich nervös war. Meine Stimme war zittrig und ich spürte die Röte in meinem Gesicht pochen. Der Schweiß ließ mein Gesicht glänzen und die Lippen waren klebrig. Im Nachhinein hat man mir gesagt, dass ich Ruhe und Zuversicht ausstrahle, obwohl ich wirklich sehr nervös war. Es ist beruhigend in einem Vortragskontext zu wissen, dass deine Nervosität nicht auffällt.

Ein starker Grund, warum Introvertierte in einer Vortragsrolle gedeihen können, ist, dass sie uns die Möglichkeit gibt, über etwas unter vier Augen zu sprechen. In alltäglichen Gesprächen sind wir es gewohnt, dass Extrovertierte uns das Wort entreißen, sobald wir nicht schnell genug sprechen. Sobald du auf der Bühne stehst, hast du die Chance, Inhalte genau so zu vermitteln, wie du es möchtest. Du wirst auch die Chance haben, sie in einer ununterbrochenen Linie zu liefern. In vielerlei Hinsicht ist die Rolle des Sprechers ideal für den Introvertierten, wenn er sein Lampenfieber überwinden kann.

Sprechen ist silbern, Schweigen ist brillant

Wir saßen mit unseren Stühlen in einem Kreis. Der Moderator war offensichtlich ein Extrovertierter. Egal, wie ich mich drehte, ich musste den verweilenden Blicken von jemandem begegnen. So saßen eine Handvoll von uns und studierten unsere Schuhe. Die Extrovertierten schauten nach vorne und lächelten in die Gesichter gegenüber. Ich habe sie sofort bemerkt. Der Blick schrie: „Schau mich an!“ Leoparden- Strumpfhosen, knallrote Brillengestelle und eine bunte Federboa zogen die Blicke auf sich. Wir begannen mit der obligatorischen Steh-auf-und-erzähl-mir-wer-du-bist-Übung. Oder, wie Introvertierte es sehen: in kurzer Zeit so viel wie möglich über sich selbst prahlen. Der Reihe nach steht eine Person auf. Mit jeder Person steigt der Druck auf den nächsten Sprecher ein wenig. Mit jedem Sprung, den das Wort macht, wird es ein wenig wichtiger, ein bisschen weniger witzig, viel ernster und als jemand rüberzukommen, der sowohl erfolgreich als auch weltgewandt ist. Ich verstehe den Zweck. Die Dame mit dem lauten Outfit konnte nicht stillsitzen. Sie war ungeduldig darauf, dass man ihr sagte, wer sie war. Die Acrylnägel mit Sternen darauf trommelten ungeduldig gegen die Armlehnen des Stuhls. Sie hörte kein Wort von dem, was die anderen ihr sagten. Jetzt war sie dran. Sie machte einen Schritt in die Mitte des Rings und begann mit großen Gesten von ihrer Leidenschaft im Leben zu erzählen: sich selbst. „Das erste, was du an mir bemerken wirst, ist, dass ich eine Menge Platz in einem Raum benötige. Ich rede gerne und viel und zum Glück habe ich die Gabe der Sprache.“

Dann hat sie nicht aufgehört. Mit einer Million Wörter pro Minute startete sie in einen fünfzehnminütigen Monolog. Ich war so erstaunt über ihre Selbstliebe, dass ich Muskelkater an den Augenbrauen bekam. Das war purer Narzissmus. Sie war das, was einer Karikatur von konzentrierter Extrovertiertheit am nächsten kam.

Sprechen ist für niemanden selbstverständlich. Viele Extrovertierte haben, wie diese Dame es ausdrückte, die Gabe der Rede. Aber viel weniger haben sie die Gabe, *gut* zu sprechen. Mit Leichtigkeit aufzustehen und spontan zu sprechen ist nicht dasselbe wie es gut zu machen. Die größte Herausforderung für einen introvertierten Redner ist es, sich zu trauen. Obwohl ich schon viele Vorträge gehalten habe, habe ich immer Schmetterlinge im Bauch vor einem Auftritt. Für einen Extrovertierten besteht die Herausforderung eher darin, die Zuhörer nicht mit Worten totzuschlagen. Ein übermäßig extrovertierter Redner neigt dazu, zu viele Worte und zu wenige Kunstpausen zu verwenden. Es brauchte eine Woche Folter in der Redeschule des Dale Carnegie Instituts, bevor meine Reise begann. Es gab lange Tage, die mit Übungen gefüllt waren, in denen ich Stegreifvorträge zu allen möglichen Themen halten musste. Ich war zittrig in Stimme und Hand während jeder Präsentation. Am Abend kam ich schweißgebadet nach Hause und starrte mit glasigen Augen vor mich hin. Das Training ließ mich geistig erschöpft zurück. Aber ich habe trotzdem weitergemacht, weil ich das Gefühl hatte, dass es etwas ist, in dem ich gut werden kann. Nach dieser Woche war ich wieder auf den Beinen und das ist auch gut so. Ich bin absolut überzeugt, dass alle Menschen lehren können. Es ist nur eine Frage der Übung und Selbstkritik. Mein Schlüssel ist, dass ich mich sehr auf den ersten Satz konzentriere, den ich hervorzaubere. Sorgfältig versuche ich, einen spontanen Einzeiler oder ein nachdenklich stimmendes Zitat auszuwählen. Dann benutze ich es als Eisbrecher für das Publikum. Wenn ich zum Beispiel in Berlin bin, beginne ich normalerweise damit, mich für meinen Sprachfehler, den schwäbischen Dialekt, zu entschuldigen. Wenn das Publikum lacht, ist das Eis gebrochen und meine Nervosität ist wie weggeblasen. Nervosität ist, so wie ich es sehe, ein ständiger Begleiter für einen Introvertierten in diesen Kontexten. Lampenfieber ist etwas, mit dem man lernen muss umzugehen. Das hängt mit den Hormonen zusammen. Es braucht nicht besonders viel, um uns Introvertierte zu stressen. Auch wenn ich schon mehrere hundert Male gesprochen habe, kann ich mich in dieser Situation immer noch unwohl fühlen. Heute bin ich ein guter Redner, nicht *trotz* meiner Introvertiertheit, sondern *wegen* meiner Introvertiertheit.

Zusammenfassung für Extrovertierte

- Der Respekt des Introvertierten vor dem gesprochenen Wort wird zu seiner Stärke als Redner. Der introvertierte Redner ist vorbereitet, gut belesen und pünktlich.
- Der Introvertierte kann sehr gut als Zentrum eines sozialen Kontextes funktionieren, zum Beispiel als Redner. Es ist für ihn jedoch wichtig, dass er zwischen den Auftritten Zeit findet, um seine Batterien wieder aufzuladen.
- Wenn ein Introvertierter mit Interesse zuhört, kann es scheinen, dass er in einen apathischen Schockzustand verfallen ist.

Bedeutungsvollere Treffen

Introvertierte hätten es leichter, sich mit Extrovertierten zu unterhalten, wenn es nicht um die *Menge* der Worte ginge. Ein ausgeprägter Extrovertierter siebt keine Worte, sondern füllt die Stille komplett aus, um lange Sätze zu bilden. Es gibt keine Bemühungen, kurz und prägnant zu sein. Auf den Punkt zu kommen ist nicht das natürliche Ziel von jemandem, der Konversation als Selbstzweck sieht. Dies ist einer der häufigsten Stolpersteine im Dialog zwischen Extrovertierten und Introvertierten. Eine weitere Quelle der Irritation ist die Art und Weise, wie die Worte ausgetauscht werden. Ein Extrovertierter wird das Wort von anderen wegnehmen, wenn ihm danach ist und erwartet dafür, dass er von anderen des Wortes beraubt wird. Unterbrechen und unterbrochen werden ist ein natürlicher Teil des Rhythmus zwischen zwei Extrovertierten.

Für Introvertierte ist das anders. Ich ärgere mich, wenn ich unterbrochen oder überhört werde, wenn ich versehentlich zu lange auf meinen Worten verweile. Telefonanrufe sind eine Qual, weil du die Person am anderen Ende nicht sehen kannst. Der logische Weg, um in einem Telefongespräch das Wort zu ergreifen, ist die Unterbrechung des Gesprächspartners. Ich weiß, dass viele Leute denken, dass ich mich nicht um sie kümmere, weil ich sie nicht anrufe. In der Tat hasse ich das Telefon und das ist die ganze Wahrheit. Viele Introvertierte mit mir fühlen sich vielleicht schuldig wegen unserer Telefonphobie.

Schlimmer als unterbrochen zu werden ist es, wenn jemand Worte einfügt. Das kann dein Blut zum Kochen bringen. Ein guter Dialog für einen Introvertierten hat das gleiche Muster wie eine sinnvolle Arbeit, er geschieht nacheinander. Wenn ich unterbrochen werde, habe ich normalerweise keine Lust, mich zu wiederholen und werde stattdessen still. Die Unlust, sich zu wiederholen, ist etwas, das bei Introvertierten immer wieder vorkommt. Um einen betrunkenen Mann zu zitieren, der mit einem Wachmann vor einem Pub streitet: „Halt die Klappe, wenn du mit mir redest!“

Extrovertierte Kommunikation - ein Teil Inhalt, sieben Teile Worte

Wenn du ein extrovertierter Mensch bist, benutzt du wahrscheinlich achtzig Prozent mehr Wörter als du brauchst. Kraftvolle Kommunikation für einen Introvertierten ist die Botschaft *zwischen* den Worten. Die Fähigkeit, etwas innerhalb des Interessenspektrums des anderen zu vermitteln, ist das ganze Geheimnis. Zu Hause haben wir die *Drei-Sätze-Regel* eingeführt. Diese ist dafür da, dass ich aufnehme, was Hannah sagt, wenn sie etwas Wichtiges vermitteln will.

In seiner Einfachheit bedeutet es, dass die Botschaft in drei Sätzen zusammengefasst werden muss. Wenn die Nachricht länger ist, besteht die Gefahr, dass meine Interessenspanne nicht ausreicht und ich anfange zu träumen. Eine der Herausforderungen, die Introvertierte mit den Extrovertierten haben, ist, dass sie das, was wichtig ist, in einem Strom von Worten tarnen. Sie verstecken das, was wirklich wichtig ist, in parallelen Sprachspuren. Das führt dazu, dass meine Gedanken in der Geschichte hin- und herspringen, ohne dass ich einen Inhalt erfassen kann.

„Und dann habe ich zu Ingrid gesagt, dass sie WOW denken muss! Hast du es gesehen? Ein Hirsch! Denn ich werde sicher nicht ihre Sekretärin sein und ... Übrigens, sie schmeißt am 5. nach der Arbeit eine Party. Was soll ich dann anziehen? Und *übrigens, kannst du die Kinder an dem Tag abholen*? So nah habe ich noch nie einen Hirsch gesehen. Gott, ich werde hungrig. Keine Hamburger, die essen wir so oft, eeh, ich habe zugenommen, nach diesem Wochenende - keine Leckereien mehr für mich. Ingrid hat viel Gewicht verloren, sie sieht krank aus.“

So könnte ein extrovertiertes, spontanes Gespräch mit meiner Frau aussehen. Außerdem fällt es mir schwer, mich beim Fahren des Autos, in dem wir sitzen, daran zu erinnern, dass plötzlich eine Aufgabe anstand.

„Hast du die Kinder nicht abgeholt? Das hatten wir doch vereinbart!"

Teile des Gesprächs auf diese Weise zu verpassen, ist keine Sache der Bosheit, sondern eines mobilen Intellekts. Ich habe bereits beschrieben, dass Extrovertierte in der sozialen Interaktion wie Schmetterlinge herumflattern. Der Introvertierte flattert auf diese Weise im Kopf herum.

Ich habe von der Drei-Sätze-Regel erzählt, als ich von der Frankfurter Allgemeinen Zeitung über Introversion interviewt wurde. Ich habe von einem CEO gehört, der diese Regel in seiner Firma eingeführt hatte. Ein mahnender Finger: Zu Hause hat sich Hannah ein Schlupfloch geschaffen, indem sie extrem lange Sätze verwendet.

Enthusiasmus wird als Apathie fehlinterpretiert

Enthusiasmus ist etwas, das Beziehungen verkomplizieren kann. Wenn du einem Extrovertierten etwas zeigst und ihn nach seiner Meinung fragst, wird das deutlich. Es ist, als ob die Meinung bereits im Kopf des Extrovertierten ist. Normalerweise gibt es sofort einen langen Strom von Gedanken und Kommentaren. Die Meinung wird in der Millisekunde, in der sie entsteht, in Worte gefasst. Das macht den Einsatz von Extrovertierten zum Ausloten der Resonanz (Sounding Board) sehr lohnend. Es ist, als würde man einem Gehirn beim Denken zuhören. Extrovertierte sind geschickt darin, ihre Eindrücke in Worte zu fassen.

Allerdings gibt es oft Probleme, wenn Introvertierte als Sounding Board fungieren müssen.

„Was hältst du von dieser Tapete, die ich online gefunden habe?“ Ich lege den Kopf schief und blinzle. Für meinen Verstand versuche ich, mir die kurze Seite des Raumes mit der Tapete vorzustellen. Ich brauche ein paar Sekunden zum Nachdenken. In der Zwischenzeit hat Hannah Zeit gehabt, sich zu ärgern: *„Nah! Das hat dir nicht gefallen, oder?“*, schnaubt sie. Schweigen wird negativ interpretiert. Das habe ich in meinem Berufsleben schon einige Male erlebt. Die Reflexion eines Introvertierten wird von einem Extrovertierten als Pessimismus interpretiert. In diesem Fall würde ich sagen, dass es der Extrovertierte ist, der sich anpassen muss. Mein Rat an Extrovertierte ist, auf eine Meinung zu warten, anstatt sich auszudenken, was du denkst, was Introvertierte denken. Wir haben eine langsamere Reaktionszeit und einen anderen Denkprozess. Unsere Worte werden arrangiert, nachdem wir denken, nicht währenddessen.

Es gibt einen Unterschied zwischen dumm sein und langsam sein. Der introvertierte Denkprozess ist langsam aber tief.

Die besten Dinge, die ich in meinem Arbeitsleben abgeliefert habe, folgen dem gleichen einfachen Prozess: Gib mir eine Herausforderung und Zeit zum Nachdenken. Danach liefere ich etwas Starkes ab. Wenn ich während eines Meetings gezwungen bin, etwas sofort zusammenzufassen und zu lösen, geht das meistens nicht gut aus.

Stille

Es ist auffällig, dass viele Extrovertierte sich unwohl fühlen, wenn Gespräche zufällig enden. Nach ein paar Sekunden werden sie nervös. Oft wiederholen sie einen Satz, der zuvor besprochen wurde. Hannah erzählte mir von einer Reflexion, die sie durch ihre Erfahrung in ihrer Tätigkeit im Bereich HR während verschiedener Job Interview Gespräche bekam.

Sie glaubt, dass es extrovertierten Menschen leichtfällt, sich spontan und unkonventionell zu äußern. Sie haben in der Regel ein hohes Maß an Vertrauen in ihre verbalen Fähigkeiten. Sie findet aber, dass Introvertierte in den meisten Interview-Situationen stark sind. Sie bleiben bei der Beantwortung der Frage und reden nicht um den heißen Brei herum. Geistesblitze sind all diese völlig unnötigen Füllwörter wie ähm oder nah. Sie erinnert sich an einen jungen, quirligen Kerl, der jeden Satz mit einem selbstbewussten „Verstanden?“ beendete. Er hat den Job nicht bekommen.

Es ist eine gute Übung für diejenigen, die Zeit mit Introvertierten verbringen, zu lernen, Kunstpausen im Gespräch zu schätzen. Werde bequem mit der Stille. Ein Klassenkamerad sagte einmal, dass das deutlichste Zeichen von Freundschaft ist, dass sich Schweigen nicht unangenehm anfühlt.

Während Hannah die introvertierte Nachdenklichkeit in Rekrutierungssituationen schätzt, gibt es viele Zeiten, in denen sie nicht angebracht ist. Wir leben in einer schnelllebigen Welt, in der die richtige Abfolge von Wörtern den Ausgang einer jeden Situation kontrollieren kann. Deshalb belohnt das spontane Wort das Schnelle. Wir werden ermutigt, übereinander zu klettern und uns durch die Bewerbungsschlangen zu drängen. Wenn wir einen Job wollen, meint der Jobsuch-Coach, dass wir den Recruiter anrufen sollten, auch wenn er sagt, dass er keine Zeit hat, ans Telefon zu gehen. Es signalisiert Interesse. Besonders in Klassenzimmern oder bei Arbeitsbesprechungen ist die extrovertierte Norm offensichtlich. Wir sprechen darüber, wie wichtig es ist, sich zu trauen, Platz einzunehmen. Viele Menschen haben das so interpretiert, dass es auch darum geht, Platz von anderen wegzunehmen. Die Vorliebe des Introvertierten für das Nachdenken und das Massieren der richtigen Wortfolge eignet sich oft nicht für das alltägliche Tauziehen am Arbeitsplatz.

Was einen fruchtbaren Austausch ausmacht, darüber kann man geteilter Meinung sein. Manchmal werde ich von extrovertierten Menschen angesprochen, die behaupten, dass sie meine Fähigkeiten nutzen wollen. Ich mag es, zu gefallen, also tappe ich immer in diese Falle. Wenn wir uns dann treffen, reden sie während des gesamten Meetings ununterbrochen, bis die Zeit abläuft. „Danke, du hast mir eine Menge zum Nachdenken gegeben", sagt sie, als wir das Treffen beenden. Das macht mich immer so verwirrt. Denn es scheint offensichtlich, dass der Extrovertierte denkt, wir hätten tatsächlich einen gemeinsamen Austausch gehabt.

Integrität

Ich bin ein Filmliebhaber. Im Internet lese ich mit großem Interesse über kommende Filme. In den Diskussionsforen ist mir die Tendenz der Leute aufgefallen, darüber zu diskutieren, welche Stars bodenständig sind und welche durch ihre Berühmtheit überheblich geworden sind. Stars werden kategorisch in entweder *gute Menschen* und *arrogante Arschlöcher* eingeteilt. Die allgemeine Auffassung ist, dass Stars, die sich die Zeit nehmen, jederzeit Autogramme zu geben, diejenigen sind, die cool sind. Die Stars, die nicht damit einverstanden sind, von Fans im Skilift angehalten zu werden, sind arrogante Diven.

Ich sehe das nicht so. Mein Glaube ist, dass es vielmehr um Extroversion und Introversion geht. Bill Clinton wurde als der extrovertierteste Mensch im Universum beschrieben. Es wurde beschrieben, wie er die Energie aus Menschenmengen aufsaugt und immer energiegeladener wird, je mehr Menschen er trifft. Ein Mann wie Bill hat den Ruf, immer Zeit für Menschen zu haben. Das ist nicht überraschend, denn Extrovertiertheit ist der Drang, andere Menschen zu treffen. Ein Star wie Tobey Maguire hingegen hat den gegenteiligen Ruf. Er ist genervt, wenn Fans versuchen, mit ihm auf der Straße ins Gespräch zu kommen und zieht sich zurück. Als Ergebnis wird er in den Foren gekreuzigt und als *arrogantes Arschloch* betitelt. Ich kann verstehen, dass es unangenehm ist, wenn jemand mitten in einem Restaurantbesuch einbricht und den Moment stört, den du mit deinen Liebsten hast. Was weniger Leute zu beachten scheinen, ist Tobeys tiefes Engagement in einer Reihe von Wohltätigkeitskampagnen. Nein, deine Neigung, spontan mit Fremden zu reden, entscheidet nicht darüber, ob du ein guter Mensch bist oder nicht. Diese Neigung ist nur ein Ausdruck davon, wie sozial du bist.

Wie würdest du reagieren, wenn ein Kunde mitten während eines Picknicks mit deiner Familie auf dich zukommt? Der Kunde fängt an, mit dir über etwas zu reden, das offensichtlich in die Arbeitszeit gehört, ohne Respekt vor deiner Freizeit. In meiner Weltanschauung sind die Diven-Stars wahrscheinlich Menschen mit introvertierten Persönlichkeiten und einer großen Integrität.

Ich kann mich daran erinnern, dass ich neben extrem intelligenten Kollegen saß, die eher introvertiert waren. Wir sprechen hier von Menschen mit einer fast absurden Fähigkeit, logische Probleme zu lösen, die aber keine Höflichkeitsfloskeln wie Hallo, Danke oder Guten Morgen gelernt haben. Weder Extrovertiertheit noch Introvertiertheit entschuldigen eine respektlose Behandlung von anderen Menschen.

Die persönliche Sphäre

Die persönliche Sphäre ist dem Introvertierten heilig. Studien haben gezeigt, dass Introvertierte und Extrovertierte die gleiche Distanz zu ihrem Gesprächspartner bevorzugen. Introvertierte Menschen sind jedoch viel sensibler dafür, wenn diese überschritten wird. Wir empfinden Unbehagen, wenn uns jemand zu nahe kommt. In einem überfüllten Aufzug zu stehen, ist für mich eine Qual. Insgesamt scheint es, dass das Konzept der Privatsphäre einen höheren Aktienkurs für einen Introvertierten hat.

Wir sind allergisch gegen kontaktsuchende Verkäufer. Freche Typen, die aussehen, als seien sie gerade dem Big Brother Container entsprungen, die in Einkaufszentren Handyverträge verkaufen, sind besonders verhasst. Manchmal kann es sich so anfühlen, als würden wir in den Geschäften einen Spießrutenlauf durchmachen, während anhängliche Verkäufer uns verfolgen.

Moderne Verkaufstechniken beinhalten in der Regel, dass Verkäufer Blickkontakt mit uns aufnehmen und uns mit lauter Stimme ansprechen. Normalerweise geschieht dies in einem Tonfall, der den Eindruck erweckt, dass wir uns kennen: „Na, und, wie geht's?“

Diese Technik ist bei Introvertierten nur erfolgreich, wenn das Ziel ist, uns *gar nichts* zu verkaufen. Ein lustiger Trick ist es, zu versuchen, in genau demselben hyper-positiven Tonfall zurückzusprechen: „Aber hey, was geht ab?“ Es wird dann offensichtlich, wie konstruiert der ganze Dialog ist. Bekleidungsgeschäfte, die Introversion nicht verstehen, haben Verkäufer, die uns an der Tür abholen und uns direkt fragen: „Was kann ich für dich tun?“ Es mag höflich und freundlich sein, ist aber kein guter Weg, um uns zu erreichen.

Lass uns erst einmal Platz, um uns umzusehen. Introvertierte brauchen Zeit, um für sich selbst zu reflektieren. Unser Geist möchte vom Einfluss anderer isoliert sein. Einfach Hallo zu sagen, wenn wir reinkommen, reicht schon längst aus.

Soziale Finesse

Gesprächsthemen sind ein Problem. Dieser entspannte Smalltalk ist für einen Introvertierten oft schwierig.

„Diese Wurst musst du unbedingt probieren. Es kommt von einem fantastischen kleinen Bauernhof in der Nähe unseres Sommerhauses in Lyon.“

Introvertierte landen schwer im Dialog, was problematisch sein kann: „Nein danke, ich habe gelesen, dass rotes Fleisch Krebs verursachen könnte."

Extrovertierte sind oft Meister des oberflächlichen, unbeschwerten, ausgeglichenen Dialogs. Sie finden etwas, über das sie mit jedem reden können, was ein großes Talent ist. Sie können dieses einfache, ausgeglichene, unbeschwerte „Hey, was gibt's?" Wenn ein Introvertierter diese Frage stellt, meinen wir nicht „Was ist los?". aber „Wie ist es wirklich?" Wir versuchen, mit unserer Frage direkt in die Tiefe zu gehen, denn das ist der einzige Wert, den wir sehen können. Wir hören der Antwort aufmerksam zu, aber mit einem Pokerface. Das kann dazu führen, dass wir manchmal *zu* intensiv, ein wenig zu aufdringlich rüberkommen. Wir geben uns viel Mühe in der Diskussion, was die sozialen Schmetterlinge mit extrovertierten Persönlichkeiten beschweren kann. Mir ist aufgefallen, dass wir dazu neigen, mit den Personen, mit denen wir reden, lange zu bleiben. Auf mehreren Cocktailpartys habe ich festgestellt, dass ich eigentlich den ganzen Abend mit der gleichen Person geredet habe. Ich bin kein Schmetterling. Vielmehr bin ich ein schäbiger Geier, der sich ein Stück Aas aussucht und sich darauf stürzt. Wenn das Opfer in Ordnung zu sein scheint, d.h. kein Arschloch ist, lasse ich nicht los. Alles oder nichts! Ich habe das oft mit introvertierten Freunden diskutiert und es ist anscheinend eine gängige Strategie unter uns. Das Gute an dieser Gesprächstechnik ist, dass wir manchmal jemanden treffen, der *Recht hat.* Dann haben wir auf einmal ein sehr tiefes und lohnendes Gespräch mit jemandem, den wir vor fünf Minuten noch nicht einmal beim Namen kannten. Es ist, als ob wir eine Abkürzung durch all die Schichten der gesellschaftlichen Höflichkeiten nehmen und offen über Dinge sprechen, die uns am Herzen liegen. Introvertierte lieben es absolut zu reden. Aber wir sind auf der Suche nach einer tiefen Verbindung, einer größeren Bedeutung der Konversation als nur der Oberfläche.

Kannst du Introversion lesen?

Es gibt eine Reihe von Anzeichen, die zeigen, ob eine Person extrovertiert oder introvertiert ist.

Zu den Dingen, die die Extrovertiertheit charakterisieren sollen, gehören:

- Fragen direkt zu beantworten, ohne Zeit zum Nachdenken zu haben.
- „Mit den Händen sprechen" und einen lebendigen Gesichtsausdruck haben. Körperlich werden und die Person, mit der du sprichst, berühren.
- Kleidung, Frisur und Auftreten sollen Aufmerksamkeit erregen.
- Kräftige Farben und Glitzer.
- Ein Gesprächsstil, bei dem du andere unterbrichst. Eine Menge Augenkontakt.
- Auch darauf zu achten, was um dich herum außerhalb des Gesprächs passiert.

Zu den introvertierten Eigenschaften gehören:

- Pokerface. Monotone Stimme.
- Wenige Worte und eine Verzögerung bei den Antworten. Nachdenklichkeit.
- Formale Körperhaltung, vermeidet es, andere viel zu berühren. Ein Blick, der bei intensivem Nachdenken verschwindet. Konservative Kleidung mit gedeckten Farben. Vorliebe für Graustufen, Erdtöne und Schwarz-Weiß. Kein Look, der Aufmerksamkeit erregt.
- Wiederkehrende Kleidung. Facebook-Gründer Mark Zuckerberg hat zum Beispiel verraten, dass er zwanzig identische Kopien des grauen T-Shirts besitzt, das zu seinem Image geworden ist.

Es gibt dicke Bücher darüber, wie man Menschen schnell ansprechen kann, um mit ihnen zu kommunizieren, sie zu überreden, auszutricksen oder anzuziehen. Manchmal ist das auch genau das Richtige. Ich habe einmal vor einem Raum voller introvertierter Softwareentwickler gesprochen. Alle im Raum trugen graue oder schwarze Kleidung. Doch wir leben in einer Welt, die uns lehrt, wie wir uns verhalten müssen, um im Leben erfolgreich zu sein. Ich kenne ein Mädchen, das an ihrem Arbeitsplatz wegen ihres farbenfrohen und ausdrucksstarken Stils von der Gemeinschaft ausgegrenzt wurde. Sie fing dann an, sich viel konservativer zu kleiden und steckte ihre Haare zu einem strengen Dutt hoch. Dann gewöhnte sie sich an diese Zurückhaltung und dies wurde ihr Stil. Wenn du sie nach den Tipps auf der Liste beurteilt hättest, hättest du sie bestimmt in die falsche Kategorie gesteckt.

Hinzu kommt, dass wir dazu neigen, uns von Situation zu Situation ein wenig zu verändern. Wie ein sehr bärtiger alter Psychologe es scharfsinnig formulierte: Wer du in einem Raum bist, hängt davon ab, wer in dem Raum ist. Wenn deine Kollegen sehr introvertiert sind, ist es leicht für jemanden, der weniger introvertiert ist, eine Rolle zu übernehmen, die etwas kontaktfreudiger ist. Aber wenn dann andere Extrovertierte da sind, ist es leicht, zurückzusinken und still zu werden. Während wir eine Persönlichkeit haben, werden wir von den Menschen und der Umgebung um uns herum geprägt. Manchmal *agieren* wir und manchmal *reagieren* wir. Einer meiner Freunde ist ein gut getarnter Introvertierter. Er sitzt viel alleine und arbeitet an verschiedenen Dingen. Daher ist er, sobald er Menschen trifft, voll geladen und macht einen sehr wachen und sozialen Eindruck. Er scherzt, gönnt sich etwas und spricht mit seinen Händen. Er trägt lächerlich große Hey-ich-arbeite-in-der-Werbung-Schals und gestreifte Shirts in vielen Farben. Für einen Beobachter sind sein Auftreten und Verhalten eindeutig extrovertiert. Aber wir reden eigentlich über einen Introvertierten.

In den frühen 2000er Jahren gab es eine riesige Menge an *So-kannst-du-Mädels-aufreißen-Literatur*. Neil Strauss *Die perfekte Masche* kann als das schwerste Buch in diesem Genre angesehen werden. Um es in einem Satz zusammenzufassen: Je mehr du dich von der Masse abhebst, desto mehr bekommst du Umarmungen von Erwachsenen.

Strauss spricht über den *Pfaueneffekt*. Optisch so einzigartig zu sein wie ein männlicher Pfau, gilt als positiv für die Balz. Es wird angenommen, dass man dem anderen Geschlecht das Richtige signalisiert, wenn man optisch auffällt. Die Folge dieser Idee war, dass die Leute in den Clubs in den Jahren nach 2000 absolut verrückt aussahen. Ganz im Ernst: Erwachsene Männer trugen schockierend pinke Manchesterjacken, Rüschenhemden und Cowboyhüte. Jeder zweite Typ sah aus, als würde er eine Dotcom-Firma während der Blütezeit der IT-Blase leiten. Besuche irgendeine Stehparty der Medienbranche und du wirst sehen, was ich meine. Jeder ist darauf aus, *besonders* auszusehen, was sie auch tun, aber nicht so, wie sie denken. Dies ist ein weiteres Beispiel dafür, dass Aussehen, Stil und Persönlichkeit oft nicht zusammenpassen. Es gibt viele stille Menschen, die einen extremen Look erfinden, um sich mit Gleichgesinnten zu verbinden. Oft scharen sie sich um eine bestimmte Subkultur. Die Gothic-Szene ist zum Beispiel eine Kultur, die gut zu Introvertierten zu passen scheint. Was verwirrend erscheinen mag, ist, dass ein Introvertierter einen extremen Look zu seinem Erscheinungsbild hinzufügen würde. Ich denke, dass man meistens nicht jemandem ansehen kann, was seine Vorlieben sind.

Um zu sehen, ob jemand wirklich introvertiert ist, musst du sein ganzes Lebensmuster studieren. Die klassischen Zeichen treffen nicht auf jemanden zu, der sich der modernen Gesellschaft angepasst hat. Schließlich hat man uns beigebracht, dass es falsch ist, sich zurückzuziehen und diskret zu sein. Nein, du musst wissen, was Menschen tun, wenn sie ganz natürlich sind, um die Antwort zu kennen. Einer der gesprächigeren Menschen, die ich getroffen habe, ist ein Taxifahrer. Ich fragte ihn, ob es ihn immer amüsiert, Menschen zu treffen. Er antwortete, dass er sich an den Wochenenden mit seinem Hund isoliert. Sie sind beide zu seiner Hütte im Wald gegangen und er hat mit niemandem gesprochen. Es war seine Art, seine Batterien wieder aufzuladen. Jemand, der super-sozial zu sein scheint, braucht vielleicht dringend Zeit für sich allein.

Der innere Kreis der Hölle sind Networking-Events

Vor ein paar Jahren hätte ich mich lieber nackt in Brennnesseln gewälzt, als ein Galadinner zu besuchen. Aber irgendwo auf dem Weg habe ich gelernt, eine bessere Beziehung zu Events aufzubauen.

Meine berufliche Praxis bringt mich in Kontexte, in denen ich nicht im richtigen Element bin. Oft muss ich mit vielen Menschen zusammen sein. Hier sind ein paar Tipps, die ich aufgeschnappt habe, die ein solches Event auch für einen Introvertierten angenehm machen können.

Survival Guide für Networking-Events

1. **Mit einem Wort:** Warum? Ein einziges Wort reichte aus, um mit jedem einen Dialog zu führen. Dieses Wort verwandelt Smalltalk in eine sinnvolle Unterhaltung. Wenn dir jemand erzählt, dass er seine Wohnung, seinen Job oder sein Studium gewechselt hat, frage: Warum? Aber das Wort sollte mit Neugierde und Wohlwollen ausgesprochen werden. Es gibt einen Unterschied zwischen fragen und hinterfragen.
2. **Reite einen Partylöwen.** Wenn du einen Freund hast, der ein Networking-Profi ist, kannst du dich glücklich schätzen. Stell dich hinter deinen Freund und benutze ihn als Eisbrecher. Mit so jemandem in der Nähe hast du die Wahl, so gesprächig zu sein, wie du möchtest.

3. **Kurz Luft schnappen.** Wenn du das Gefühl hast, zu ersticken, geh auf die Toilette, stell dich auf den Balkon oder schau dir die Dekoration an. Du musst nicht erklären, wohin du gehst. Warum denken wir, dass wir dir sagen müssen, wohin wir gehen?
4. **Zombieblick.** Früher haben mich die Menschenmengen gestört. Auf dem Oktoberfest fühlte ich mich wie eine Kröte inmitten der stampfenden Rinder. Ein Kollege, der an die Menschenmassen in Kalkutta gewöhnt ist, lehrte mich etwas. Sieh niemanden an. Solange du den Leuten nicht in die Augen schaust, werden sie dich meiden. Das funktioniert hervorragend. Lege dir einen toten Blick zu und schaue an den Menschen vorbei. Es lässt sie denken, dass du sie nicht siehst und deshalb entfernen sie sich.
5. **Rapport.** Der Psychologe Milton Erickson entdeckte, dass der Dialog mit Patienten verbessert wurde, wenn er diskret ihre Körpersprache nachahmte. Die Technik wird Rapport genannt. Du bemerkst, wie die Leute stehen und klingen. Wenn sie schnell sprechen und nach vorne gerichtet sitzen, tust du das gleiche. Wenn sie die Position wechseln,, tust du dasselbe, aber mit einer Verzögerung, um nicht offensichtlich zu wirken. Die Theorie des Rapports besagt, dass je weniger Kontrast in Körperhaltung und Stimme zwischen zwei Menschen besteht, desto einfacher ist es, eine entspannte Form des Gesprächs zu erreichen.
6. **Hör zu!** Das offensichtliche Talent eines Introvertierten ist die stärkste Karte, die in sozialen Situationen zur Verfügung steht. Wir haben die Fähigkeit, aktiv zuzuhören, ohne primär zu versuchen, Öffnungen für unsere eigenen Worte zu finden. Wenn ein Gespräch schwierig wird, gibt es immer die Möglichkeit, zuzuhören.

7. **Der therapeutische Winkel.** Schon früh bemerkte Sigmund Freud, dass die Art und Weise, wie er sich in einem Gespräch positionierte, sehr wichtig war. Er fand Vorteile darin, seinem Gesprächspartner nicht gegenüber zu sitzen. Der Augenkontakt schien die Gedanken des Klienten zu stören. Er bevorzugte es, schräg vor seinem Gesprächspartner zu sitzen. Freud wurde als extrem introvertiert beschrieben, was hier wohl von Bedeutung war. Ich kann das nachempfinden. Auf einer Bank neben einem Bekannten zu sitzen und zu reden, ist für mich entspannend. Bei einem von Angesicht zu Angesicht finde ich, dass die Batterien viel schneller leer sind.
8. **Bewusste Präsenz.** Es ist ein Trend geworden, Kurse zu besuchen, in denen du lernst, in der Gegenwart zu leben. Man nennt es *Achtsamkeit.* Als Introvertierter hast du eine Menge Lärm in deinem Kopf. Neurologisch gesehen, haben wir eine Menge Aktivität in uns. Die Idee der Achtsamkeit kann effektiv in unserem Alltag genutzt werden. In einer Lawine von Eindrücken beschließt du, dich auf eine einzige Sache zu konzentrieren. Studiere zum Beispiel die Schuhe der Leute oder konzentriere dich ganz darauf, was deine Geschmacksknospen dir über die Schnitte sagen. Indem du dich für *eine* Sache entscheidest, auf die du deine Aufmerksamkeit richtest, wirst du selbst in der hysterischsten Mittagshektik Ruhe finden.

Tischplatzierung

Tischplatzierungen sind ein Elend. Ein todsicheres Rezept für Ängste ist die Idee, Extrovertierte hineinzustopfen, um verlegene Introvertierte zu beleben. Genauso genial ist es, als würde man versuchen, die Pooltemperatur durch Pinkeln zu erhöhen. Statt dem gewünschten Ergebnis bekommt man Extrovertierte, die sich langweilen und Introvertierte, die zu Muscheln werden. Viele extrovertierte Menschen werden dadurch belastet, dass ihnen die Verantwortung übertragen wird, als Motor zu fungieren. Die zweite falsche Annahme ist, dass Introvertierte aktiviert werden müssen. Vermische nicht Extrovertierte und Introvertierte bei der Tischplatzierung. Nutze stattdessen gemeinsame Interessen als Maßstab.

Introvertierte haben oft so viel Spaß, wie sie wollen, nehmen die Dinge aber ein wenig leichter. Wenn Extrovertierte Spaß haben, tanzen sie auf Tischen mit ihren Krawatten um die Stirn. Aufgeregte Introvertierte verhalten sich nicht so. Wir hängen an der Bar ab, teilen YouTube-Clips und diskutieren darüber, warum die vierte Dimension die Zeit ist.

Zusammenfassung für Extrovertierte

- Wenn du einem Introvertierten etwas Wichtiges vermitteln willst, fasse die Botschaft in drei Sätzen zusammen.
- Ein Introvertierter äußert selten eine spontane Meinung. Wir brauchen Zeit zum Nachdenken und Reflektieren, bevor wir wissen, was wir antworten.
- Glaube nicht, dass du sagen kannst, wer ein Introvertierter und wer ein Extrovertierter ist. Der einzige Weg, das herauszufinden, ist, wenn du die Person gut genug kennst, um zu wissen, was ihr Freude bereitet.

Ist Introversion eine Behinderung?

Hast du darüber nachgedacht, wie mächtige Anführer im Fernsehen und im Film dargestellt werden? Eine immer wiederkehrende Szene ist, wenn jemand ein paar Worte mit dem mächtigen Anführer wechseln muss. „Geh mit mir", sagt der Manager mit einem Stirnrunzeln. Sie gehen mit gleichmäßigen Schritten durch eine Bürolandschaft. Der Chef ist demjenigen, der um eine Audienz gebeten hat, immer ein paar Schritte voraus. Es gibt keine Zeit, um langsamer zu werden. Während sie reden, hat derselbe Chef Zeit für einseitige Monologe mit den Leuten, an denen sie vorbeigehen: „Ich brauche deinen Bericht bis 15 Uhr!" „Thomas, verkaufe 20 und kaufe 40 Einheiten!" oder „Petra, gut gemacht! Mach weiter so, du hast eine große Zukunft in dieser Firma." Wir bekommen ein Bild von einer Führungskraft als jemand, der spontan denkt, ein Macher, der kommuniziert und parallel denkt. Eine Führungskraft ist jemand, der weiß, wo der Schrank steht und sofortige Entscheidungen trifft. Wir sehen einen Extrovertierten, schlicht und einfach.

Leider ist dieses Ideal nicht mit der Art und Weise vereinbar, wie eine introvertierte Führungskraft ihre Arbeit verrichtet.

Ich habe eine Zeit lang mit einer jungen Frau gearbeitet, die sehr extrovertiert war. Wir haben uns nicht sehr gut verstanden. Ich bemerkte, dass ihre Definition von guter Zusammenarbeit war: Ich möchte zwanzig Mal in der Stunde unangemeldet in dein Büro kommen und dich Dinge fragen, während du wie eine Stewardess lächelst und mir jederzeit alle Informationen gibst, die ich möchte, ohne mich jemals zu bitten, das Gesagte aufzuschreiben.

Manchmal musste ich mich konzentrieren. Ich würde meine Bürotür schließen. Dann schaute sie von der anderen Seite der Glastür mit dem Blick eines verlassenen Welpen rein. Einmal, als ich viel auf dem Herzen hatte, habe ich ihr eine Frage gemailt, anstatt meinen Kopf in den Türrahmen zu stecken. Dann ist sie völlig ausgerastet. „Ich kann nicht glauben, dass du mir eine E-Mail schreibst, wenn wir nebeneinander sitzen!" Etwas, das du am Arbeitsplatz oft verteidigen musst, wenn du in deinem Kommunikationsstil introvertiert bist.

Ich hasse Unterbrechungen bei dem, was ich tue. Das liegt daran, dass ich in dem, was ich tue, gefangen bin. Wenn jemand anhält, um Fragen zu stellen, nimmt das Zeit von mir weg. Das ist Zeit, die ich selbst nicht einplanen kann. Es gibt nie einen anderen Introvertierten, der dies tut. All die Annehmlichkeiten, die selbst in eine einfache Frage eingebettet werden müssen, brauchen *Zeit*. Obwohl die Frage schnell beantwortet werden kann, braucht es Zeit, bis ich wieder zu dem Fokus zurückfinde, den ich hatte, bevor jemand den Gedanken zerschmetterte. Der Introvertierte taucht tief in die Dinge ein. Unterbrochen zu werden ist lästig. Deshalb kommuniziere ich gerne per E-Mail. Das bedeutet, dass die andere Person nicht in ihrem Tun unterbrochen werden muss, sondern lesen kann, wenn sie Zeit hat. Ich sehe es als Respekt. Sehr extrovertierte Menschen neigen dazu, zu argumentieren, dass es viel effektiver ist, einfach rüberzuschlendern und der Person auf die Schulter zu klopfen. Schau dir das an! Es war schneller, eine Antwort auf diese Frage zu bekommen, indem du einfach darüber gesprochen hast, oder? Dieselbe Person hängt gerne eine Weile herum und führt Kaltakquise durch, was jede mögliche Zeitersparnis sofort zunichte macht. Oft wird die Antwort vergessen, weil der Extrovertierte vergessen hat, sie aufzuschreiben. Eine halbe Stunde später geht er oder sie einfach wieder vorbei: „Hey, was haben wir gerade besprochen?" Das Problem ist vor allem das, was ich bereits erwähnt habe: die *Rüstzeit*. Ein Unternehmen untersuchte dieses Phänomen und fand heraus, dass jede Unterbrechung, egal wie kurz, durchschnittlich fünfzehn Minuten an reiner Betriebszeit stahl.

Manchmal findet der Introvertierte nicht mehr zu dem zurück, worüber er gerade nachgedacht hat. Es ist vielleicht effektiver, die Dinge von Angesicht zu Angesicht zu regeln, für den Extrovertierten. Für den Introvertierten ist die E-Mail oft besser. Wenn es schwierig ist, es in Text zu fassen, schreibe: „Ich müsste mal kurz mit dir reden. Ruf mich an oder komm vorbei, wenn du kannst." Die ausgehende Art zu kommunizieren ist nicht falsch. Dieser Ansatz sollte jedoch nicht den Vorrang haben. Die Zeit anderer in Anspruch zu nehmen ist eine Form der Machtausübung. Wenn du das tust, zeigst du, dass deine Zeit mehr wert ist. Deshalb ist Text im richtigen Kontext gut.

Aber für mich geht es um Effizienz. Manchmal ist es einfach nicht effizient, zu unterbrechen. Fokussierte, qualitativ hochwertige Arbeit zu leisten, ist für mich bis zu einem gewissen Grad eine Sache der Isolation. Aus diesem Grund gehe ich oft nicht ans Telefon. Nicht, weil ich den Anrufer nicht mag, sondern weil das Timing nicht stimmt. Es ist immer möglich, zurückzurufen, wenn der Geist wieder frei ist.

Wenn der Introvertierte die Wahl hat

Wie ein Kollege es ausdrückte: „Wenn ich mit wirklich aufgeschlossenen Menschen spreche, fühle ich mich wie ein hundertjähriger Mann auf einem Fußballfeld. Oft kommt überhaupt kein Pass. Ich stehe starr da und warte einfach. Wenn ich den Ball bekomme, komme ich selten zum Tor. Irgendein schneller Bastard kommt und nimmt mir den Ball weg."

Die Erfahrung, nicht auf den Punkt zu sprechen zu kommen, kenne ich. Es wird zu einer stressigen Situation, die mir die Sprache verschlägt. Manchmal stottere ich oder sage seltsame Dinge. Wenn ich mir etwas von der extrovertierten Mehrheit hätte wünschen können, wäre es gewesen, dass sie besser auf die Schlussfolgerung des Introvertierten warten. Nicht jeder verhält sich auf diese Art und Weise falsch. Es gibt viele

Extrovertierte, die großartige Gesprächspartner sind. Sie haben dieses Warten gemeistert. Genauso gibt es Introvertierte, die über ihr Lieblingsthema reden können, bis der Zuhörer an Unterernährung stirbt.

Aber der springende Punkt ist das große Bedürfnis, auf den Punkt zu sprechen zu kommen.

Aus diesem Grund würde ich sagen, dass es viele Introvertierte gibt, die soziale Medien wie Facebook und Twitter lieben. „Im Internet bin ich ein Extrovertierter“, sagte jemand. Das ist eine interessante Formulierung, der ich hundertprozentig zustimme. Online dürfen wir uns richtig ausdrücken und auf den Punkt sprechen. Korrekte Rechtschreibung ist ein weiteres Indiz dafür, dass du es mit einem Introvertierten zu tun hast. Es sind die Extrovertierten, die auf Partyeinladungen reagieren, indem sie etwas schreiben, gefolgt von fünfzehn Ausrufezeichen. Ich glaube auch, dass das, was wir auf Social Media teilen, eine starke Verbindung zu unserer Präferenz hat. Es sind vor allem supersoziale Menschen, die es wertvoll finden, Fotos von ihrem Kaffee Latte zu machen und darüber zu schreiben, wie sie Pour Over-Kaffee mit Hafermilch genießen. Es sind die Extrovertierten, die Nahaufnahmen von ihren unwichtigsten Momenten zeigen, um im digitalen Rauschen aufzufallen. Dieser Lärm fühlt sich für einen Introvertierten oberflächlich an. Introvertierte, die soziale Medien nutzen, produzieren oft eine andere Art von Posts.

Schau dir deine eigene Freundesliste an und überprüfe, ob das wahr ist. Extrovertierte schreiben Posts und Status-Updates, in denen es zu einem großen Teil um sie selbst geht. Es wird eine Menge Drinks-auf-dem-Strand-vor-der-Sonnenuntergang-Bilder geben. Introvertierte produzieren Beiträge, bei denen es um Positionen oder Informationsaustausch geht. Wir teilen Links oder schreiben über Dinge, die uns tief beschäftigen.

Eine Folge des heutigen Medienklimas ist, dass die Anzahl der Kontakte in deiner Freundesliste oft den Wert deiner Meinung bestimmt. Viele Wettbewerbe im Internet basieren auf dem Prinzip „die meisten Likes gewinnen". Die Teilnehmer bitten daher in der Regel ihre Freunde: „Geh rein und drücke Like auf meinen Beitrag und ich gewinne diesen Wettbewerb!" In der heutigen Zeit geht es nicht mehr darum, was du erreichst, oder um deine Verdienste. Nein, was zählt ist, wie viele Leute du kennst.

Ein Blick sagt alles

Einer meiner Freunde im Teenageralter hatte Eltern, die beschlossen, dass man mir nicht trauen sollte. Sie begründeten dies mit der Tatsache, dass ich ihnen nicht in dem Maße in die Augen sah, wie sie es für eine vertrauenswürdige Person für richtig hielten. Hier im Westen ist es eine weit verbreitete Vorstellung, dass Vertrauenswürdigkeit mit bestimmten Dingen wie *einem festen Händedruck* oder *einem festen Blick zu tun* hat. All das können wir natürlich lernen, aber wir sollten bedenken, dass das, was Vertrauen signalisiert, kulturell konditioniert ist.

Ich saß einmal in einem Arbeitstreffen mit indischen Beratern. Sie waren in jeder Hinsicht höflich und zuvorkommend, aber mir fiel auf, dass sie die meiste Zeit des Treffens starr auf den Tisch starrten. Das ist überhaupt kein seltsames Verhalten. Indien ist ein Land mit anderen Idealen als hier im Westen. Jemandem in die Augen zu schauen, ist eine Herausforderung.

Das Gleiche gilt für einen Großteil des Tierreichs. Schau dir zum Beispiel an, wie ein Rottweiler reagiert, wenn du versuchst, Augenkontakt mit ihm herzustellen, aber achte darauf, dass er vorher an der Leine ist. Dann passierte etwas Lustiges mit den Indern. Sie bekamen von ihrem Arbeitgeber einen Kurs in deutscher Kultur. Als ich sie das nächste Mal traf, starrten sie mir während des gesamten Gesprächs tief in die Augen. Ihre Stirn glänzte vor Schweiß, denn das hat sie wohl sehr gestört. Leider hatte ihnen niemand von der 30/70-Regel erzählt, der Idee, dass es in Ordnung ist, nur siebzig Prozent des Gesprächs Augenkontakt herzustellen.

Es ist erwähnenswert, dass es ein klassischer Fehler ist, einen flüchtigen Blick als Desinteresse zu interpretieren. Introvertierte Menschen schauen, wie erwähnt, oft weg, um sich auf das zu konzentrieren, was in ihrem Kopf vorgeht. Das hilft uns, das zu visualisieren, was uns erzählt wird.

Die dunkle Seite...

Der Begriff *„Going Postal[9]" stammt aus den* 1980er Jahren. In kurzen Abständen kam es zu einer Reihe von tödlichen Schießereien in US-Postämtern. Die Täter waren loyale, meist schweigsame Mitarbeiter, die plötzlich vor Wut zu explodieren schienen.

Der unerwartete Wutausbruch, Schießereien ausgenommen, zählt zu den introvertierten Eigenschaften. Das mag seltsam erscheinen, denn das stereotype Bild eines Introvertierten ist jemand mit einem Temperament wie von Bill Gates. Ich möchte diesen Mythos durchlöchern. Gelassenheit ist eine Fassade und darunter befinden sich Wut, Freude und Liebe im gleichen Maße wie bei einem Extrovertierten. Es gibt eine Dynamik rund um Emotionen, die es wert ist, zu kennen. Extrovertierte handeln schnell nach ihren Gefühlen. Sie projizieren ihre Emotionen auf ihre Umgebung, daher ist es selten schwierig, die aktuelle Laune im Extrovertierten zu spüren. Sie spucken die ganze Zeit Emotionen aus, als ob sie Ventile hätten. Introvertierte neigen dazu, negative Emotionen in einem großen Druckkessel im Inneren zu sammeln. Gefühle, die uns ausfüllen, brauchen lange, bis sie abklingen. Aus diesem Grund

---

[9] Deutsch: ~„Amokläufe am Arbeitsplatz"

sind wir oft sensibel für Eindrücke. Ein trauriger Liedtext legt einen grauen Himmel über meinen gesamten Nachmittag. Es gibt Filme, die einen starken Einfluss auf mich hatten und mir noch Tage danach im Kopf herumschwirrten. Genauso verhält es sich mit der Wut. Leider macht dies die Langlebigkeit zu einer introvertierten Eigenschaft. Oft, wenn uns etwas ärgert, ballen wir die Hand in der Tasche, anstatt es jemandem zu sagen. Wir könnten höchstens einen wütenden Brief schreiben oder einen Zettel im Treppenhaus aufhängen. Aber Wut kann auch in gute Dinge verwandelt werden. Manchmal nutzen wir es für etwas Konstruktives. Viele Gildenhütten und Holzdecks sind auf diese Weise entstanden. Manchmal sind die Hobbys trotzdem nicht genug und die Emotionen laufen über. Der Staudamm bricht und eine staunende Umwelt wird Zeuge, wenn wir so richtig angefressen sind. Zwischen den Ausbrüchen von Introvertierten kann eine sehr lange Zeit vergehen, manchmal Jahrzehnte. Wenn du jedoch extrovertiert bist, wirst du dich garantiert mehrmals am Tag dabei ertappen, wie du die Beherrschung verlierst, unabhängig von deinen eigenen Vorlieben.

Studien zeigen, dass die Sache mit dem Temperament zwischen Introvertierten und Extrovertierten aufgeteilt ist. Extrovertierte sind mehr in Kontakt mit ihren *positiven* Emotionen. Sie lächeln, kichern, lachen, weinen Freudentränen und brüllen vor Freude. Sie haben einen tief verwurzelten Positivismus, der die Art und Weise, wie sie das Leben betrachten, färbt. Ich bin jetzt überzeugt, dass die wirklich extrovertierten Menschen in einer Existenz leben, die wie ein Musical ist.

Introvertierte fokussieren sich eher auf das Negative in ihren Gefühlen. Wir sind zynisch, pessimistisch und einfach desillusionierter. Mehr Tim Burton, weniger Colin Nutley. Einen Vorteil sehe ich darin, dass Pessimismus in gewisser Weise robust macht. Als Introvertierter bist du oft dein eigener größter Kritiker. Das bedeutet, dass wenige Dinge, für die dich andere kritisieren, überraschend sind. Schließlich kennst du deine Fehler und Schwächen bereits. Jede Kritik hast du dir bereits selbst ausgedacht. Auf diese Weise bist du stabil. Es tut nicht weh zu fallen, wenn du schon am Boden bist.

Vorurteile

Ich fahre mit anderen Pendlergenossen an einem grauen Dienstag mit dem Zug. Der Kopfschmerz pocht nach einer intensiven Vorlesung. Ich fühle mich beobachtet. Ich schaue auf und sehe, dass mich ein gangsterhaft aussehender Typ beobachtet. Er ist groß, kräftig gebaut und hat stoppeliges Haar. Er trägt eine abgewetzte Lederjacke aus einem anderen Jahrzehnt. Völlig indiskret starrt er mich direkt an. Ich weiche seinem Blick aus, indem ich vorgetäuschte Textnachrichten verschicke. Völlig ungeniert begutachtet er mich von oben bis unten. Mein Puls steigt, meine Kopfschmerzen machen mich zusätzlich nervös. Ein Konflikt liegt in der Luft. Ich stähle mich und starre zurück. In Höhlenmenschen-Manier wende ich meinen Blick nicht ab. Die Sekunden vergehen endlos in unserem Wettstarren. Dann ruft er auf Bayrisch aus: „Das ist eine schöne Farbe an dir, Pink steht dir gut.“ Er lächelt.

Es war keine Ironie, kein Sarkasmus oder Heroin.

Es war viel schlimmer als das. Pure Freundlichkeit.

Ich schämte mich, dass ich die Situation so schnell als Bedrohung eingeschätzt hatte. Schließlich waren es ja meine Vorurteile, die hinter meiner Interpretation standen. Wäre es eine ältere Dame in einem Abendkleid gewesen, die mich angestarrt hätte, hätte ich es nie so interpretiert.

In Situationen, in denen wir Fremde treffen, zeigen Studien, dass Introvertierte und Extrovertierte Begegnungen auf unterschiedliche Weise interpretieren. Im Allgemeinen sind Introvertierte eher pessimistisch und misstrauisch gegenüber Fremden. Ich möchte darauf hinweisen, dass dies daran liegt, dass wir ein bisschen mehr verstehen. Es ist wirklich eine schlechte Idee, Armbanduhren von den Strandverkäufern auf Mallorca zu kaufen. Ein Extrovertierter neigt dazu, einen potenziellen Freund zu sehen, wo ein Introvertierter J. R. Ewing sieht. Introvertierte Menschen sind Fremden gegenüber generell misstrauisch. Der Fremde im Zug hatte allerdings recht, ich glaube Pink steht mir verdammt gut. Misstrauen ist eine schwere Rüstung, die man tragen muss, manchmal eher unhandlich als schützend.

Leider scheint es in den Medien einen beliebten Trend zu geben, Massenmörder mit Introvertiertheit in Verbindung zu bringen. Sie scheinen oft dem Bild des jungen Mannes zu entsprechen, der sich sozial abgekapselt hat und die Empathie für andere Menschen verloren hat. Das schreckliche Massaker auf Utøya in Norwegen wurde von einem Mann verursacht, der als isoliert und introvertiert dargestellt wurde, aber es stellte sich heraus, dass er viel mehr Seiten hatte als das. Vor Gericht hielt er während der Befragung Augenkontakt und schien von dem Aufruhr um seine eigene Person unbeeindruckt. Anders Behring Breivik ist wahrscheinlich etwas anderes. Was er ist, weiß ich nicht, aber nicht introvertiert.

In Denver verirrte sich ein Mann in die Premiere des neuesten Batman-Films. Einige bemerkten eine merkwürdige orangefarbene Mähne. Plötzlich zog er eine Schusswaffe hervor. Unerschrocken feuerte er in die panische Menge. In seiner eigenen Welt war er eine der Figuren im Film. Er wurde im Nachhinein von denen, die ihn kannten, als ein extrem intelligenter und introvertierter Schüler beschrieben. Zum Zeitpunkt der Erstellung dieses Buchs hat ein 24-jähriger Mann gerade 18 Kinder in einer Schule in den Vereinigten Staaten erschossen. Es wiederholt sich genau das gleiche Muster wie in Denver. Der Massenmörder Adam Lanza wird auch als introvertiertes Genie beschrieben.

Ob solche Menschen introvertiert oder extrovertiert sind, ist nicht zentral. Es sind Menschen mit schweren Persönlichkeitsstörungen, die weit darüber hinausgehen. Historisch gesehen, stecken sowohl Extrovertierte als auch Introvertierte hinter Serien- und Massenmorden. Der wortgewandte Glen Rogers reiste durch die Vereinigten Staaten und tötete Menschen, die er auf seinem Weg bezauberte. Der vielleicht berühmteste Serienmörder, Ted Bundy, tötete dreißig Frauen, bevor er gestoppt wurde. Ted wird als extrovertiert beschrieben.

Es ist also ein Mythos, dass die Introversion in diesem Bereich überrepräsentiert ist.

Ist es einfacher, ein Extrovertierter zu sein?

Extrovertierte bekommen ihre Energie aus dem gesprochenen Wort. Der Introvertierte erlangt die Energie aus der Stille. Wenn heute etwas fehlt, dann ist es Stille.

Die Weltgesundheitsorganisation (WHO) betrachtete bis 2015 Introversion als ein psychisches Gesundheitsproblem. Das kann für uns als entmutigend angesehen werden. Es ist genauso beleidigend, als würde man Rothaarige als pigmentgeschädigt bezeichnen. Es ist erwähnenswert, dass dieselbe Organisation bis 1990 Homosexualität als eine Krankheit betrachtete. Es ist bemerkenswert, dass Introversion als Behinderung angesehen werden kann. Es gibt konkrete Studien auf dem Gebiet, die die Stärken dieser Präferenz eindrucksvoll belegen. Introvertierte sind stark in Bereichen wie akademische Fähigkeiten, Impulskontrolle, Visualisierungsfähigkeiten, unabhängiges Denken und Struktur.

Als ich aufwuchs, merkte ich mehrmals, dass es nicht okay war, introvertiert zu sein. Ich erinnere mich an eine Zeit, als wir mit meinen Cousins und Cousinen in den Skiurlaub gefahren sind. Wir durften uns tagsüber nicht in der Hütte aufhalten, wir mussten die ganze Zeit draußen sein und unsere

Liftpässe benutzen. Ich kann mich erinnern, dass ich innerlich leer war von all den Eindrücken, die mir aufgezwungen wurden. Sobald ich zurück in die Hütte durfte, flüchtete ich mich in die Comics und isolierte mich, um wieder aufzutanken. Reisen war für mich schon immer uninteressant. Im Inneren gibt es allerdings viel Sehenswertes in der Fantasie. Als wir durch England fuhren, saß ich mit Blick auf meine neu entdeckte Liebe in Form eines Astronomie-Buchs. Das ärgerte alle anderen. Ich habe gemerkt, dass sie frustriert waren, weil sie dachten, dass ich alles verpasse.

Meine Eltern beobachteten schäbige Schafe, verlassene Industrien und endlosen englischen Regen, während ich über das Universum las. Wer hat eigentlich am meisten von dieser Reise? Es ist seltsam, dass es so ist. Schließlich würdest du einen Extrovertierten nie beschuldigen, auf der Reise zu präsent zu sein.

Es ist leicht, auf einen extrovertierten Menschen neidisch zu sein, der in einen Kurort geht und dann jede einzelne Person im Umkreis von drei Meilen kennenlernt. Der Bademeister, der Barkeeper, die Rezeptionistin und sogar der farbenblinde Halbbruder des Gärtners werden zu ihren Kumpels. Eine besondere Art von Extrovertierten erhellt den Raum mit ihrem Charisma. Sie finden leicht ihren Weg in jedes Gespräch. Sie sind spontan und ausdrucksstark, wenn sie stundenlang mit Freunden scherzen und witzeln. Sie empfinden ein Restaurant als angenehm, wenn es voller Menschen ist. Sie genießen den Puls eines überfüllten Marktplatzes. Extrovertiertheit ist ein Geschenk. Genauso wie die Introvertiertheit. All die Dinge, die ich aufgelistet habe, kosten. Es wird mit der einzigen Währung bezahlt, die wir wirklich haben: Zeit. Es ist eine Investition in Zeit, eine Person anzurufen. Wenn du stattdessen diese Zeit damit verbringst, eine Seite in deinem Buch zu schreiben, ist das aber auch eine Investition.

Ich muss meine Zeit in mein Schreiben investieren. Ich genieße es, die Bürotür zu schließen und mich in einem gut gepolsterten Sessel niederzulassen. Schwarzer Kaffee und die richtige Musik sind alles, was ich an einem typischen Tag an Gesellschaft brauche. Ich kann stundenlang sitzen und basteln. Ganze Nächte sind auf diese Weise vergangen. Ich war so sanft in meine eigenen Gedanken eingebettet, dass ich die Zeit komplett aus den Augen verloren und einen Flow gefunden habe. Meine Introversion wird zu einem Kokon meiner eigenen inneren Welten. Die Erfahrung ist harmonisch und doch intensiv.

Als Antwort auf die Frage, ob es einfacher ist, extrovertiert zu sein, würde ich sagen, dass ich es so empfinde:

Es ist einfacher, sich *in die* Gesellschaft einzufügen, wenn du extrovertiert bist. Auf der anderen Seite ist es einfacher, als Introvertierter zufrieden zu sein.

Wir müssen nicht aktiviert werden, wir langweilen uns sehr selten. Die Wartezeit ist für uns ein Moment der Entspannung. Für uns ist Einsamkeit ein Wort mit einer überwiegend positiven Konnotation.

Zusammenfassung für Extrovertierte

- Für einen Introvertierten ist es einfach, zufrieden zu sein. Es braucht ein wenig Abwechslung und ein wenig sozialen Kontakt. In diesem Sinne bedeutet Introvertiertheit, sich selbst mit Energie zu versorgen.
- Introvertierte Menschen fühlen sich oft wohl, wenn sie in Textform kommunizieren. Dieser Kanal erlaubt die Reflexion und wir werden nicht unterbrochen.
- Das Telefon ist der Terror des Introvertierten. Wir scheuen uns, anzurufen, es sei denn, wir haben einen ganz bestimmten Auftrag.

Alleine oder einsam?

Peng!

Der Schuss brannte in meinen Händen. Die Winterkälte breitet sich in meinem Körper aus. Alles, was zu hören war, war das Jammern um die Ecke des zerbombten Zementhauses. Der Hauptmann verengte seine Augen auf mich. „Das war ein übler Scheiß, Jonkman, ein verdammt übler Scheiß.“ Irgendwie hatte sich mein Kampfgürtel am Gewehr verfangen, als ich ihn trug. Es war nur ein gelöster Schuss, der abgegeben wurde, aber die Symbolik der Aktion war ernst. Der Kapitän war hart wie ein Stein und ihm fehlte ein Daumen aufgrund einer Schusswunde. Die Strafe war ein Ausgangsverbot. Einen Monat lang durfte ich mich nicht außerhalb des Kasernengeländes bewegen. Ich habe das Recht auf Aktivitäten wie das Stadtfest und Kneipenabende verloren. Ich durfte nicht in die Donnerstagsdisco gehen und andere Dinge, die die Jungs im Zug machten. Sie hatten Mitleid mit mir. Jemand hat mir seinen CD-Player geliehen, damit ich Musik hören konnte, während ich abends alleine saß. Sie schmuggelten mir Bier zu, um meinen Atem aufrecht zu erhalten. Jemand hat mir Videokassetten mitgebracht. Es war ein harter Monat für mich ... in den Augen der *anderen*. Ich persönlich halte diese Zeit für einen der besten Momente meines Militärdienstes. Anstatt immer Leute um mich herum zu haben, konnte ich lange Abende mit Skizzenbüchern in der Hand und Soulmusik in den Ohren verbringen. Es war absolut wunderbar. Ich spielte mit der Tatsache, dass ich dachte, es sei eine harte Strafe, weil alle anderen so zu denken schienen. Du willst normal sein, was auch immer das bedeutet.

Introvertierte können auf kleinem Raum in einfachen Verhältnissen leben und glücklich sein, sofern sie die Möglichkeit haben, auch mal sie selbst zu sein. Der Patenonkel meiner Tochter behauptet, dass er genug Platz für seinen Schreibtisch, seinen Laptop und seine Kamera braucht. Danach ist er mit dem Leben zufrieden.

Der Lonely Club hat Vorteile für die Mitgliedschaft

Im Englischen gibt es das Wort *loneliness*, das im Deutschen mit *Einsamkeit* gleichzusetzen ist. In beiden Sprachen hat es für die meisten Menschen eine negative Konnotation. Es suggeriert eine soziale Isolation, die nicht selbstgewählt ist, etwas Bedrückendes. Eine einsame Person hat etwas Trauriges an sich. Wir denken an eine Person, die niemanden hat, mit dem sie ihr Leben teilen kann. Im Englischen gibt es noch ein anderes interessantes Wort, *solitude*. Dieses Wort beschreibt einen Zustand der selbst auferlegten Isolation, eine Art friedliche, harmonische Einsamkeit. Im Deutschen gibt es kein entsprechendes Wort, aber die Übersetzung könnt etwa *Alleinsein* heißen. Ein weiser Buddhist wies darauf hin, dass es bei der Einsamkeit nicht darum geht, wer mit uns in einem Raum ist. Auch in Gesellschaft können wir uns einsam fühlen. Es ist auch möglich, ein Gefühl der Gemeinschaft mit Menschen auf der anderen Seite der Welt zu spüren. Bei Einsamkeit geht es nicht darum, wie viele Worte du ausspuckst oder wie laut deine Stimme ist. Die Person, die mit so ziemlich jedem auf dem Marktplatz spricht, kann trotzdem der einsamste Mensch der Welt sein. Ich bin sicher, viele unserer Weltstars fühlen sich einsam. Alle kennen den Affen, aber der Affe kennt niemanden. Einsam ist das, was du wirst, wenn du keine Liebe in deinem Leben hast. Es muss nicht einsam sein, alleine zu sein.

Ein großes Geschenk der Introversion ist die Fähigkeit, deine eigene Gesellschaft zu genießen. Einstein bemerkte, dass Einsamkeit schmerzhaft war, als er jung war, aber ein Vergnügen, als er reifer wurde. Einen Introvertierten mit Einsamkeit zu bestrafen ist wie der Versuch, einen Fisch zu ertränken.

Die introvertierte Brigitte beschreibt einen Moment des Selbstbewusstseins: „Es war ein Spätsommertag in meiner

Heimatregion Eifel. Ich lief ein ganzes Stück, mehrere Kilometer geradeaus den Berg hinauf, als sich plötzlich der Wald öffnete. Ein gigantisches Moor breitete sich aus. Es wuchsen so viele Heidelbeeren, dass der Boden tiefblau war, soweit das Auge reichte. Ich ging schweigend vor mich hin und genoss einfach die Stille, die Gerüche und das ferne Rascheln der Baumkronen. Ich setzte mich auf einen hohen Baumstumpf, um mich auszuruhen. Plötzlich hörte ich ein heulendes Geräusch hinter mir. Ich drehte mich um und sah einen kleinen Wirbelwind auf mich zukommen. Es huschte über die Büschel und das Gestrüpp. In einer gewundenen, verschlungenen Art und Weise, ging es direkt auf mich zu. Ich folgte ihm mit meinen Augen und wurde von einer seltsamen Ruhe erfüllt. Er blieb vor meinen Füßen stehen, wo er seinen spielerischen Tanz vollführte, bevor er weiter über den Sumpf zog. Es waren nur die Natur und ich, ein kleiner Moment und doch so unheimlich groß. In der Natur zu sein, vorzugsweise allein oder zumindest mit jemandem, der Zeit in Stille verbringen kann, ist eines der angenehmsten Dinge, die ich kenne. In der Stille oder am stürmischen Meer schöpfe ich Energie und Kraft. Manchmal, wenn das Leben chaotisch und laut ist, kann ich zu meinem Baumstumpf im Moor zurückkehren und die Stille wiederfinden."

Wenn du die Einsamkeit nicht genießen kannst, bist du wirklich allein

Ständig die Anwesenheit anderer zu brauchen, ist, wie ich finde, eine Schwäche.

Introvertiert zu sein ist kein Hindernis, um im Rampenlicht zu stehen. Pop-König Michael Jackson ist wohl das stärkste Argument dafür. Er war ein sehr zurückgezogener Mensch. Eine Peter Pan Figur, die die meiste Zeit seines Lebens alleine in einem Schloss verbracht hat. Es ist erstaunlich, wie introvertierte Stars oft eine makabre Bühnenpersönlichkeit annehmen.

Es ist, als ob sie gegen ihre Privatperson rebellieren. Marilyn Mansons extreme Outfits und sein Auftreten sind Lichtjahre von der schüchternen Person entfernt, die er wird, wenn das Rampenlicht erlischt. Sogar David Bowie liebäugelte mit verschiedenen Identitäten. Er erfand bunte Alter Egos wie Ziggy Stardust. Er hat diese als einen Weg beschrieben, sein Unbehagen auf der Bühne zu überwinden. In Interviews hat er erzählt, dass er sich die meiste Zeit seines Lebens wie ein Alien gefühlt hat. Als ein deutscher Musiker in einem Interview sagte, dass er am liebsten Musik alleine machen würde, machte er Schlagzeilen. Die Zeitungen waren schnell dabei zu behaupten, dass dies ein Fall von Hybris und Arroganz war. Ich glaube, es ging um Introversion.

In der Popmusik gelten die Extrovertierten als dominant, während in der klassischen Musik die Introvertierten am zahlreichsten vertreten sind. In der Comedy gilt Introvertiertheit als professioneller Charakterzug von Stand-up-Comedians. Jerry Seinfeld ist weithin bekannt für seinen schrulligen, introvertierten Stil. Er baut seine Nummer in der Einsamkeit auf. Sorgfältig fügt er urkomische Alltagsbeobachtungen zu einem Paket von Witzen zusammen, die er dann vor einer vollen Bühne zum Besten gibt. Es macht absolut Sinn. Comedy basiert größtenteils auf der Beobachtung dessen, was andere Menschen tun. Introvertierte sind Beobachter. Torsten Sträter saß vor kurzem auf einem Morgensofa und gab zu, dass er zu der Erkenntnis gekommen ist, dass er ein Introvertierter ist.

In der Kunst wird Introvertiertheit als eine extrem dominante Eigenschaft angesehen. Der legendäre Schriftsteller und Künstler Henry Miller behauptete, dass alle Kunst der Einsamkeit entspringt.

Ich würde mir wünschen, dass ich sozialer sein *möchte*. Aber gleichzeitig fühle ich mich wohl, wenn ich mich in Gruppen unwohl fühle. Ich habe akzeptiert, dass ich so fühle. Ich mag Menschen wirklich, aber ich fühle mich nicht zu ihrer Nähe hingezogen. Das macht mich nicht weniger glücklich. Eine Studie untersuchte, was passiert, wenn Introvertierte vorgeben, extrovertiert zu sein. Die introvertierten Probanden wurden angewiesen, viel zu lächeln, viel zu reden und Kontakt mit Fremden aufzunehmen. Was passierte, war, dass die Probanden nach einer Weile berichteten, dass sie tatsächlich glücklicher wurden, indem sie sich fröhlich verhielten. Der Test ging davon aus, dass das Glück für alle Menschen gleich ist. Aber in diesem Punkt unterscheiden wir uns. Was einen Extrovertierten glücklich macht, ist nicht unbedingt das Richtige für einen Introvertierten. Extrovertiertes Glück ist Energie und Hochgefühl. Es hebt Menschen hoch, bestellt ein ganzes Tablet voller Shots und brüllt vor Freude. Regenschirm-Drinks, spontanes Tanzen und High-Fives. All diese Talentshows im Fernsehen veranschaulichen extrovertierte Züge brillant. Die Teilnehmer weinen vor Freude und springen bei dem kleinsten Kompliment krampfhaft auf und ab. Wenn sie gewinnen, schreien sie mit einer Stimme, die nur Fledermäuse hören können. Das könnte ich niemals sein. Es wäre eine Katastrophe gewesen, mich in eine solche Box zu stecken. Dass ich bei der Show „Deutschland sucht den Superstar" dabei sein würde, ist mehr Science-Fiction als in der gesamten Star Wars Trilogie steckt.

Introvertierte Freude sieht anders aus. Es ist ein Gefühl von Zufriedenheit und Harmonie, nicht von Gebrüll und Hoffnung. Dass wir uns mit wenig begnügen, mag ein Extrovertierter als bedauerlich empfinden: „Du Armer, der du den ganzen Abend alleine hier sitzt." Ich denke, es muss unpraktisch sein, große Dinge tun zu müssen, um zufrieden zu sein.

Mein Glück ist der Moment des Tages, wenn die Dunkelheit eingetreten ist. Die tagesmüden Kinder steigen wieder auf meinen Schoß, jedes mit einer Milchflasche in der Hand. Wir sitzen zusammen auf der Couch und schauen zum dreihundertsten Mal *Findet Nemo*. Wir kuscheln uns aneinander, bis sie eingeschlafen sind. Ich halte eine kleine Hand in meiner und lege mein Kinn auf den Kopf meines Sohnes. Das ist alles, was es braucht, ich bin zu Hause, im doppelten Sinne des Wortes. Es ist nicht Lachen und Plaudern, sondern ein tiefes, warmes Gefühl der Zugehörigkeit, der Dankbarkeit. Dieses Gefühl ist mir allemal lieber als neonfarbige Leuchtstäbe auf einer Rave-Party.

Zusammenfassung für Extrovertierte

- Das Bedürfnis von Introvertierten nach Einsamkeit und Privatsphäre kann als Arroganz und Missbilligung fehlinterpretiert werden.
- Der Introvertierte findet es leicht, Freude und Glück zu empfinden. Allerdings zeigen wir es oft auf eine unauffälligere Art als Extrovertierte.
- Ein Introvertierter ist selten einsam im negativen Sinne. Wir genießen unsere Gesellschaft und können lange Zeit ohne intensiven Kontakt mit anderen auskommen.

Die Beziehung zwischen Introvertierten und Extrovertierten

„Es tut mir leid." Der Arzt mit den vielen Konsonanten in seinem Namen schaute uns an. Sein Deutsch war unklar, aber die Botschaft war nicht zu übersehen. Trotz seiner Berufswahl war es schwer für ihn. Ich dachte, es wird langsam langweilig, solche Nachrichten zu verteilen. Es schien nicht so zu sein. Vier Worte schlossen das Tor zu unserer Zukunft. Das Gefühl war seltsam. Ich wich in mich zurück. Als würde ich mich um das, was weh tut, wickeln und es einkapseln.

Wir lagen lange Zeit und hielten uns gegenseitig. Wir haben nichts gesagt. Draußen wurde es dunkel. Hannah schlief ein. Ich deckte sie zu und setzte mich auf den Rand des Bettes. Von da an gingen wir in verschiedene Richtungen, obwohl wir in der gleichen Gegend lebten. Wir hatten das Baby, das wir erwarteten, verloren. Irgendwo im biologischen Roulette war etwas schief gelaufen. Keiner wusste warum. Hannah entschied sich, sich zu öffnen und mit den Menschen um sie herum darüber zu sprechen. Sie ließ ihren Gedanken freien Lauf, teilte ihre Last mit denen, die in ihren Herzen Platz hatten, um sich selbst zu schonen. Ich hatte überhaupt keine Worte, nur eine Menge Gedanken. Ich schluckte die Gedanken so weit runter wie ich konnte und grübelte dann. Die ganze Zeit über war dies in meinem Hinterkopf und füllte meine Existenz aus. Die Welt um mich herum erlebte einen unberührten Linus. Ich wurde zu einer manischen Person, die alles, was das Arbeitsleben mir zuwarf, mit energischem Fokus aufnahm. Es folgten ein paar Jahre, in denen wir mehrere Fehlgeburten erlebten. An einem Tag war die Freude auf dem Höhepunkt, am nächsten Tag war es ein schwarzer Abgrund. Es war eine emotionale Reise, wie ich sie noch nie erlebt hatte. Manchmal stärkt die Trauer eine Beziehung. In unserem Fall hat es uns auseinandergetrieben, weil wir so unterschiedlich damit umgegangen sind. Ich trug meine hinein, Hannah verteilte sie an Bekannte. Sie war emotional. Ihre Stimmungen schwankten in kurzen Zyklen auf und ab. Mir selbst wurde kalt. Ich habe mir gesagt, dass es wichtig ist, mich stabil zu halten. Ich stellte mir vor, dass ich eine Art Anker für sie war.

Einer der Unterschiede zwischen extrovertierten und introvertierten Persönlichkeiten ist, wie wir mit Emotionen umgehen. Extrovertierte sind oft stark darin, positive Emotionen auszudrücken. Hannah war jedes Mal genauso glücklich, wenn sie schwanger wurde. Nach unserer ersten Fehlgeburt war ich skeptisch. Ich entschied mich zu glauben, dass es nicht funktionieren würde, als der nächste Schwangerschaftstest zwei Balken zeigte. Auf diese Weise wurde ich nie enttäuscht. Ich fand Trost in meinem Pessimismus. Nenne es eine eingebaute Strategie, etwas, das Introvertierte für fast alles nutzen. Psychologen nennen den Charakterzug Neurotizismus. Sie ist geprägt von Pessimismus und einer skeptischen Haltung gegenüber dem, was um uns herum passiert: nach dem Regen kommt der Donner, wie ich gerne sage. Leider bedeutet es auch, dass Introvertierte Fremden gegenüber misstrauisch sind. Studien auf globaler Basis zeigen, dass extrovertierte Menschen aus diesem Grund glücklicher sind als introvertierte Menschen im Westen. Sie sind wahrscheinlich leichtgläubiger, weil sie an den kitschigen Verkäufer glauben. Ich weiß nicht, wie oft ich Hannah schon davor bewahrt habe, einem Schneeballsystem beizutreten.

Nach fünf Fehlgeburten fühlte sie sich hoffnungslos. Dann haben wir uns mit einem Arzt in Verbindung gesetzt, der sich auf Menschen wie uns spezialisiert hatte. Er nahm uns in seiner Studie auf und Hannah war sehr glücklich. Ich war apathisch. Sie bekam ein Medikament, das schon anderen Paaren geholfen hatte. Als Hannah wieder schwanger wurde, war sie überglücklich. Ich war apathisch. Wochen vergingen, dann begann Hannah plötzlich zu bluten. Dies war das Zeichen, wie wir es zu gut kannten. Es bedeutete, dass die Hoffnung verloren war. Sie war völlig zerstört. Ich war apathisch. Wir mussten zur Kontrolle, eine Tätigkeit, die uns mittlerweile vertraut war. Ich saß wieder vor einem körnigen Fernseher, als der Ultraschall den Krieg der Ameisen zeichnete. Hannah konnte sich nicht dazu durchringen, auf den Bildschirm zu schauen. Zu meiner großen Überraschung fand ich etwas auf dem Bildschirm. Ich sah plötzlich einen kleinen pulsierenden Punkt. Ich sprang auf und schrie aus vollem Halse: *„Da ist das Herz!"* In diesem Moment wurden meine Gefühle lebendig. Alles sprudelte an die Oberfläche. Tränen flossen. Aus dem pochenden kleinen Punkt wurde das erstaunlichste kleine Mädchen, das man sich vorstellen kann.

Ich denke, es gibt etwas in unserer Geschichte, das jeder in einer introvertierten-extrovertierten Beziehung erkennen kann. Jeder trägt an irgendeinem Punkt im Leben Trauer, wir sind da nicht einzigartig. Zu verstehen, was mit uns in dieser Situation passiert, kann das sein, was die Beziehung zusammenhält. Es wurde schon gesagt, dass Stress uns mehr zu dem macht, was wir sind. Ein Extrovertierter wird sozialer, aufgeschlossener und impulsiver. Ein Introvertierter wird zurückgezogener, nachdenklicher und distanzierter als zuvor.

Das Seltsame ist, dass du, wenn der Stress schon lange anhält, in eine Phase kommst, die wirklich destruktiv ist. In dieser Phase werden wir zu unserem Gegenteil. Wenn der Extrovertierte die Klappe hält und anfängt, bei geschlossener Tür zu sitzen, gibt es Grund, uns die Ohren zuzuhalten. Wenn der Introvertierte die Rolle des kontaktfreudigen, dominanten Netzwerkers übernimmt, kann das ein Symptom für Erschöpfung sein. Dies wird meist von anderen bemerkt. Sie sehen ein Verhalten, das sich falsch anfühlt. Die Umwelt bekommt doppelte Signale. In uns läuten oft die Alarmglocken, wenn wir Menschen begegnen, die sich in dieser Phase befinden.

Im Nachhinein kann ich sagen, dass ich meine Persönlichkeit und mein Verhalten in dieser Zeit nicht erkannt habe. Ich glaube nicht, dass ich jemals eine so aufgeschlossene Arbeitsrolle eingenommen habe wie bei dieser Gelegenheit. Ich war aggressiv und energisch. Wahrscheinlich war ich ein richtiges Arschloch. Ich habe mich nicht gut gefühlt.

Introvertierte neigen dazu, Kummer herunterzuschlucken. Dann verdauen wir es, bis die Einsamkeit und das Grübeln sich in Nichts auflöst. Das nennt man Internalisierung. Wir bringen uns bei, uns auf das zu beziehen, was uns bedrückt.

Emotionales Leck

Nicht alle Extrovertierten sind wie Miss Piggy. Eine reaktive, kontaktfreudige Person wird von Introvertierten oft als instabil wahrgenommen. Die sprunghafte Stimmung lässt uns zurückschrecken. Das kann dazu führen, dass sich ein Introvertierter in der Nähe solcher Menschen unsicher fühlt. Nun möchte ich noch einmal darauf hinweisen, dass Introvertierte genauso ungleich im Temperament sind, was uns unterscheidet ist, wie wir unsere Gefühle ausleben. Introvertierte reagieren empfindlicher auf Reize und können daher Verhalten ernster interpretieren, als es beabsichtigt war. Wir reagieren mit großer Sensibilität auf Töne und Nuancen. Wenn eine extrovertierte Person ihren Tonfall anhebt, kann das für sie wenig bedeuten: „Ich hatte nur niedrigen Blutzucker, sorry!“ Aber die Wirkung des Ausbruchs kann im Introvertierten noch lange nachwirken. Wir grübeln, was es damit auf sich hatte und denken intensiv über die Konsequenzen nach. Meistens geht das Grübeln weiter, lange nachdem der Extrovertierte vergessen hat, worum es überhaupt ging.

Eine meiner extrovertierteren Bekannten hat zugegeben, dass sie manchmal das Bedürfnis hat, Konflikte zu schaffen. Sie langweilt sich, wenn es nicht ein bisschen Drama gibt. Wenn sie einen ruhigen Partner hat, kann sie das Drama selbst gestalten. Sie hat beschrieben, wie sie manchmal so tut, als wäre sie beleidigt über irgendeine Kleinigkeit, die ihr Freund äußert. Sie ist jetzt Single.

Einer meiner sehr extrovertierten Kollegen hat die Gabe, in Debatten immer einen unbequemen Standpunkt zu wählen. Er kann mit Dingen herausplatzen wie, dass er gegen Abtreibung ist oder dass Diktatur ein guter Zustand ist. Er tut dies, um Energie, Drama und aufwallende Emotionen zu erzeugen. Er liebt das. Ich fühle mich sehr unwohl bei offenkundig emotionalen Menschen. Ich bin es nicht gewohnt. Besonders diejenigen, die in einer Sekunde zwischen Freude und Wut hin und her schwanken, erschrecken mich zu Tode. Für mich erinnert das an den psychopathischen Kaninchenkoch in *Eine verhängnisvolle Affäre*.

Kein Mensch ist eine Insel. Alle Menschen brauchen bis zu einem gewissen Grad Gesellschaft und ein Gefühl der Zugehörigkeit. Das ist ein Teil der menschlichen Bedingung. Es ist die Menge, die wir brauchen, die uns auszeichnet. Extrovertierte brauchen Gesellschaft als *Aktivität*. Andere Menschen sind wie ein Hobby für die Extrovertierten, weil sie ihre Energie von anderen bekommen. Wenn Extrovertierte miteinander abhängen, ist das wie ein großes Energiebündel.

Ein kleiner Schritt für einen Menschen, aber ein großer Sprung für die Nerds

Für mich ist das Wort *Nerd* kein Schimpfwort. Es ist eine Beschreibung für jemanden, der sich einem Interesse mit großer Leidenschaft widmet. Und er oder sie tut es ohne Entschuldigung. Ein Hardcore-Nerd denkt nicht darüber nach, ob es hip ist, Schmetterlinge zu sammeln. Ich weiß es, denn ich bin schon mein ganzes Leben lang ein Nerd. Als Kind war ich ein fanatischer Vogelbeobachter. Früher bin ich allein mit dem Fernglas um den Hals herumgeradelt und habe mir eingebildet, dass ich überall viele exotische Vögel sehe. Ein ausgestopfter

Vogel stand ganz oben auf meinem Wunschzettel, als ich neun Jahre alt wurde. Gleichaltrige Klassenkameraden wünschten sich Turtles, eine Ritterburg oder einen Sternenzerstörer aus Star Wars. Aber ich saß da in einem Schneidersitz mit meinem verstaubten Vogel und war lächerlich zufrieden mit dem Leben.

Dann habe ich in meinen Teenagerjahren eine Menge Rollenspiele gemacht. Wenn ich dir sagen würde, wie viele Stunden Videospiele ich unter meinem Gürtel habe, würden sich viele Leute Sorgen machen. Es hat mir nie etwas ausgemacht, was andere dachten oder wie beliebt es war. Manchmal bin ich aus diesem Grund außerhalb der populären Sphäre gefallen. Es hat mich nicht gestört, denn ich habe die Dinge getan, die mich interessiert haben. Nichts macht dich einsamer als die Abhängigkeit von der Anerkennung anderer. Ein Nerd ist auf diese Weise ein unabhängiger Held. Ein legendärer Nerd und Held ist Neil Armstrong.

Trotz seiner introvertierten Art wagte er sich an die unerforschtesten Orte und setzte seinen Fuß auf den Mond. Ich habe bereits erwähnt, dass introvertierte Menschen vorsichtig, leicht gestresst und risikoscheu sind. Warum sollte sich eine solche Person auf der Spitze einer 120 Meter großen Rakete platzieren und sich buchstäblich in den schwarzen Raum schießen lassen? Ich glaube, ich verstehe Herrn Armstrong. Ich glaube nicht, dass er Angst hatte. Für einen Nerd waren Neugierde und Leidenschaft wahrscheinlich so übermächtig, dass die Angst verschwand. Selbst nach der Mondlandung hatte er eine zurückhaltende Persönlichkeit. Ich habe nur meinen Job gemacht, hat er immer gesagt. Die akribische Liebe zum Detail und die extremen Routinen, die mit der Vorbereitung und Durchführung eines Raumfluges verbunden sind, passen gut zu einer introvertierten Persönlichkeit, würde ich sagen. Details beschäftigen uns und wir steigern uns in Diskussionen darüber, welcher Browser der beste ist oder warum Jean-Luc

Picard der beste Captain ist, den das Raumschiff Enterprise je hatte. Ein introvertierter Beraterkollege hatte eine unvergleichliche Liebe zum Detail. Eines Tages überprüfte er gründlich eine Reihe von Konten bei einer großen Firma, die ihn angeheuert hatte. Plötzlich fand er 30 Millionen Dollar auf einem Konto, das jeder übersehen hatte. Details sind wichtig und wie ein Mathematiker sagte: lieber komplett falsch liegen als fast richtig.

Die Sache mit dem Stress

Plötzlich bricht im Bad ein Gebrüll aus. Hannah reagiert schnell und ist auf den Beinen, bevor ich reagieren kann. Sie reißt die Tür auf und stellt fest, dass ein Wasserschlauch aus der Badezimmerwand gerissen wurde. Er schwingt wie eine wütende Kobra und versprüht heißes Wasser mit vollem Druck. Ich bleibe im Sessel sitzen und beobachte das Geschehen. Hannah stürzt ins Bad und holt eine kleine Fußmatte heraus. Dann steht sie wie gelähmt da und hält den Teppich fest an sich gedrückt. Ihr Katastrophenplan endete offenbar dort. *„Aber tu etwas!“* schreit sie. Aber ich mache viele Dinge. Ich denke und analysiere. Mir fällt ein, dass der Haupthahn im Nebenraum ist, also eile ich dorthin und drehe das Wasser auf diese Weise ab.

Das ist ein typisches Stressverhalten für beide Vorlieben. Wenn Stress auftritt, werden Extrovertierte aktiv, sie handeln direkt und ergreifen die Initiative. Eine introvertierte Persönlichkeit schaltet stattdessen ab. Wir werden überstimuliert und das führt dazu, dass wir passiv und introvertiert werden. Solange der Stresspegel nicht zu extrem ist, gibt es aber auch einen positiven Aspekt. Unsere introvertierte Ruhe hat den Vorteil, dass wir denken können und nicht nur reagieren. Wir gewinnen ein Bewusstsein, das genutzt werden kann, um das Problem zu lösen. Die US Army hat Stressreaktionen im Kampf untersucht. Sie fanden heraus, dass Extrovertierte schnell auf einstudierte Szenarien reagieren. Wirf eine Handgranate in ihren Graben und sie tun blitzschnell, was ihnen befohlen wird. Extrovertierte haben schnell und richtig reagiert. Introvertierte hingegen waren stark in Situationen, die unerwartet oder nicht vorher geprobt waren. Kurz gesagt: Introvertierte reflektieren, Extrovertierte reagieren.

Eine der Eigenschaften, für die Neil Armstrong bekannt war, war seine Gelassenheit in Notsituationen. Dies war ein Talent, das er während seiner Zeit als Testpilot oft brauchte. Ich habe über dieses Thema in einer breiteren Perspektive nachgedacht. Ich habe Menschen in meiner Nähe gesehen, die durch schwierige Phasen in ihrem Leben gegangen sind. Dazu gehören Scheidungen, Entlassungen, chronische Krankheiten, finanzielle Probleme und andere Unannehmlichkeiten. Extrovertierte neigen dazu, ihre Probleme nach außen zu wenden. Sie werden wieder zu aufmerksamkeitsbedürftigen Teenagern. Plötzlich fangen sie an zu trainieren, lassen sich tätowieren, spielen Akustikgitarre oder ändern ihre Frisur zu etwas Poppigem. Oft bekommen sie eine jüngere Garderobe. Manchmal werden sie zu sozialen Vampiren, die sich in ihrem Hunger nach Energie an andere klammern. Ein Introvertierter schließt sich ein. Wir isolieren uns mit dem PC-Spiel Counterstrike, dicken Romanen oder sticken Pferdemotive. Wir bleiben bis in die frühen Morgenstunden auf und surfen im Internet, während im Hintergrund „Die Schwarzwaldklinik" im Fernsehen läuft. Nach Tagen, Wochen oder Monaten sind wir plötzlich fertig. Irgendwie wurde die ganze Negativität innerlich aufgefressen und weggefegt. Wir können weitermachen. Für einen Introvertierten ist diese Reflexionszeit absolut notwendig. In einer Beziehung mit einem extrovertierten Menschen kann es schwierig sein, Akzeptanz für dieses Verhalten zu bekommen. Es wird als asozial oder egoistisch wahrgenommen, wenn du du selbst sein möchtest.

In der heutigen Gesellschaft wird der Trauerprozess des Introvertierten als ungesund angesehen. Extrovertierte Trauer hingegen ist normal. Sich mit einem obligatorischen Kotzen-Weinen-Hauen-Szenario zu trösten, gilt als normal. Fünf Tage in der Woche auf der Couch von Fremden aufzuwachen, mag als gesund gelten: „Sie soll alles rauslassen, sie hat jetzt eine schwere Zeit." Der Prozess sieht für Extrovertierte und Introvertierte unterschiedlich aus, das macht den einen nicht richtiger als den anderen.

Selbstdisziplin

In den 1970er Jahren sperrte ein Psychologe namens Walter Mischel Kinder in verschiedene Räume. Er führte ein Experiment für die Stanford University durch und wurde für das, was folgte, berühmt.

Jedes Kind erhielt ein Marshmallow. Ihnen wurde gesagt, dass sie ein weiteres Marshmallow bekommen würden, wenn sie ein paar Minuten warten könnten, bevor sie es essen. Für jedes Mal, wenn sie sich davon abhalten konnten, ihre Marshmallows zu essen, bekamen sie einen weiteren. Es wurde deutlich, dass die Kinder sehr unterschiedliche Niveaus der Selbstdisziplin hatten. Einige warfen ihr Marshmallow sofort in den Mund, während andere mehrere Zyklen warteten und schließlich richtige Berge von Leckereien hatten. Der Psychologe verstand, dass es sich um zwei Ansätze handelte. Eine Gruppe war sehr auf die Gegenwart fokussiert, auf das, was sie hier und jetzt sahen und fühlten. Es war diese Gruppe, die nicht warten konnte, sie suchten nach sofortigen Belohnungen. Die andere Gruppe war zukunftsorientiert und wartete auf die Belohnungen, die kommen würden. Was wirklich interessant ist, ist, dass diese Kinder später wieder als Erwachsene getestet wurden. Die Kinder, die in den 1970er Jahren willensstark waren, hatten eine höhere Wahrscheinlichkeit als Erwachsene erfolgreich zu sein. Sie schnitten bei den standardisierten Tests besser ab als die weniger willensstarken.

Das ist interessant, weil Introvertierte generell eine bessere Impulskontrolle haben als Extrovertierte. Extrovertierte sind sehr aktiv im Hier und Jetzt. Sie sind daher aufmerksamer und lassen sich von den Reizen, die die Sinne gerade registrieren, verführen. Reflexion und Analyse sind die Stärken des Introvertierten, zusammen mit der Fähigkeit, Belohnungen aufzuschieben. Dies wird durch MRT-Studien unterstützt, die zeigen, wie sich extrovertierte und introvertierte Gehirne unterscheiden. Dem Wort Willenskraft kann man nur schwer gerecht werden. Es ist ein Wort mit vielen Bedeutungen und vielen Facetten.

Während eines Wettkampfes können Extrovertierte die erstaunlichsten Leistungen vollbringen, es ist, als ob der Nervenkitzel des Wettkampfes selbst ihnen einen Schub an Kraft gibt. Wenn sich jemand stolz als Alpha bezeichnet, kannst du dir ziemlich sicher sein, auf welcher Seite des Spektrums er sich befindet. Als Introvertierter bist du eher ein Delta, jemand, der seinen Status überhaupt nicht mit seiner Umgebung vergleicht.

Bei der introvertierten Willenskraft hingegen geht es darum, etwas konzentriert und für eine wirklich lange Zeit zu tun. Wir vergraben uns in einer Aufgabe und lassen sie nicht los, bis sie abgeschlossen ist. Extrovertierte Willenskraft nimmt eine andere Form an. Sie haben eine große Fähigkeit, Dinge zu verwirklichen, indem sie sich miteinander organisieren. Die Macht einer vereinten Front ist enorm. Ein Psychologe sagte etwas, dem ich zustimme: dass Introvertierte eine hohe Willenskraft haben, während Extrovertierte eine große Veränderungskraft haben.

Eine Sache nach der anderen

Introvertiertheit ist ein Charakterzug, der unseren Sinn für Präsenz beeinflusst. Wir tragen eine ständige Blase um uns herum. Ich habe schon mehrmals darüber nachgedacht, dass extrovertierte Menschen erstaunlich gut in der Gegenwart sein können. Ihr Verstand hat eine starke Erdung in dem, was gerade passiert. Sie sind sich völlig bewusst, wer den Raum verlässt und wer hereinkommt. Wenn du ein Gespräch mit einem Extrovertierten in einem Café führst, kann er drei andere Leute gleichzeitig im Auge behalten.

Als Eltern von kleinen Kindern ist das ein echter Gewinn. Mein extrovertierter kleiner Bruder Thomas hat alles, was in seiner Gegenwart passiert, eisern im Griff. Das elterliche Radar gibt ihm die Fähigkeit, ankommenden Marmeladenbroten auszuweichen und fallende Milchtüten einen Dezimeter über dem Boden aufzufangen. Gleichzeitig lobt er die selbstfrisierten Zöpfe seiner Tochter, spricht begeistert über Skateboards und tippt auf sein iPhone. Daran erkennt man die multitaskingfähige, extrovertierte Persönlichkeit.

Als Introvertierter fällt es mir schwer, mehr als eine Sache auf einmal zu tun. Es ist keine Wahl, sondern eine Konsequenz der Hardware, die ich bekommen habe. Ich kann Musik hören, während ich arbeite, aber nur wenn es Musik ist, die ich bereits auswendig kenne. Sobald ich versuche, gleichzeitig etwas anderes zu tun, verschwindet meine Gehirnkapazität. Ein Beispiel dafür passiert manchmal, wenn ich am Telefon spreche. Wenn die andere Seite schwatzhaft ist, kann ich leicht in Gedanken abdriften. Während ich halb zuhöre, vertrödle ich gerne die Zeit am Computer. Linus, jetzt hast du deine Computerstimme. Ich werde jedes Mal von denen erwischt, die mich kennen. Friseure sind oft extrovertiert. Sie können also gleichzeitig sprechen und schneiden. Wenn ich so etwas versuchen würde, würde es in einer Katastrophe enden.

Ein ehemaliger Chef sagte einmal in einem Entwicklungsgespräch, dass ich seiner Meinung nach *Multitasking* üben sollte. Im Nachhinein verstehe ich, dass das, was er ausgedrückt hat, eine extrovertierte Norm ist. Ich habe gelernt, dass dies kein guter Weg für einen Introvertierten ist, um zu arbeiten. Heute freue ich mich über aktuelle Studien, die zeigen, dass *Multitasking* die Qualität senkt und die Latenz der Aufgaben erhöht, was ineffizient ist. Am sinnvollsten ist es, eine Aufgabe nach der anderen zu erledigen und sie abzuschließen, bevor du zur nächsten Aktivität übergehst.

Unser sequentielles Denken ist einer der Gründe, warum einige Psychologen behaupten, dass Introversion eine milde Form von Autismus ist. Ähnlich wird behauptet, dass ADHS eine Fortsetzung der Extrovertiertheit ist.

Dominanz

Psychologen haben untersucht, wie wir unsere Beziehungen wählen. Die Tendenz geht dahin, Freunde zu wählen, die so sind wie du, aber einen Partner, der nicht so ist. Gerade wir Introvertierten neigen dazu, uns zu Extrovertierten hingezogen zu fühlen. Es ist, als ob wir nach Gemeinsamkeiten unter unseren Freunden suchen, aber nach Unterschieden in der Person, mit der wir unser Leben teilen wollen. Wir werden von Eigenschaften angezogen, die wir selbst nicht haben. Das kitschige Kompliment: Du machst mich vollständig, ist wirklich ziemlich gut.

In der Introvertiert-Extrovertiert-Beziehung ist es üblich, dass Letzterer der Dominante in der Beziehung ist. Dies war wahrscheinlich schon immer der Fall. Selbst in männerdominierten Zeitaltern haben extrovertierte Frauen durch ihre Männer regieren können. Nun, die Sache mit der Dominanz kann als einseitig negativ wahrgenommen werden. Ich möchte dieses Wort mehr erforschen. Ein Introvertierter wird nachdenklich, wenn wir Entscheidungen treffen müssen. Wir drehen und wenden die Dinge und überanalysieren nicht selten. Wir sehen viele Graustufen statt Schwarz oder Weiß.

Extrovertierte sind direkter. Als ich das Angebot erhielt, ein Buch zu diesem Thema zu schreiben, habe ich den ganzen Tag darüber nachgedacht, ob ich annehmen soll. Ich wog ab, welche Auswirkungen dies auf meinen ohnehin schon vollen Terminkalender haben würde. Ich habe überlegt, wie es sich auf meine Freizeit, meine Finanzen und alles andere Vorstellbare auswirken würde. Die Entscheidung fiel mir schwer, also mailte ich Hannah, die auf der Arbeit war. Eine Minute später gab es eine Antwort auf die E-Mail: „GLÜCKWUNSCH!! Natürlich solltest du es schreiben! Was für ein Spaß!! Sag JAAA!!!!!" Ich habe es schon einmal betont, *nur* Extrovertierte schreiben Texte mit Großbuchstaben und mehreren Ausrufezeichen.

Hannahs Antwort zeigt die schnelle Natur eines Extrovertierten.

Entscheidungen werden bei ihnen schnell getroffen und basieren oft auf dem ersten Gefühl, das aufkommt. Die Antwort zeigt auch die dominante Natur des Extrovertierten. Sie gibt mir keine Ratschläge, wie ich das Thema angehen soll, sie sagt mir, was ich tun soll. Sag ja! Meiner Erfahrung nach fordert ein Extrovertierter dich heraus, den nächsten Schritt zu machen. Es liegt in der Natur des Extrovertierten, seine Umgebung beeinflussen zu wollen. Ob das gut ist oder nicht, kommt auf die Beziehung und die Absichten im Allgemeinen an. Menschen können sowohl durch deinen Charme, dein Vertrauen und deine Ermutigung, als auch durch Aufforderung und Zwang beeinflusst werden. Hannah ist ein großer Teil meiner Entwicklung, seit ich sie getroffen habe. Sie schiebt mich vorwärts.

Der dominante Charakterzug ist nicht einzigartig für Hannah, sondern wird als eine der extrovertierten Seiten betrachtet. Aus diesem Grund sind die meisten Manager in der westlichen Kultur extrovertiert. Besonders in Deutschland gibt es eine extrovertierte Überbevölkerung in den Führungsetagen. Eine Organisation, die mit Extrovertierten gefüllt ist, zeichnet sich durch hohe Aktivität aus. Jeder läuft auf allen Zylindern. Ideen werden nicht kritisch geprüft.

Auf der anderen Seite ist ein Introvertierter so etwas wie ein Bremspedal. Wir sind diejenigen, die der extrovertierten Welt erklären, warum es keine gute Idee ist, in einer Badewanne zu baden und gleichzeitig ein Brot zu toasten. Wir machen einen Schritt weg von den Dingen. Wir neigen dazu, die Dinge aus der Ferne zu betrachten und lange darüber nachzudenken, was wir sehen. Ich bin überzeugt, dass diese beiden Entscheidungsmodelle einander brauchen. In einem Team oder einer Beziehung werden wir das Yin und Yang des anderen. Ein Auto braucht sowohl Gas- als auch Bremspedal.

Entscheidungen treffen

Meine erste Frage, wenn ich vor einer Entscheidung stehe, ist immer: „Wie viel Zeit habe ich, bevor ich mich entscheiden muss?" Das kann den Kollegen frustrieren, der schnelle Antworten will oder den Lebenspartner, der wissen will, ob wir uns für einen bestimmten neuen Küchentisch entscheiden.

Professor Frank Partnoy hat den Entscheidungsprozess untersucht.

Ein paar Jahrzehnte Forschung lassen sich in der folgenden Faustregel zusammenfassen: Warte immer so lange, wie du kannst, um Entscheidungen zu treffen.

Je länger der Denkprozess, desto informierter, objektiver und rationaler die Entscheidung, die du triffst. In diesem extrovertierten Zeitalter sprechen wir oft darüber, wie wichtig es ist, sich zu trauen, Entscheidungen aus dem Bauchgefühl heraus zu treffen und deiner Intuition zu vertrauen. Im Medienrausch und der Informationsbombardierung, die unser Alltag ist, ist es leicht, vom Tempo mitgerissen zu werden und schnelle Entscheidungen zu treffen. Sofortige Entscheidungen basieren eher auf Emotionen und Hormonen als auf höherem Denken, sagt Professor Partnoy. Meist basieren schnelle Entscheidungen nicht auf einer *echten* Problemlösung, sondern auf einer alten Schablone, die wir aus unserer mentalen Landkarte heraussuchen. Stattdessen erlauben wir uns Zeit zum Nachdenken, eine neue Lösung zu schaffen, anstatt eine alte Blaupause wieder zu verwenden. Ich habe festgestellt, dass die Antworten oft aus dem Nichts kommen, wenn wir ihnen Zeit geben. Die besten Lösungen tauchen meist dann auf, wenn ich etwas ganz anderes tue, als nach ihnen zu suchen. Professor Partnoy glaubt, dass die Neigung des Introvertierten zur Reflexion eine Stärke bei der Entscheidungsfindung ist.

Des einen Urlaub, des anderen Hölle

Hast du schon einmal darüber nachgedacht, wie unterschiedlich die Dinge sind, die wir tun, wenn wir denken, dass wir im Urlaub sind? Manche gehen zu kryptischen Spa-Behandlungen und lassen sich zum Klang tibetanischer Trompeten mit Schnittlauch auf den Rücken peitschen. Ein Freund von mir verbrachte fünf Stunden in einem Kino und schaute sich einen kroatischen Independent-Film namens *The Darkness of Man* an. Es braucht nur sehr wenig Aktivität für jemanden wie ihn, um Frieden zu finden.

Andere gehen bei zwanzig Grad Kälte auf die Suche nach Grizzlybären oder fahren mit dem Kajak neben Killerwalen auf dem offenen Meer. Sie steigen freiwillig in rostige Hubschrauber, die von stark betrunkenen Piloten geflogen werden.

Alle der oben genannten Personen nennen dies *Urlaub*.

Stell dir vor, du verlässt deinen Job für eine fünfwöchige Urlaubszeit. Was möchtest du tun? Eine Sammlung von bärtigen Psychologen untersuchte die Lebensmuster von Paaren, die introvertiert und extrovertiert waren. Die Schlussfolgerungen, die sie zogen, sind sehr anschaulich für das Tauziehen in einer solchen Beziehung. Sie fanden heraus, dass wir, wenn wir uns gut fühlen, andere Dinge suchen.

Wenn ein Extrovertierter das Gefühl hat, ganz oben zu sein, dann will er *mehr* tun. Sie will sich noch mehr aktivieren, noch höher klettern, noch mehr Menschen treffen. Eine glückliche Extrovertierte füllt daher ihren Kalender mit vielen Aktivitäten. Eine glückliche Introvertierte hingegen sucht nach Entspannung und möchte Aktivitäten aus ihrem Kalender streichen. Das ist etwas, worüber ich in meiner Beziehung mit Hannah wirklich nachgedacht habe. Wenn wir frei sind, bucht sie Dinge für uns, die wir tun können. In ihrem Kopf macht das Sinn. Ich selbst sehne mich nach dem Vakuum, das zwischen diesen Aktivitäten besteht.

Es mag nach einer zermürbenden Situation klingen, das ist mir klar. Bei der Balance geht es darum, dass beide Seiten die Bedürfnisse des jeweils anderen akzeptieren und nicht eine Seite dominiert. Wir beschlossen, dass wir einen Wochenendtrip machen wollten und ich stimmte zu.

Geschenke

Nach der Schule musste ich mir überlegen, was ich mit meinem Leben anfangen wollte. Ich entschied mich, Illustrator zu werden. Ich tat, was ein Introvertierter bei einer solchen Entscheidung zu tun pflegt. Ich setzte mich an einen selbstgebauten Zeichentisch und begann zu üben. Meine Entscheidung war gefestigt und ich war entschlossen, erfolgreich zu sein. Die Aufgabe war schwieriger als ich dachte. Wochen wurden zu Monaten und Jahren. Ich las über verschiedene Techniken und studierte das Handwerk auf eigene Faust. Mit der Zeit lernte ich eine Menge über die technischen Aspekte des Handwerks. Ich war auch mit einer Konkurrenz konfrontiert, die halsabschneiderisch war. Finanziell lebte ich am Existenzminimum. Es spielte keine Rolle. Geld hat null Einfluss auf meine Motivation. Die Leute um mich herum waren sich rührend einig, dass ich mir einen richtigen Job suchen sollte, anstatt mit meinen Ambitionen im Dunkeln zu leben. Ich erinnere mich an einen Vorfall in der Mitte von all dem. Mein Vater ist einer der eher introvertierten Menschen auf dem Planeten. Er kommt eines Tages unangekündigt vorbei. Er ist ein Beobachter. Die Art, die in einem Gespräch nicht viele Worte macht. Wir haben nie über Träume oder Gefühle oder irgendetwas mit dieser Art von Substanz gesprochen. Manchmal sind Worte nicht nötig. Er hatte auf eigene Faust ein ganzes Set an Ölfarben und Pinseln für mich gekauft. Das Geschenk selbst war nicht wichtig, aber er zeigte, dass er hinter mir stand bei dieser Berufswahl. Es war eine stille Geste, die laut sprach. Oft zeigen Introvertierte auf diese Weise, wo sie stehen - nicht mit Worten, sondern mit Gesten.

Im Laufe des Lebens erhalten wir viele Geschenke. Manchmal sind sie gut und manchmal bestehen sie aus Grillkohle, die bei ARAL von jemandem mit einem schlechten Gedächtnis und Gewissen gekauft wurde. Was von Herzen kommt, ist unschlagbar, unabhängig vom Preisschild. Mit guten Absichten schenken wir Menschen Dinge, die wir selbst gerne erhalten würden.

Eine interessante Frage, die man den Leuten stellen kann, ist: Was ist das beste Geschenk, das du erhalten hast? Ich habe über die Antworten nachgedacht. Extrovertierte erwähnen lieber Erfahrungen wie Fallschirmspringen, Salsa-Kurse, Tauchscheine oder Golfstunden. Auch Dinge, die mit Emotionen verbunden sind, sind üblich, wie Freundschaftsherzen oder Namenstattoos. Introvertierte nennen *Gegenstände*: eine schöne Uhr, ein Kleidungsstück, eine Schallplatte oder ein Lese-Tablet sind häufige Antworten. Was *allen* zu gefallen scheint, unabhängig von den Vorlieben, sind Überraschungspartys und Essensorgien.

Weinverkostung oder Freundschaftsverkostung?

Hannah und ich hatten ein gemeinsames Date nach ein paar zermürbenden Wochen mit schlecht schlafenden Kleinkindern und langen Stunden auf der Arbeit. Wir kamen endlich weg und ließen die Kinder bei Oma, um etwas Zeit für uns zu haben. Wir hatten für den Abend eine Wein- und Käseverkostung gebucht. Unser Fokus war jedoch ein wenig anders, als ich es beabsichtigt hatte. Das erste, was passierte, war, dass wir uns unter die anderen Gäste mischen sollten. In meiner Welt sah ich den Abend als eine Chance, mehr konzentrierte Zeit mit meiner Frau zu verbringen und so störte es mich. Nach dem Mischen wurden wir mit plaudernden Paaren an einem langen Tisch platziert. Sich sowohl auf die Konversation, als auch auf den Geschmack zu konzentrieren, ist überwältigend. Ich kann förmlich spüren, wie sich mein Magen zusammenzieht, wenn ich esse und jemand gleichzeitig einen intensiven Monolog mit mir führt. Daher störte mich am meisten der schwere soziale Teil des Abends, mit dem ich nicht gerechnet hatte.

Ich saß mit Leuten zusammen, die beschlossen hatten, dass die Veranstaltung eine Gelegenheit ist, neue Bekanntschaften zu machen. Leider war meine Frau einer dieser Menschen. Es ist natürlich, dass extrovertierte Menschen sich mit Fremden anfreunden wollen. Für einen Introvertierten liegt der Fokus auf der Vertiefung der Beziehungen, die wir bereits haben. Der Busfahrer, der Friseur und die Leute im Aufzug sind für uns nur Requisiten. Wir hatten unterschiedliche Erwartungen an den Abend, ich und Hannah.

Erst lernen, dann verlernen

Ich glaube, wir verkrampfen unseren Stil, wenn wir erwachsen werden. Wir sozialisieren uns natürlich als Kinder. Ein Freund und ich saßen früher stundenlang zusammen und zeichneten, ohne ein Wort zueinander zu sagen. Auch wenn unsere Bedürfnisse die natürlichste Sache der Welt sind, vergessen wir sie. Wenn wir erwachsen werden, passen wir uns oft an eine Art sozialer Norm an. Wir fangen an, uns nach einer bestimmten Etikette und auf eine Art und Weise zu sozialisieren, die nicht immer angenehm für uns ist. Als Teenager hängt man herum und hat gleichzeitig den Fernseher an. Wir hören auf, das zu tun, wenn wir älter werden. Die Etikette lehrt uns, dass dies unhöflich ist und dass man sich auf eine erwachsenere und direktere Art und Weise unterhalten sollte. Indem du den Fernseher ausschaltest, hast du einen anderen Fokus auf die Person, mit der du sprichst, was als rücksichtsvoll angesehen wird. Ich schätze es, den Fernseher an zu haben, wenn ich Leute im Raum habe. Es mag auf sehr niedriger Lautstärke sein, aber es dient als Atemloch, wenn der soziale Teil zu intensiv wird. Das passiert z.B., wenn jemand ein einseitiges Gespräch über seine politischen Überzeugungen führt. Ich denke, es ist wichtig, manchmal innezuhalten und sich zu fragen: Bin ich damit glücklich?

Egal, ob du extrovertiert, introvertiert oder ambivertiert bist, es liegt in deiner Verantwortung, das zu tun, was sich gut für dich anfühlt. Es ist realistisch, dass man manchmal Kompromisse mit anderen Wünschen eingehen muss. Was ich befürworte, ist keine *Mein-Weg-oder-die-Autobahn-Haltung*. Nein, ich denke es ist wichtig zu unterscheiden zwischen *bewussten Zugeständnissen* und wenn wir der Fußabtreter von jemandem sind. Meine Herausforderung als Erwachsener bestand darin, zu dem zurückzufinden, was ich war, bevor ich zu dem wurde, was ich bin.

Wie knüpfen Introvertierte Kontakte?

Was bestimmt, wie müde Introvertierte vom Sozialisieren werden, ist nicht die Zeit, sondern die Form des Sozialisierens. Ich kann an einer Hand abzählen, wie oft ich schon in einem Nachtclub war. Auf der anderen Hand kann ich zählen, wie oft ich schon auf einem Konzert war. Das löst bei mir überhaupt nichts aus. Ich kann nicht verstehen, wie jemand 350 Euro zahlen will, um Madonna in einer vollen Allianz Arena in München zu sehen. Ich würde nicht dorthin gehen, selbst wenn *mir* jemand 350 Euro zahlen würde. Ich würde mir eher einen Zahn ziehen lassen, als auf die Frankfurter Buchmesse zu gehen.

Hier sind einige Momente, die mich als Introvertierten stark ansprachen:

Frühling 2003

Meine spanische Freundin Carmen nimmt mich mit ins Nachtleben von Madrid. Sie ist ein Dauerlächeln mit dem größten Afrolook, den ich je gesehen habe. Sie ist warmherzig, impulsiv und sehr extrovertiert. Sie kennt jede einzelne Person in der belebten Stadt. Sie bringt uns in einen dunklen kleinen Club. Smooth Jazz füllt einen rauchigen Raum. Es ist voll, aber ich habe trotzdem genug Bewegungsfreiheit, um mich in der Musik zu verlieren. Wir reden nicht viel, saugen hauptsächlich Eindrücke und Rotwein auf. Trotz der Menschenmassen fühle ich mich energiegeladen, als wir uns in den frühen Morgenstunden auf den Weg machen.

Winter 2005

Der Schnee liegt in Verwehungen auf der Fensterscheibe. Meine damalige Freundin arbeitet nachts mehrere Nächte hintereinander. Ich bin einsam, oder eher egoistisch. Ich sitze in meinem Arbeitszimmer und zeichne. Eine ganze Nacht vergeht, während ich Rotwein trinke und Jazz höre. Miles Davis ist auf Repeat. Woran ich mich besonders erinnere, ist, wie die Wahrnehmung der Zeit verschwindet, wenn ich in das Zeichnen vertieft bin.

Es gibt einige Aktivitäten, die unabhängig von der Einstellung sehr gut funktionieren.

In einem Außencafé in der Fußgängerzone zu sitzen und Menschen zu beobachten ist eine solche Aktivität. Ein introvertierter Künstler, den ich kennengelernt habe, skizziert normalerweise Menschen in der U-Bahn. Einer der extrovertiertesten Menschen, die ich kenne, sitzt gerne im Park und beobachtet die Passanten.

Die Sache mit der Zeit für sich selbst

Einsamkeit ist eine gute Gesellschaft für einen Introvertierten. Einsamkeit kann, wie wir wissen, auch in einem Raum mit anderen Menschen auftreten. Es geht um die Möglichkeit, etwas zu tun, das intellektuell und sozial keine Kommunikation mit anderen beinhaltet.

Zeit für sich selbst ist ein Bedürfnis, kein Wunsch. Wie ich bereits erklärt habe, geht es um Biologie. Sogar die meisten Extrovertierten haben das Bedürfnis nach einer gewissen Form von Zeit für sich selbst. Wenn du, der Leser, Schwierigkeiten hast, das Bedürfnis zu verstehen, drehe es um: Wie würde es für dich funktionieren, wenn du keine Leute triffst?

Als wir Eltern wurden, wurde mein Bedürfnis nach alleiniger Zeit offensichtlich. Vorher war das nie ein Problem. Ich konnte mich jederzeit wegschleichen, um zu trainieren, eine Stunde zu duschen oder mich in Büchern zu verlieren. Es passte in das Muster unseres Lebens. Während ich las, rief Hannah eine Freundin an oder ging mit ihren Freunden einen Kaffee trinken. Dann kam die Notbremse. Die ersten Tage der Elternschaft waren von Hysterie geprägt. Wir waren auf Zehenspitzen unterwegs und überglücklich über unser kleines Wunder. Für uns wurde es zu einer Fixierung. Wir haben uns in den Kopf gesetzt, dass wir das Haus nur zur Arbeit verlassen dürfen. Die Elternschaft wurde zu einer Fußfessel. Wir waren die ganze Zeit präsent, um die himmelhohen Anforderungen, die wir an uns selbst stellten, zu bewältigen. Jetzt konnte ich mich nicht mehr wegschleichen und trainieren. Ich hatte damals das Gefühl, die Familie im Stich zu lassen. Es war nicht mehr möglich, die halbe Nacht zu schreiben, weil es sich frühmorgens rächen würde. Irgendwann war ich dann verzweifelt. Das Bedürfnis nach Zeit allein wurde nicht erfüllt. Ich fühlte mich schuldig, sobald ich mich zurückzog, als ob ich keine Verantwortung übernehmen würde. Ich fühlte mich erdrückt. Die Gedanken, die aufkamen, haben mich verstehen lassen, wie stark diese Bedürfnisse sind. Ich habe viel darüber nachgedacht, wie es sein würde, sich zu trennen. Ich fand, dass mindestens jede zweite Woche Zeit für sich allein gewesen wäre. Zum Glück habe ich das Blatt aus meinem Mund genommen. Unabhängig davon, was frühere Generationen befürwortet haben, ist *stille passive Aggressivität* keine gute Beziehungsstrategie. Die Anforderungen waren gefärbt von dem harten Kampf, den wir durchgemacht haben, um Eltern zu werden. Nach den Fehlgeburten hatten wir das Gefühl, dass wir wahnsinnig dankbar für die Elternschaft sein sollten. Wir haben uns darauf geeinigt, uns gegenseitig zu helfen, Zeit für die Dinge zu finden, die wir tun müssen, um Harmonie zu erreichen. Ein Versprechen, das wir seitdem gehalten haben. Ich habe zu der Zeit mit einer Psychologin gesprochen. Sie sagte etwas, das seither mein Leitfaden ist. Es war eine dieser banalen Aussagen. Eine offensichtliche Aussage, die wir immer wieder vergessen. Sie sagte: „Tu, was du tun musst, um genug Energie zu bekommen, um dich und andere zu unterstützen. Nur dann wird etwas für dich übrig bleiben, das du anderen Menschen geben kannst.“ Was auch immer dein Persönlichkeitstyp ist, das ist ein sehr guter Ratschlag.

Ich habe viel mit Menschen um mich herum über diese Bedürfnisse nach Zeit für sich selbst gesprochen. Es scheint einige Muster zu geben. Der Introvertierte findet normalerweise sein Atemloch, wenn der Rest der Familie schläft. Der Kleinkind-Vater schaltet das Fernsehspiel nach 23 Uhr ein, wenn der Rest der Familie zu Bett gegangen ist. Mütter von Kleinkindern stehen eine Stunde vor dem Rest der Familie auf, um die Möglichkeit zu haben, einen ruhigen Spaziergang zu machen und ihre Gedanken zu sammeln. Es gibt alle Arten von

Strategien. Was ich zu hören scheine, ist, dass es um die introvertierten Bedürfnisse geht.

Unter der Oberfläche

„Leise Menschen haben laute Gedanken" - Stephen Hawking

Wenn du wissen willst, was ein Extrovertierter denkt: hör zu und beobachte. Wenn du wissen willst, was ein Introvertierter denkt, musst du nachfragen.

Ich habe erkannt, dass wir Introvertierten wie ein Geheimnis sind, mit dem man leben muss. Als Kind habe ich es gehasst, wenn ich beim Zeichnen angeschaut wurde. Das hat mich extrem abgelenkt. Mein kreativer Prozess hing von der Einsamkeit ab. Als die Zeichnung jedoch fertig war, zeigte ich sie freudig den Menschen um mich herum. Das gleiche Gefühl überkommt mich, wenn ich über das Leben und Beziehungen nachdenke. Ich möchte nicht darüber reden, bis ich fertig bin. Das Markenzeichen von Introvertierten ist ein Gedankengang, der auf diese Weise vor der Außenwelt verborgen wird. Wenn wir unsere Gedanken in Worte fassen, dann deshalb, weil wir mit dem Denken fertig sind. Das Gefährliche sind die abrupten Würfe, die es bei unseren Liebsten auslösen kann.

Wir können feststellen, dass wir nicht mehr in einer Beziehung sein wollen. Dann kann es wie ein Blitz aus heiterem Himmel für die andere Partei kommen, die nicht einmal verstanden hat, dass wir unglücklich waren. Ich habe das selbst erlebt und weiß, wie verheerend es für die andere Person sein kann. An einem Tag gibt es eine funktionierende Beziehung, am nächsten ist die Tasche gepackt. Das Seltsame ist, dass dies in der Sorge um den anderen verwurzelt ist. Ich möchte meinen Partner nicht beunruhigen, indem ich ihm sage, dass ich darüber nachdenke, unsere Beziehung zu verlassen. Es könnte sein, dass nur ich gerade in einer Flaute stecke. Ich werde noch ein wenig warten. Dies ist eine der echten Schattenseiten der

Introversion. Ich erinnere mich an ein tragisches Ereignis aus meiner Kindheit.

Ein Junge aus der Parallelklasse hat sich in der Garage seiner Eltern erhängt. Keiner hatte eine Ahnung, dass er überhaupt traurig war. Äußerlich war er mit dem Leben zufrieden. Er hatte hervorragende Noten und war gut im Sport. Er kam aus einer Familie, die ihn hart forderte. Innerlich tobte ein emotionaler Krieg, den er schließlich verlor. Eine ominöse Goldmedaille hält das introvertierte Team in Bezug auf die Anzahl der Selbstmorde. Die Tatsache, dass wir nicht über unsere Gefühle sprechen, ist von Introvertiertheit geprägt, aber gleichzeitig ist es eine Wahl, die wir treffen. Seit einiger Zeit habe ich begonnen, darüber zu sprechen, wie ich mich fühle. Es ist etwas, das mir geholfen hat, endlich echte Beziehungen zu den Menschen um mich herum aufzubauen. Ich würde sagen, dass es eine Krankheit der Introvertierten ist, unsere eigenen Gefühle zu unterschätzen, ebenso wie die der anderen. Wir bemerken nicht, dass wir manchmal traurig sind, weil wir Abstand zu uns selbst haben. Gleichzeitig können wir uns manchmal auf eine Art und Weise ausdrücken, die von anderen als kalt oder hart wahrgenommen werden kann. Im Großen und Ganzen sind Introvertierte sensibler als Extrovertierte. Viele Introvertierte weisen besonders auf die Angst vor Konflikten hin. Wir suchen eher Harmonie als Aktivität und darin liegt unsere Vorliebe für das Grübeln, bis sich die Gedanken auflösen.

Extrovertierte sind oft leicht zu verstehen, weil sie ihre Persönlichkeit ausleben. Sie sagen dir, was sie denken und fühlen. Selbst wenn du es schaffst, sie ruhig zu halten, scheint ihre Meinung in Körpersprache und Mimik auf tausend Arten durch. Wenn der Extrovertierte unglücklich ist, singt er einfach nicht. In der englischen Sprache gibt es den Ausdruck: Sie trägt ihr Herz auf der Zunge, was ein treffendes Gleichnis für Menschen ist, die ihren Gefühlen freien Lauf lassen. Aus diesem Grund ist das Verstehen meist ein einseitiges Problem. Es ist meist der Introvertierte, der nicht verstanden wird. Aber es ist auch unsere eigene Schuld.

Zusammenfassung für Extrovertierte

- Ein Introvertierter mag Ruhe und sucht die unmittelbare Abwesenheit von Aktivität. Urlaub für den Introvertierten ist also eher Entspannung als Abenteuer.
- Introvertierte haben eine Stärke für das sogenannte flüssige Problemlösen. Das heißt, Introvertierte können Probleme angehen, die noch nie aufgetreten sind. Im Gegensatz dazu sind Extrovertierte stattdessen schnell dabei, Probleme anzugehen, die ihnen in der Vergangenheit antrainiert wurden.
- Introvertierte Denkprozesse machen uns geschickt darin, eine Aufgabe nach der anderen in Angriff zu nehmen. Effizienz wird erreicht, wenn wir Dinge nacheinander abarbeiten dürfen.

Die Kraft der Introversion

Er schaute quer durch das Klassenzimmer und ließ sich Zeit. Man könnte eine Stecknadel fallen hören. Hartmut hatte eine unaufdringliche Ausstrahlung, die die hormongesteuerten Akne-Rowdys verzauberte, mich eingeschlossen. Es lag nicht an der Art, wie er zu uns sprach, sondern an der Art, wie er uns zuhörte. Wir hatten viele andere Lehrer. Sie waren Autoritätspersonen, die stundenlang breit predigten und null Interesse zeigten, uns wirklich etwas beizubringen. Sie sprachen mit uns, als ob wir Schafe wären. Infolgedessen haben wir sie überhaupt nicht gehört. Hartmut war Geschichtslehrer und verwendete eine andere Pädagogik. Er erzählte kurze Geschichten und stellte offene Fragen. Als wir antworteten, hörte er *wirklich* zu. Er sprach ruhig und leise. Dennoch hatte er unsere volle Aufmerksamkeit. Gehört zu werden hat nichts mit Lautstärke zu tun. Warum blieben die Deutschen in Leningrad, obwohl der Winter nahte? Er nutzte Kunstpausen, um unsere Aufmerksamkeit zu fesseln. Es gab lange Momente, in denen er darauf wartete, dass jemand sprach. Er fühlte sich in der Stille wohl. Er wusste, dass jemand früher oder später reagieren würde. Dies war eine meiner ersten Erfahrungen mit der Kraft der Introversion.

Die Macht des Introvertierten geht über Schach und Trivial Pursuit hinaus. Die folgenden Aussagen sind aus verschiedenen Studien entnommen und sind nicht Teil einer Introvertierte-werden-die-Erde-übernehmen-Medienkampagne.

Vorhin habe ich etwas Freches darüber geschrieben, dass Introvertierte in der Mehrheit sind, wenn es um Talent geht. Was bedeutet das und wie kann ich das sagen? Die meisten von uns fühlen, dass wir sowohl extrovertierte als auch introvertierte Züge in unserer Persönlichkeit haben. Wenn wir jedoch gezwungen sind, uns zu entscheiden, von welcher Seite wir mehr haben, gibt es eine ganz klare extrovertierte

Dominanz. Es wird geschätzt, dass die Weltbevölkerung zu etwa einem Viertel aus Introvertierten und zu drei Vierteln aus Extrovertierten besteht. Bei Mensa ist das Verhältnis umgekehrt. Für den Fall, dass es provokant klingt, möchte ich hinzufügen, dass es *nicht* meine Ansicht ist, dass Introvertierte überlegen oder besser sind. Ich sehe zwei Persönlichkeitsmerkmale, von denen wir alle unterschiedlich viel haben und die unterschiedliche Stärken mit sich bringen. In diesem Kapitel möchte ich mich auf die positiven Aspekte der Introversion konzentrieren.

Resistent gegen Langeweile

Eine offensichtliche Stärke von Introvertierten ist ihre große Ausdauer gegenüber dem Monotonen. Wir füllen unser Leben mit Inhalten aus einem reichhaltigen inneren Dialog. Extrovertierte hingegen beziehen ihre Inspiration von außen. Studien zeigen eine hohe Ausdauer bei Introvertierten, um langweilige Situationen zu ertragen. Diese Toleranz für Untätigkeit erklärt, warum Introvertierte dazu neigen, in der akademischen Welt gut zu sein. In einem Raum mit der Nase in einem mörderisch langweiligen Buch zu sitzen, ist ein größerer Test für einen Extrovertierten, der nach etwas dürstet, mit dem er sich selbst aktivieren kann. Introvertierte brauchen auch weniger Pausen in einer Arbeitssituation, weil Konzentration ein natürlicher Zustand ist.

Gegner der kollektiven Inkompetenz

Man sagt, dass die Grundlagen der modernen und offenen Gesellschaft im Jahr 1955 gelegt wurden. Es war der Beginn der feurigen Revolution, die nun zu unserer alltäglichen Realität geworden ist. In einem Bus im Süden wurde eine Entscheidung getroffen, die weitreichende Auswirkungen haben sollte. Eine kleine, unscheinbare Dame namens Rosa Parks entschied sich, der Norm zu trotzen. Sie weigerte sich, ihren Platz an einen Weißen abzugeben, obwohl das Gesetz sie dazu verpflichtete.

Trotz des Drucks von anderen Fahrgästen im Bus weigerte sie sich, sich zu bewegen. Die Situation eskalierte und die Polizei wurde gerufen. Sie blieb hartnäckig auf ihrem Sitz kleben. Der Vorfall wuchs im Verhältnis. Es führte zu einem langen Boykott des amerikanischen öffentlichen Nahverkehrs, der zu einer Änderung des Gesetzes führte. Der Vorfall soll der Funke gewesen sein, der zu dem Marsch auf Washington und den Watts-Unruhen führte. Die Gesellschaft, wie wir sie heute kennen, begann 1955 in diesem Bus.

Die Distanz des Introvertierten zu Gruppen ist in manchen Kontexten eine Stärke. Extrovertierte haben eine Vorliebe für die Interaktion mit anderen Menschen und fühlen sich mit dem sozialen Netzwerk verbunden. Aus diesem Grund haben Gruppenprozesse in der Regel einen stärkeren Einfluss auf Extrovertierte. Sich gegen die Gruppe zu stellen, wird für diejenigen, die einen hohen Wert auf Zugehörigkeit legen, teuer werden. Daher kann der Gruppendruck einen sehr starken Einfluss auf Extrovertierte haben. Introvertierte hingegen haben eine andere Art von Integrität, weil wir nicht das Bedürfnis haben, auf dieselbe Art und Weise zur Gruppe zu gehören. Ich würde sagen, dass wir in vielen Fällen versuchen, uns von dem wegzubewegen, was bei den meisten Menschen beliebt ist. Introvertierte beurteilen Aktivitäten nicht danach, wie beliebt sie uns bei der Gruppe machen. Wir fragen uns: mag ich das? Möchte ich das tun? Dann handeln wir entsprechend. Wir werden von dem angespornt, was nicht entdeckt wird. Introvertierte tauchen oft in das ein, was sich eng, echt und ursprünglich anfühlt. Unser Interesse ist abnormal in dem Sinne, dass wir nicht bereitwillig unseren Geschmack ändern, um uns anzupassen. Dies kann als Loyalität zu uns selbst interpretiert werden und nicht als Gruppenzugehörigkeit.

Sicherheit und Risikovermeidung

Extrovertierte sind generell risikofreudiger als Introvertierte. Es ist daher wahrscheinlicher, dass sie im Krankenhaus landen. In ihrer Natur liegt eine große Neugierde, die Welt hier und jetzt zu erkunden, es ist ein Antrieb in ihnen. Da Stille nicht wirklich genug ist, um sie zu stimulieren, führen sie oft einen aktiven Lebensstil. Sie leisten zuerst und denken später, anstatt umgekehrt. So denken sie manchmal zuerst im Bett. Statistiken zeigen, dass Extrovertierte eher verletzt werden als wir Nerds. Auch die Zahl der Unfalltoten ist bei den Extrovertierten etwas höher. Meine Tochter Smilla läuft derzeit mit ihrer ganzen Hand in einem Verband, nachdem sie den Garten auf eigene Faust erkundet hat.

Es gibt Historiker, die argumentieren, dass einige der größten Fehler der Weltgeschichte nach übereilten Entscheidungen von extrovertierten Anführern gemacht wurden. Ein Beispiel dafür ist die makabre Geschichte des Ford Modells „Pinto". Dieses Auto Modell wurde trotz bekannter Mängel im Design überstürzt an die Verbraucher ausgeliefert. In der Folge verbrannten mehrere Autofahrer, als der Kraftstofftank Feuer fing. Der ursprünglich verwendete Slogan wurde schnell wieder entfernt: „Pinto: Hinterlässt ein warmes Gefühl![10]"

„Hi", sagte die Recruiterin zu mir. Später erzählte sie meiner Kollegin, dass sie sich bereits entschieden hatte, mich einzustellen, als sie mich in der Tür sah. Es war nicht wirklich wichtig, was ich sagte oder wie meine Referenzen aussahen. Ihr Entscheidungsprozess war augenblicklich. Auch der Rekrutierungsprozess war schlecht abgestimmt. Weder ich noch die Stellenbeschreibung passten gut zusammen. Das war dieselbe Recruiterin, die mir erzählte, dass sie Eierstockschmerzen hat,

[10] Englisch: „Pinto: Leaves you with a warm feeling!"

als wir uns in den Interviewraum setzten. Zweifellos eine aufgeschlossene Person.

Ich kenne einen erfahrenen Psychologen, der sein Leben der Arbeit an der Führungsentwicklung für Menschen an der Spitze der Nahrungskette gewidmet hat. Er erzählte mir etwas, das mich überraschte. Nach all den Tests und Interviews, die er über die Jahre geführt hat, ist er sich seiner Sache ziemlich sicher. Seiner Ansicht nach zeichnen sich Menschen in CEO-Positionen durch zwei spezifische Eigenschaften aus: Erstens haben sie Angst, Fehler zu machen und haben daher einen Fokus auf Details und Entscheidungshilfen. Zweitens, sie sind vorsichtig, wenn sie sich dem Unbekannten nähern, sie sind konservativ. Dies sind offensichtlich introvertierte Züge. Super-Unternehmer wie Richard Branson von Virgin sind in den Medien zu sehen und zu hören. Er reist in einem Heißluftballon um die Welt, fliegt ins All oder überquert den Atlantik in einem Raketenboot. Richard ist aufregend und sozial. Als extrovertierter Unternehmer hat er viel Rampenlicht bekommen. Außerdem ist er ständig in allen Medien präsent und scheint eine Menge Energie zu haben.

Es ist leicht, ihn als die Norm für Wirtschaftsführer zu sehen, weil er alle anderen in den Schatten stellt.

Aber ist er als Wirtschaftsführer normal? Von Zeit zu Zeit gibt es Abschwünge. Wenn der Markt nach unten dreht, haben Introvertierte und Extrovertierte unterschiedliche Möglichkeiten, damit umzugehen. Ein Extrovertierter reagiert auf die Veränderung und ändert sein Geschäft. Er handelt mit den Maßnahmen, von denen er denkt, dass sie gemacht werden müssen. Ein introvertierter Anführer scheint eher abgehärtet zu sein. Er überarbeitet die Kostenstrukturen und führt das Unternehmen wie bisher, in der Hoffnung, dass sich die Wirtschaft erholt. Wie mein Freund, der Psychologe, es ausdrückt: Bisher war es eine erfolgreiche Strategie, die Konjunkturzyklen abzuwarten.

Nach Regen kommt Sonnenschein. Daher kann ein konservativer Ansatz ein Überlebensfaktor sein.

Das Negative des Positivseins

„Ich habe gewonnen!" ruft Hannah und setzt sich tanzend vor ihren Computerbildschirm hin. Ich schaue mit etwas Pessimismus auf, als ich die Situation erkenne. Sie hat eine positive Einstellung zum Leben, ein Euphemismus für das, was Introvertierte naiv nennen. Hannah ist auf die Idee gekommen, dass sie gewinnt, wenn sie bei einer Auktion das höchste Gebot abgibt. Sie allein macht bestimmt fünfzehn Prozent des Umsatzes von eBay aus. Ich antworte normalerweise, dass sie das Privileg gewonnen hat, mehr als jeder andere für den Artikel zu bezahlen.

Wir sind ganz typisch in unserer Diskussion. Introvertierte sind eher pessimistisch. Extrovertierte haben eine Vorliebe dafür, eine positive und optimistische Sicht der Dinge zu finden. Sie zücken einen mentalen Unterstreichungsstift und markieren das, was in jeder Situation gut ist. Probleme und Risiken werden heruntergespielt: Die Trojaner haben ein sehr schönes Holzpferd zurückgelassen! Für einen zynischen Introvertierten kann das manchmal als provokant empfunden werden. Gleichzeitig ist das natürlich auch ein Vorteil. Es wird gesagt, dass Optimismus ansteckend ist.

Ich erinnere mich an eine Übung, die wir in einem Führungskurs gemacht haben. Wir bekamen einen Satz Farben und wurden gebeten, ein Bild zu malen, wie wir uns selbst sehen. Von vierzehn Kursmitgliedern haben dreizehn eine Sonne gezeichnet. Ich selbst habe ein ausdrucksloses Gesicht mit einem Kohlestift gezeichnet. Als wir uns dann als Gruppe zusammen die Bilder anschauten, überprüften mich die Sonnenmenschen mit den Worten: Jemand, der nicht im Gleichgewicht mit sich selbst ist. Ich sehe das nicht so. Zu positiv zu sein ist genauso unausgewogen wie zu negativ zu sein. Jeden Moment mit

Zucker zu pudern ist Theater spielen. Nicht alles ist Sonnenschein, Regenbögen und goldener Tüll. Ausgewogen, nuanciert und realistisch zu sein, ist für mich der Idealzustand.

Es gibt Vorteile, wenn man das Leben etwas zurückhaltender angeht. Wenn du ein bisschen pessimistisch bist, bist du nicht enttäuscht, weil du sowieso keine hohen Erwartungen hattest. Woody Allen hat das einmal gesagt: „Ich bin so glücklich herumgelaufen, dass ich gar nicht gemerkt habe, wie schlecht es mir ging." Bei einem objektiven Ansatz gibt es auch eine entspannte Einstellung zu Entscheidungen. Wir sind selten in Eile, uns für etwas zu entscheiden. Hannah neigt dazu zu sagen, dass es gut ist, schnell in seinen Entscheidungen zu sein und nicht zu warten, um zu handeln. Der frühe Vogel fängt den Wurm, wie man so schön sagt. Aber es ist die zweite Maus, die den Käse bekommt[11].

Wenn du schießen willst, dann schieß. Sprich nicht!

Diese Worte werden in dem klassischen Westernfilm *Zwei glorreiche Halunken* gesprochen.

Es gibt hier eine Wahrheit, die sehr interessant ist.

Ich erinnere mich an einen Vorfall, der vor ein paar Jahren passiert ist. Ein mir nahestehendes Mädchen entschied sich, einen Fitness-Wettbewerb zu starten. Fitness ist zweifelsohne eine extreme Form des Wettkampfes, die enorme Anforderungen an den Körper und auch an den Geist stellt. Persönlich war dieses Mädchen sehr extrovertiert. Sie war mit Tattoos und Piercings bedeckt. Immer fröhlich und sehr umwerfend. Sie wurde in jedem Kontext gehört und gesehen. Gekleidet in Nieten, Glitzer und Neon, war sie eine, die hart daran arbeitete, sich von der Masse abzuheben. Stolz erklärte sie ihre Pläne in der Kaffeestube. Tatsache war, dass sie zu dieser Zeit

[11] Schwedisches Sprichwort. Die zweite Maus bekommt den Käse, weil die erste die Falle ausgelöst hat.

übergewichtig war und in ihrem Leben sehr wenig Sport getrieben hatte. Demonstrativ warf sie ihre TK-Pizza in den Müll. Sie sprach ausführlich über all das, was dies in Bezug auf veränderte Diäten, frühes Training und mehr bedeuten würde. Der Plan beinhaltete auch, mit dem Rauchen aufzuhören. Wir gratulierten ihr zu dieser lebensverändernden Entscheidung. Der Pessimist in mir erkannte, dass wir sie für eine Willenskraft lobten, die sie noch nicht gezeigt hatte.

Dann begann die Transformation. Von diesem Moment an hat sie sich im Training komplett gesteigert. Lange bevor sich die Ergebnisse zeigten, hatte sie sich eine neue Garderobe mit ausschließlich Trainingskleidung zugelegt. Sie kaufte sich einen neuen Lebensstil und wurde gut darin, Kisten mit Essen zur Arbeit zu schleppen. Es gab Thunfisch, Hühnchen, Hüttenkäse und andere magere Dinge, die eine extreme Fitness-Diät mit sich brachte. Wir standen hinter ihr, als sie nach Lob fischte und überhäuften sie mit Komplimenten, wie diszipliniert/willig/gut sie sei. Nach einer Woche waren ihre Pläne über den Haufen geworfen und wir fingen an, im Kaffeeraum über andere Dinge zu reden. Sie übte tapfer weiter und atmete das Training noch eine Weile, aber sie sprach immer weniger darüber. Ein paar Wochen später saß sie wieder mit einer TK-Pizza im Kaffeeraum. Der Umriss der Zigarettenschachtel war durch ihre Bauchtasche sichtbar.

Es dauerte lange, bis sie wieder etwas vom Training erwähnte. Heute ist sie in bester Verfassung, weshalb ich diese Anekdote erzählen darf.

Psychologisch gesehen, gibt es eine interessante Lektion in dieser Geschichte. Es hat sich gezeigt, dass je mehr wir über etwas reden, desto unwahrscheinlicher ist es, dass wir es auch ausführen. Dies gilt für Belohnungen. Je mehr du darüber redest, diese zwanzig Kilo zu verlieren, desto unwahrscheinlicher ist es, dass du es tust. Warum ist das so?

Wenn du anfängst, den Menschen um dich herum von deinen ehrgeizigen Plänen zu erzählen, werden sie dich normalerweise unterstützen. Deine Kumpels, Familie und Kollegen werden dir Liebe, Lob und Anerkennung geben, ohne dass du viel tun musst. Du hast noch kein einziges Pfund abgenommen, aber du bekommst bereits positives Lob von deinen Mitmenschen. Man könnte sagen, dass du einen Vorschuss auf das bekommst, was dich auf der anderen Seite der Ziellinie erwartet. Je mehr du jetzt über deine Ziele sprichst, desto mehr Vorschusszahlungen wirst du bekommen.

Am Ende wirst du den Wert der eigentlichen Belohnung ausgehöhlt haben, was bedeutet, dass das Ziel für dich nicht wichtig sein wird. Es wird dann immer schwieriger, den Aufwand zu rechtfertigen, der nötig ist, um wirklich erfolgreich zu sein.

In dieser Hinsicht würde ich sagen, dass die introvertierte Schafhaftigkeit ein Vorteil ist. Viele Introvertierte setzen ihre Ziele für sich selbst, ohne sie nach außen zu kommunizieren. Dann sagen sie dir hinterher, wenn sie es geschafft haben. Es ist eine Strategie, die ein hohes Maß an Zuverlässigkeit bietet.

Es gibt noch eine andere Seite: Extrovertierte neigen dazu, ihre eigene Fähigkeit zum Erfolg positiv zu sehen. Infolgedessen stellen sie hohe Erwartungen an sich selbst. Zum Beispiel glauben vor einem Laufrennen mehr Extrovertierte als Introvertierte, dass sie unter den ersten drei Plätzen landen werden. Ein Effekt dieser Erwartungen ist, dass Extrovertierte einen höheren Stress auf sich selbst erleben als Introvertierte. Die moderaten Ansprüche der Introvertierten an sich selbst wirken in diesem Zusammenhang entspannend. Heute sind wir so überzeugt von der Kraft des positiven Denkens, dass wir vergessen, dass es auch eine andere Seite dieser Medaille gibt. Wir haben es mit einer Generation von jungen Menschen zu tun, die mehr denn je daran glauben, dass sie alles sein können, was sie sein wollen. Ein Drittel unserer Neunziger glaubt, dass sie irgendwann in ihrem Leben Prominente werden. Eine überwältigende Mehrheit der gleichen Altersgruppe will Unternehmer werden und sieht das schnelle Reichwerden als ein erreichbares Ziel. In Deutschland sagen 78% unserer Teenager, dass sie selbstständig sein wollen. Um den Kontrast zur Vergangenheit zu verstehen, kann ich eine Umfrage des Fortune Magazins aus dem Jahr 1949 anführen. Unter den Teenagern dieser Zeit würden nur 2% ein eigenes Unternehmen in Betracht ziehen. Es gibt eine sehr positive und treibende Mentalität unter den heutigen jungen Menschen. Gleichzeitig ist dies eine Altersgruppe, die sich mehr gestresst fühlt als jede Generation zuvor. In der westlichen Welt ist die Zahl der Psychosen bei Teenagern seit Beginn dieses positiven Jahrtausends sprunghaft angestiegen. Positives Denken ist ein zweischneidiges Schwert:

Positiv zu denken ist gut für dein Wohlbefinden.

Aber positives Denken bedeutet mehr Stress, weil sich die Welt für dich öffnet. Es liegt nun in deiner Verantwortung, all die erstaunlichen Dinge geschehen zu lassen. Die Kontrolle liegt in deinen Händen.

„Wenn du schießen willst, dann schieß. Sprich nicht!"

Geduld

In einer Studie wurden die Menschen in einen weißen Raum ohne Fenster geführt. Sie waren allein in diesem Raum, völlig abgeschnitten von anderen Ablenkungen. Es waren keine Bücher, Zeitungen oder andere Medien verfügbar. Die Wände hatten keine Dekorationen. Das einzige, was dort stand, war ein Feldbett. Eine Stimme über einen Lautsprecher forderte sie auf, sich hinzulegen und zu warten.

Natürlich können die Menschen keinen Winterschlaf halten, daher werden sie früher oder später unter diesen Bedingungen unruhig.

Was die Studie zeigte, war ein klarer Unterschied zwischen den Extrovertierten und den Introvertierten. Die Extrovertierten begannen, merklich gestresst, viel früher im Raum umherzuwandern als die Introvertierten.

Ich habe bereits früher das Durchhaltevermögen gegen Langeweile als eine der Stärken des Introvertierten hervorgehoben. In einer Arbeitssituation bedeutet dies, dass Introvertierte sich lange konzentrieren und tief in Aufgaben einsteigen können. Es besteht weniger Bedarf an Pausen, da dieser introvertierte Fokus bereits ein natürlicher Teil der introvertierten Persönlichkeit ist.

In der eigenen Gedankenwelt leben

Es ist wie eine warme Welle, die mich zum Computer trägt. Es ist ein Trieb, der so stark ist wie Hunger, Sex oder Schlaf. Für mich kommt dieses Gefühl sobald ich mir ein Ziel gesetzt habe. Der Schlüssel ist das Zielbild. Sobald ich mich entschieden habe, richtet sich mein ganzer Fokus auf das, was erreicht werden muss. Ich werde ungeduldig, wenn ich nicht an der Tastatur sitze. Nicht fertig schreiben zu dürfen, ist so, wie in einer richtig langen Toilettenschlange zu stehen, wenn man wirklich dringend pinkeln muss. Das, was um mich herum passiert, wird ein bisschen wolkig. Es ist, als ob ich nur mit einem halben Ohr zuhöre, wenn ich nicht schreibe. Ich lasse mich im Moment nicht ablenken. Wenn ich dann dort sitze, spüre ich einen Fokus, der unheimlich ist. Die Worte fließen einfach durch meine Fingerspitzen wie in Trance. Die Seiten folgen aufeinander, während ich tippe, als würde mein Leben davon abhängen. Die Wahrnehmung, einen physischen Körper zu haben, verblasst, während ich auf den Bildschirm starre und die Minuten sich auflösen. Die Stunden vergehen wie im Flug und ich wache erst auf, wenn ich durch etwas Äußeres gestört werde. Dieses Externe ist in der Regel das Telefon.

Ich habe diese Seite schon immer gehabt. Der Zustand wird in der Psychologie als *Flow* bezeichnet. Manche Menschen erleben dieses Gefühl oft und bei den unterschiedlichsten Dingen. Andere sagen, dass sie es noch nie erlebt haben. Flow ist eine Reise in die anstehende Aufgabe. Das Schreiben, Malen, Dichten oder was auch immer du tust, nimmt überhand. Als Introvertierter hast du eine natürliche Veranlagung, einen hohen Grad an Fokus in dem zu erreichen, was du tust. Mit einem geringen Bedürfnis nach Stimulation kannst du lange in dem bleiben, was du tust und immer tiefer graben, bis sich dieser Zustand einstellt.

Flow kannst du nur in Aktivitäten finden, in die du viel Zeit investiert hast. Menschen, die im Sport Höchstleistungen erbringen, können einen perfekten Lauf oder ein erfolgreiches Rennen oft als einen Zustand des Flows beschreiben. Es ist also nicht auf sitzende, intellektuelle Aktivitäten beschränkt. Beim Flow geht es um Leistung, die mit extremer Konzentration und echtem Engagement für etwas erbracht wird, in das du viel Zeit investiert hast. In meinem bisherigen Leben habe ich deutliche Erinnerungen an das Erleben von Flows beim Schreiben, Malen und bei Wettkämpfen in der Kampfkunst Wushu. Das Beste, was ich je geschaffen habe, war genau während dieser Zustände des Flows.

Mehrere historische Persönlichkeiten haben sich auf unterschiedliche Weise auf diesen Zustand bezogen. Der Autor Alexandre Dumas ist einer von denen, die sich beim Schreiben über lange Zeiträume in Trance befanden. Bei einer Gelegenheit soll er hunderte von Seiten handgeschriebener Texte produziert haben, ohne das Haus zu verlassen. Flow ist eine Form von Glück zu erleben, aber ich würde es nicht Freude nennen. Du sitzt nicht da und lachst, wenn du gerade einen Flow hast. „Du hast einen Gesichtsausdruck, der dich wie Clint Eastwood aussehen lässt“, sagt Ellen Winner, eine Frau, die sich auf begabte Kinder spezialisiert hat. Flow ist, in dich hineinzukriechen und deine mentale Kapazität auf eine einzige Aufgabe zu richten. Die Scheuklappen gehen auf und es braucht eine Menge Ablenkung, um sich ablenken zu können. Wie ich bereits erwähnt habe, gibt es Vorstellungen, dass introvertiertes Glück anders ist als extrovertiertes Glück. Ich würde sagen, dass die Flow-Erfahrung eine der introvertierten Seiten des Glücks ist. Flow ist eine Reihe von Momenten, in denen die Aufgabe ihre eigene Belohnung ist. Es geht nie um Geld. Du kannst kein Flow-Erlebnis herausquetschen, nur weil dir jemand einen Batzen Geld zusteckt. Motivation ist viel wertvoller als das.

Viele Introvertierte sind autotelisch. Es hat eine Verbindung zum Flow. Autotelisch zu sein, kann mit einer Menge spießigem Jargon beschrieben werden. Ich würde es so zusammenfassen:

Eine autotelische Person ist jemand mit erhöhter Motivation sich mit Aufgaben zu beschäftigen. Ein autotelischer Mensch findet den Funken und die Freude in Dingen, die andere als monoton, langweilig und anstrengend empfinden. Nicht alle Introvertierten sind autotelisch, aber es ist ein gemeinsamer Charakterzug unter uns. Vielleicht erkennst du solche Symptome bei dir selbst:

- Deine Gedanken haben eine Art und Weise, an den Dingen zu kleben. Plötzlich sitzt du auf einer halben Party, klimperst auf einem Klavier, spielst Nintendo oder liest auf Wikipedia über etwas nach, das du zufällig gefunden hast. Es ist, als ob du eine große Fähigkeit hast, dich von den Dingen des täglichen Lebens faszinieren zu lassen.
- In deinem Vorrat befinden sich jede Menge bekritzelte Post-it-Zettel. Du schickst dir oft kryptische Nachrichten aus der Supermarktschlange mit spontanen Ideen. Vielleicht gehörst du zu den Idioten, die während des Autofahrens mit einer Hand E-Mails auf ihrem Telefon schreiben? Du hast einfach eine Menge Ideen und hast gelernt,

dass sie flüchtig sind, wenn du sie nicht in Textform festhältst.

- Du spürst einen unbändigen inneren Druck, Dinge zu tun, die einem klaren Zweck dienen. Du kannst dich nicht mit einem Job versöhnen, bei dem du Zeit gegen Geld tauschst. Du willst eine Wirkung, einen *Purpose*. Es gibt keine Nine-to-Five-Jobs für dich. Es gibt nur die Aufgabe.
- In regelmäßigen Abständen kannst du deine Bedürfnisse erheblich verdrängen. Du erlebst oft eine Fixierung auf die anstehende Aufgabe. Du bist vielleicht so hungrig, dass dein Magen schreit, aber sagst dir, wie Willi Wiberg, dass du *einfach nur noch*... Über lange Zeiträume meines Lebens bestand meine Ernährung aus schwarzem Kaffee, trockenen Crackern und Flow.

Ich bin fasziniert von all den kleinen Dingen, die um mich herum passieren. Eine introvertierte Seite ist es, eher zu beobachten als teilzunehmen. Visuelle Eindrücke haben mich schon immer gefesselt. Ein dramatischer Sonnenuntergang ist hypnotisierend. Mit der Faszination kommen auch Kreativität und Inspiration. Kinder sind kreativ, weil sie fasziniert sind. So ziemlich alles, was ein Kind im Graben findet, kann seiner Meinung nach für irgendetwas verwendet werden. Kinder sind, wie Pippi Langstrumpf es ausdrückt, *Sachensucher*. Wenn man aufwächst, verlieren viele die Gabe, sich von kleinen Dingen faszinieren zu lassen. Sie sehen nicht mehr die Schönheit von Öl in einer Pfütze. Mit dem Erwachsensein kommen manchmal Scheuklappen für diese Art von Erfahrungen. Wir konzentrieren uns stattdessen auf Hypothekenzahlungen, Kälteeinbrüche und Wechselkurse. Für mich sind diese Erfahrungen etwas, das in der inneren Welt existiert. Was wir den kindlichen Geist nennen, ist ein Stück Introversion.

Introvertierte und extrovertierte Kreativität

In kreativen Berufen wird es manchmal auch als 4B bezeichnet. Es ist ein Begriff, der sich darauf bezieht, woher wir Ideen bekommen. Es heißt 4B, weil es bedeutet, dass vier Orte besonders kreativ sind. Das sind *Bars, Busse, Betten und Bäder*. Es ist rätselhaft, dass wir die besten Antworten oft erst dann finden, wenn wir aufhören, nach ihnen zu suchen. Wenn wir uns entspannen und etwas anderes tun, scheinen sie einfach aus dem Nichts aufzutauchen. Wenn du ein Problem nicht lösen kannst, mach eine Kaffeepause und warte. Das Bett ist meine Quelle der Ideen. Es passiert sehr oft, dass ich wieder aufstehe, wenn ich ins Bett gehe, weil ich eine Idee aufschreiben muss. Oft verstehe ich nicht, was ich gemeint habe, weil meine Handschrift grauenhaft ist. (Wie viele Introvertierte bin ich Linkshänder.) Es ist oft dasselbe, wenn ich aufwache. Das erste, was mir in den Sinn kommt, ist etwas aus meiner inneren Welt. Eine Idee, die automatisch während meines Schlafes entstand. Das Gehirn ist ein erstaunlicher Computer. Ideen aus der Einsamkeit heraus zu generieren ist, wenig überraschend, die Stärke eines Introvertierten. Es ist wichtig zu verstehen, dass der Introvertierte Zeit zum Nachdenken braucht. Aus der Reflexion kommen die starken Ideen. Etwas in einen unordentlichen Meetingraum zu verschieben ist für uns keine gute Strategie. Sicher, wir können uns zusammensetzen und besprechen, was das Problem ist, aber dann wollen wir uns in den Kokon verkriechen und etwas eigenes spinnen, das wir beim nächsten Treffen vorzeigen können. Stattdessen geht es bei der extrovertierten Kreativität eher darum, was eine Gruppe gemeinsam aufbauen kann. Es gibt eine erstaunliche Menge an Forschung über Kreativität, die erstaunlich wenig herausgefunden hat. Einige Studien argumentieren, dass der Ideenprozess von Extrovertierten förderlicher für Innovationen ist.

Es gibt jedoch Untersuchungen, die zeigen, dass alle Kreativität aus der Zeit des Alleinseins stammt. Sie argumentieren, dass introvertierte Ideen und individuelle Verarbeitung der richtige Weg sind. Eine Theorie der Kreativität stellt eine interessante Idee vor. Die Theorie geht davon aus, dass niemand wirklich *die ganze* Idee selbst hat. Wir laufen mit einer Menge halber Ideen herum. Erst wenn wir zufällig auf die andere Hälfte stoßen, sehen wir die ganze Lösung. Extrovertierte haben oft ein großes Netzwerk an Kontakten. Sie treffen eine Menge Leute, was ihre Chancen erhöht, die andere Hälfte zu finden. Introvertierte hingegen haben große *Informationsnetzwerke*. Ich meine, dass wir viele Informationen in Literatur, Berichten, Links und den Medien suchen. Wir finden dort oft unsere Hälfte der Idee. Ein optimales kreatives Umfeld ist also wahrscheinlich ein Treffpunkt, sowohl für Introvertierte, als auch für Extrovertierte.

Einige der kreativsten Duos der Geschichte sind Begegnungen zwischen introvertierten und extrovertierten Persönlichkeiten. Beispiele aus der Welt der Musik sind Mick Jagger und Keith Richards von den Rolling Stones und John Lennon und Paul McCartney von den Beatles. In der Geschäftswelt leuchtet das Beispiel von Steve Jobs und Steve Wozniak, die Apple gegründet haben. Diese Beziehungen spiegeln Menschen wider, die in vielerlei Hinsicht die Gegensätze des jeweils anderen sind. In der Reibung zwischen ihren Unterschieden ist Magie entstanden. Nicht unerwartet sind dies Beziehungen, die als stürmisch beschrieben werden.

In Keith Richards Memoiren erzählt er von einem Vorfall, bei dem ihr Manager das ständige Gezänk zwischen Mick und Keith leid war. Er sperrte sie buchstäblich in einen Raum und ließ sie nicht raus, bis sie ihren Song fertig geschrieben hatten.

Kreativität lebt nicht in Harmonie. Eine Gruppe von Gleichgesinnten neigt dazu, harmonisch zu sein. In einer solchen Gruppe verstehen wir uns gegenseitig und haben daher kein Problem, Konflikte zu umschiffen. Das macht es auch einfach, Entscheidungen zu treffen, weil wir uns in der Regel einig sind.

Leider wird es tödlich langweilig, mit frischen Ideen zu kommen. Echte Innovation und kreative Ideen entstehen aus dem Tauziehen von starkem Willen mit unterschiedlichen Meinungen. In den Auseinandersetzungen entstehen neue Perspektiven, die Großartiges schaffen können. Strebe danach, sowohl Introversion als auch Extroversion in einer Arbeitsgruppe zu haben.

Ich bleibe dabei, was meine Botschaft ist: wir müssen beide Seiten vertreten.

Der Vergnügungspark in meinem Kopf

Im Vergleich zu anderen Spezies auf dem Planeten können unsere Sinne als recht bescheiden gelten. Es gibt Raubvögel, die Beute im schummrigen Mondlicht aus meilenweiter Entfernung sehen können. Hunde können Millionen an Gerüchen unterscheiden. Blauwale kommunizieren miteinander über riesige Wasserflächen über fünfzig Meilen Entfernung. Aber einen Geist zu haben, der nach innen schaut, ist die Trumpfkarte des Menschen. Wir haben auch eine Welt in uns.

Meine introvertierte Stärke und Schwäche ist die Fähigkeit, in dem zu verschwinden, was ich gerade tue. Das ist ein Talent, das ich mit vielen Introvertierten teile. Eine der Gaben der Introversion ist die Fähigkeit, aus Eindrücken Bilder zu machen. Im Inneren meines Kopfes ist eine Kinoleinwand ausgerollt, die Episoden verschiedener Geschichten zeigt. Es ist leicht, seine Aufmerksamkeit nach innen zu richten.

Einige Psychologen weisen darauf hin, dass Introvertiertheit deshalb im gleichen Bereich wie Autismus betrachtet werden kann. Schwerer Autismus ist genau das, eine Unfähigkeit, die eigene innere Gedankenwelt zu verlassen.

Ich erinnere mich an eine Übung aus einem Kurs, den ich besucht habe. Wir waren eine Reihe von Einzelpersonen, die über ein paar Tage an ihrer persönlichen Entwicklung gearbeitet haben. Wir machten Persönlichkeitstests und durchliefen viele spannende Übungen, die beschrieben, wer wir sind. In einer der Übungen mussten wir uns instrumentalen Jazz anhören. Wir mussten dann die Geschichte erzählen, die wir in unserer Vorstellung gesehen haben. Ich war erstaunt über das, was passierte.

Ich habe noch nie eine Gruppe von Menschen gesehen, in der Introvertierte das Gespräch so sehr dominierten wie damals. Introvertierte scheinen es leicht zu haben, zu phantasieren und hier war es offensichtlich. Es gab traurige Geschichten von Beerdigungen, Trennungen und Verrat. Jemand dachte an die letzten Tage des Sommers und an ein sentimentales Wiedersehen zwischen gealterten Klassenkameraden. Kurzum, es gab recht schnell klare Geschichten unter den sonst eher wortkargen Teilnehmern. Ich habe mich dort sehr wohl gefühlt. Zeige mir ein Bild oder spiele etwas Musik, und ob ich wollte oder nicht, ich fand eine Geschichte, die dazu passte. Für viele Introvertierte gibt es hinter jedem Bild eine Geschichte. Es ist ein großes Geschenk, überall Geschichten zu sehen, denke ich. Meine Vorstellungskraft macht mich auf diese introvertierte, glückliche Art glücklich.

Andere Menschen

Lass uns einem der am meisten missverstandenen Aspekte der Introversion auf den Grund gehen. Ich habe keine Abneigung gegenüber anderen Menschen. Die Menschen sind im Allgemeinen interessant, sympathisch, lustig und talentiert.

Ich habe einfach kein großes Bedürfnis, Zeit mit ihnen zu verbringen. Ich rufe fast nie jemanden an, um mit ihm zu sprechen. Wenn ich anrufe, dann weil es ein Problem zu lösen gibt. Wenn ich eine E-Mail schreibe, hat das einen bestimmten Grund.

Ich mag Gespräche, die ich sinnvoll finde. Gespräche, die etwas bezwecken oder irgendwo hinführen, sind immer wünschenswert. Leider empfinde ich viele Dinge in gewöhnlichen Gesprächen als trivial oder unnötig, um sich damit zu beschäftigen. Aufgeschlossene Menschen versuchen manchmal, einen Hintergrundteppich aus Worten zu schaffen, die nicht gebraucht werden. Sie mögen es, sich in Gespräche zu verwickeln, nur um zu sehen, wo sie enden.

Niemand muss zwanzig Minuten lang über das Wetter reden oder darüber, was Leute, die ich nicht kenne, in ihrem Urlaub gemacht haben. Meine Zurückhaltung ist nicht, weil ich nicht gerne rede, sondern weil ich das Wort respektiere. Aus irgendeinem Grund habe ich das Gefühl, dass der Sprecher eine Verantwortung hat. Diese Person sollte auf den Punkt kommen, ohne sich in unnötigen Diskussionen zu verlieren. Ich finde auch, dass Bestellungen nicht unnötig viel Zeit in Anspruch nehmen müssen.

Wenn du nach Berlin fliegen würdest, würdest du nicht akzeptieren, dass es plötzlich drei Stunden statt sechzig Minuten dauert. So geht es mir auch mit der Kommunikation. Es ist eine Tugend, bescheiden zu sein. Diese Einstellung bedeutet, dass ich oft schnell zu dem komme, was ich sagen muss. Andere Introvertierte haben gesagt, dass sie es schwierig finden, Worte in eine lange Geschichte zu dehnen. Stattdessen werden daraus leicht ein paar prägnante Sätze. Viele extrovertierte Menschen erleben die Herausforderung aus der anderen Richtung, eine Geschichte in ein prägnantes Format zu bringen. Vieles von dieser *unnötigen* Wortklauberei ist es, was Bindungen zu neuen Menschen schafft. Wortgeklingel über das Wetter, die Wirtschaft oder Unpässlichkeiten *hat* einen Zweck. Sie werden nicht umsonst Eisbrecher genannt. Als Konsequenz einer konservativen Haltung gegen Smalltalk sind viele Introvertierte ziemlich arm an Kontakten im Telefonbuch. Wir machen das oft dadurch wett, dass wir tiefe Beziehungen zu denen haben, die uns nahe stehen.

Freud glaubte, dass der Hauptunterschied zwischen Introvertiertheit und Extrovertiertheit eine Frage der Selbstkontrolle ist. In seiner Definition ist ein Extrovertierter jemand, der sich nicht zurückhält, sondern seinen Trieben und Impulsen nachgeht. Extrovertierte sind eher drogensüchtig, also hatte er da vielleicht recht. In einer Studie zur Sucht wurde festgestellt, dass die Lieblingsdrogen der Süchtigen einen Zusammenhang damit haben. Überraschenderweise gibt es eine Vorliebe dafür, das zu missbrauchen, was uns *weiter weg von unseren Vorlieben (Intro- / Extrovertiert) bewegt.* Introvertierte missbrauchen öfter Amphetamine als andere Drogen, welche sie sehr sozial und gesprächig machen. Extrovertierte neigen eher zum Missbrauch von Opiaten wie Heroin. Eine Wirkung von Heroin ist ein Gefühl von großem Wohlbefinden, bei dem die Langeweile verschwindet. Das High wird als eine Art Ruhe erlebt.

Introvertierte sind laut Freud Menschen, *die Selbstkontrolle* haben. Er glaubte, dass wir einen förmlicheren Ton haben, der eine Art Mauer aufbaut. Das könnte erklären, warum Introvertierte zwischen einer öffentlichen und einer privaten Persönlichkeit wechseln.

Wortmord

Einige Worte müssen „ermordet“ werden. Diese habe ich in Kontexten gehört, in denen sie Introvertierte beschreiben sollen. Alle Wörter sind aber ausdrücklich falsch für diese Aufgabe:

Asozial. Jemand, der außerhalb der Normen und Regeln der Gesellschaft lebt. Hier können zum Beispiel Kriminelle einbezogen werden. Definitiv keine Verbindung zur Introversion.

Antisozial. Dies ist eine schwere psychische Störung, die bei Psychopathen auftritt. Hat *absolut* nichts mit Introversion zu tun, sondern bezieht sich auf jemanden, dem es an Empathie mit anderen fehlt.

Schüchtern. Schüchternheit hat weder etwas mit Introversion noch mit Extroversion zu tun. Es ist das Ergebnis einer Veranlagung, die dazu führt, dass du dich mit Aufmerksamkeit unwohl fühlst. Du kannst sehr extrovertiert und schüchtern zugleich sein. Dann möchtest du die ganze Zeit mit Menschen zusammen sein, aber vermeiden, eine zentrale Rolle einzunehmen. Schüchternheit unterscheidet sich von Introvertiertheit in neurologischer Hinsicht. Betrachte es so: Wenn du *Angst vor* sozialen Situationen hast, bist du schüchtern. Wenn du es vorziehst, alleine zu sein, bist du introvertiert.

Unsozial. Jemand, der kein oder nur sehr wenig Interesse daran hat, mit anderen Menschen in einer Beziehung zu stehen. Keine Verbindung, denn Introvertierte schätzen Beziehungen genauso sehr wie andere.

Eine große Studie hat untersucht, wie unsere sozialen Kontakte uns beeinflussen. Eine der krassen Schlussfolgerungen ist, dass ein Mangel an Freunden genauso schwerwiegende Auswirkungen auf die Gesundheit hat wie das Rauchen von 15 Zigaretten am Tag. Das gilt, egal ob du extrovertiert oder introvertiert bist. Introvertiert zu sein bedeutet nicht, asozial zu sein. Es bedeutet nur, dass du dazu neigst, eine kleinere Gruppe von Menschen zu bevorzugen und tiefere Beziehungen zu ihnen zu haben.

Zusammenfassung für Extrovertierte

- Eine introvertierte Veranlagung bedeutet, dass du leicht von dem, was du tust, absorbiert wirst. Wenn das passiert, verlierst du das Zeitgefühl und die Aufgabe wird zu ihrer eigenen Belohnung.
- In der introvertierten Psyche gibt es eine eingebaute Bedachtsamkeit und Vorsicht. Das bedeutet, dass wir nicht so risikoaffin sind wie die eher extrovertierten Persönlichkeiten.
- Ein Introvertierter ist eher ein Macher als ein Redner.

Ermutigung und Bildung

Ein Talent erschaffen oder entführen

Mein Mathelehrer in der Oberstufe war vieles. Freundlich gehörte nicht dazu. Aber er kannte sich gut mit dem Thema aus. Er stand an der Spitze des Lehrerpults und hielt uns einen Vortrag. Stock in festem Griff, Mundwinkel nach unten. Er erklärte etwas hastig und zeigte dann mit dem Zeigestock auf mich.

„Verstehst du, Linus?"

„Ähm, ja", nickte ich als Antwort.

„Gut, dann werden es auch alle anderen verstanden haben."

Das ist die Art von Ansprache, die er bei uns benutzt hat. Ich hasste ihn wie Akne. Ich habe von ihm eine 5 bekommen. Dann haben wir einen neuen Lehrer bekommen. Das war ein Typ aus Bayern namens Korbinian. Korbinian war ein weicher, sympathischer Typ mit einem sehr scharfen Auge für jeden von uns. Er baute schnell eine Beziehung zu allen von uns auf. Als er sich an uns wandte, war es mit Demut. Linus, ich glaube du kennst die Antwort! Die meiste Zeit hatte er recht. Ich dachte darüber nach und dann wusste ich es. Nach nur einem Halbjahr mit Korbinian hatte ich eine 2 als Mathenote. Meine Fähigkeit hatte sich nicht verändert, nur mein Engagement. Diese ganze Veränderung hing von dem Lehrer ab.

Lehrer, Trainer und Leiter haben eine enorme Macht, Menschen zu helfen oder zu verletzen. In der Regel sind die Fächer, die in der Schule am meisten Spaß gemacht haben, auch die Fächer, die die besten Lehrer hatten. In einer Studie wurden Weltklasse-Sinfoniemusiker gebeten, ihre ehemaligen Lehrer zu bewerten. Überraschenderweise waren sich die meisten einig, dass sie in Bezug auf ihre Kompetenz irgendwo im Durchschnitt oder sogar unter dem Durchschnitt liegen. Stattdessen kam es darauf an, dass sie Lehrer waren, die die Fähigkeit hatten, Beziehungen zu ihren Schülern aufzubauen. Wenn du eine starke Beziehung zu einem Schüler hast, kannst du etwas viel Stärkeres als Technik vermitteln, nämlich die Leidenschaft für das Handwerk.

Ein paar Jahre zuvor sagte mein Sportlehrer, er fände es schade, dass ich kein Ballgefühl hatte. Ich hatte bis dahin nie darüber nachgedacht, dass ich etwas vermisse. Aber der Gedanke sank in sich zusammen. Mein Deutschlehrer hingegen sagte mir, dass ich die Gabe des Schreibens habe. Sie dachte, ich würde ein Schriftsteller werden. Da ich ein Mensch bin, habe ich mehr von dem gemacht, wofür ich gelobt wurde und weniger von dem, wofür ich kritisiert wurde. Heute bin ich einer der schlechtesten Ballspieler in Europa, aber ich habe mehr als sechs Bücher bei drei verschiedenen Verlagen veröffentlicht. Was ich mich frage, ist, ob mein Leben und meine Karriere ohne die Meinung dieser Menschen diese Form angenommen hätten. Mir ist bewusst, dass viele Kinder in den Schulen auf der ganzen Welt täglich auf diese Weise geprägt werden. Das macht mich wütend.

Es gibt viele Studien über Motivation. Es wird oft von intrinsischer und extrinsischer Motivation gesprochen. Wenn eine Person etwas tut, um Geld zu bekommen, wird dies als extrinsische Motivation betrachtet. Das Gleiche gilt, wenn wir etwas aus einer Bedrohung oder Angst heraus tun. Ich lerne diese Matheaufgabe, damit es mir nicht peinlich ist, wenn er das nächste Mal auf mich zeigt. Es gibt verschiedene Grade der extrinsischen Motivation. Zum Beispiel etwas zu tun, um eine Identität zu spüren, zählt als extrinsische Motivation.

„Ich muss schneller als neun Sekunden über die 60 Meter laufen, damit ich wie meine Freunde in der Schulsportmannschaft mitmachen kann." Bei der intrinsischen Motivation hingegen geht es darum, etwas zu tun, weil wir eine Freude oder ein Engagement für das, was wir tun, empfinden. Wenn du etwas aus Engagement tust, denkst du nicht an Belohnungen in Form von Geld. Flow zu haben gilt als die stärkste Form der intrinsischen Motivation, die es gibt. Innere Motivatoren sind das Beste, was wir haben können. Wenn wir Dinge aus intrinsischer Motivation heraus tun, bleiben Informationen automatisch haften, wir sind maximal konzentriert und die Zeit vergeht wie im Flug. Studien zeigen, dass intrinsische Motivation mit Introversion verbunden ist. Introvertierte handeln im Allgemeinen mehr aus intrinsischer Motivation als Extrovertierte. Wir haben bereits besprochen, dass Flow eine der Stärken und Schwächen der Introversion sind. Das macht die Rolle des Lehrers extrem wichtig für uns. Schon in jungen Jahren lernen wir, Freude oder Bedrohung mit einer Aktivität zu verbinden. Ich würde argumentieren, dass ein Herr wie mein ehemaliger Mathelehrer jegliche Beschäftigung der Schüler mit Mathe zu einer Art Bedrohung werden lässt.

Ich denke mir Folgendes. Es geht nicht darum, dass ein Lehrer uns Motivation gibt. Es geht darum, es uns nicht wegzunehmen. Das Seltsame an der Motivation ist, dass die intrinsische Motivation zerbrechlich ist. Sie hat die Tendenz, durch extrinsische Motivation ersetzt zu werden, wenn sie in Konflikt geraten. Ein kurzes Beispiel dafür ist das folgende:

Du liebst es, Fußball zu spielen. Jemand fängt aber an, dich für jedes Tor, das du schießt, zu bezahlen. Studien zeigen, dass es sehr wahrscheinlich ist, dass deine Liebe zum Fußball durch deine Liebe zum Geld ersetzt wird, das du bekommst, wenn du Tore schießt. Wenn dein Sponsor dir dann kein Geld mehr für deine Tore gibt, besteht eine gute Chance, dass du überhaupt keinen Fußball mehr spielst.

Lehrer, Trainer oder Führungskräfte, sie alle haben einen großen Einfluss darauf, ob Menschen das Beste aus ihren Talenten machen können. Diese Rollen sind der Schlüssel zu all dem. Egal, ob du ein Introvertierter oder ein Extrovertierter bist. Albert Einstein fasst meine Ansichten, sowie eine bemerkenswerte Menge an Forschung, durch seine Behauptung zusammen:

„Es ist die wichtigste Aufgabe des Lehrers, Freude an Kreativität und Wissen zu wecken."

Diese Kinder ...

Werner ist ein bisschen wild. Er hat keine Angst, die anderen Kinder zu dominieren. Die Kindergärtnerinnen sagen, er sei ein Alphamännchen. Werners Vater streckt sich. Er kann die Tatsache nicht verbergen, dass er es ein bisschen cool findet. Besser ein Kind, das andere Kinder anführt, als umgekehrt, oder? Extrovertiertheit und Introvertiertheit sind starke Züge in unserer Person und sie sind im Leben sehr offensichtlich. In der Vorschule gibt es bei den meisten Menschen klare Anzeichen dafür, was ihre Vorliebe ist. Denke über diese Positionen nach:

- Willst du, dass dein Kind viele andere Kinder kennenlernt? Oder ist es genauso gut, wenn es nur ein paar kennenlernt?
- Ist es für Kinder besser, draußen zu spielen, als sich drinnen zu beschäftigen, wie mit Perlen legen oder zu malen?

Die moderne Norm ist es, soziale und aktive Kinder zu mögen. Wir sehen die zurückgezogenen und vorsichtigen Kinder als Problemfälle. Wenn unsere Kinder Playstation statt Fußball spielen wollen, erinnern wir uns an die Bilder des superfetten chinesischen Sechzigers und wir zwingen sie in aller Eile hinaus. Allein seit den 1970er Jahren schwankt dies wild. In der Vergangenheit bestand das elterliche Ideal darin, den eigenen Kindern viel Raum zu geben, um die Welt für sich selbst zu erkunden. Wir haben den Kindern erlaubt, frei über ihre eigene Zeit zu verfügen. Infolgedessen war es für die Kinder einfach, ihren eigenen Vorlieben zu folgen. Wenn Kinder aktiv waren, spielten sie Fußball. Wenn sie introvertiert waren, stapelten sich die Comics neben dem Plattenspieler. In den 1990er Jahren wurde der Trend in der Kindererziehung ganz anders. Die Eltern übernahmen das Kommando über die Kalender der Kinder auf eine ganz andere Art und Weise. Sie begannen nun, Aktivitäten einzubauen, um die Kinder in Schwung zu bringen und ihre Talente zu fördern. Hier wurden die Anforderungen an die Kinder, aktiv zu sein, größer. Die Eltern von heute balancieren ein Leben lang zwischen dem Abholen und Bringen von Hockey, Ballett, Chorsingen, Orchestern und Reiten. Wir scheinen selten darüber nachzudenken, ob dies die Persönlichkeit unserer Kinder vergewaltigen könnte. Introvertiert und ein Kind zu sein ist heute wie ein Linkshänder in einer rechtshändigen Welt. Noch in den 1950er Jahren schlugen die Lehrer den Schülern auf die Hände, wenn sie mit der falschen Hand schrieben.

Das Risiko ist, dass wir eine ganze Generation von Introvertierten auf die gleiche Weise behandeln, indem wir ihnen beibringen, dass ihre Persönlichkeit falsch ist.

Manchmal ohrfeigen wir unsere Kinder auf die gleiche Weise, auch wenn wir es mit unseren Worten tun: Du wirst doch nicht wieder hier sitzen und Playstation spielen, oder? Geh raus und kick einen Ball mit deinen Freunden auf der Straße. Ich denke, es sind vor allem die introvertierten Kinder, die wir mit dem zeittypischen Aktivitätslevel pushen. Sie haben bereits Stress, ohne dass wir ihn für sie erzeugen. Introvertierte werden zum Beispiel in der Schule eher gemobbt als extrovertierte. Stress ist ein zeitgenössisches Phänomen unter Kindern und Jugendlichen in der westlichen Welt. In Deutschland hat der Konsum von Psychopharmaka bei Jugendlichen in den letzten zehn Jahren um vierzig Prozent zugenommen. Eine nordamerikanische Studie hat gezeigt, dass die heutigen Teenager genauso gestresst sind wie diejenigen, die in den 1950er Jahren wegen ihres Stresses zur Therapie gingen.

Extrovertiertheit bei Kindern

Diese Vorliebe zeigt sich meist in Form von Mut. Das sind die Kinder, die nicht aus ihren Fehlern zu lernen scheinen. Sie stehen auf der Kante ihrer Sitze und balancieren, bevor die Tränen des vorherigen Sturzes getrocknet sind. Es wird ihnen schnell langweilig, mit den Dingen auf herkömmliche Weise zu spielen. Ehe du dich versiehst, haben sie halsbrecherische Wege erfunden, um eine normale Rutsche hinunter zu rutschen. Kopf voran ist der Favorit. Es ist beunruhigend unmöglich, Fotos von extrovertierten Kindern zu machen, auf denen sie nicht wie verschwommene Geister aussehen. Sie werden sich nicht von einem platzenden Luftballon auf der Kinderparty oder einem unheimlichen alten Mann im Fernsehen erschrecken lassen. Sie sind neugierig auf andere Menschen und suchen aktiv den Blickkontakt. Es ist nicht schwer, sie über Nacht bei der Oma zu lassen oder sie in die Kita zu bringen. Sie sehen die meisten Aktivitäten einfach als spannend an. Sie sind im Moment präsent und aufmerksam für das, was in ihrer Umgebung passiert. Ein extrovertiertes Kind weiß normalerweise genau, welches Spielzeug oder welche Kleidung es von wem bekommen hat. Auch ihr Temperament ist sehr offensichtlich und unmittelbar. Sie zeigen sowohl Wut als auch Freude auf eine sehr klare Art und Weise. Sie lernen durch Handeln und sind daher meist mit blauen Flecken, Schürfwunden und Batman-Pflastern übersät. Ein hervorstechender Charakterzug extrovertierter Kinder ist es, sich Freunde vorzustellen. Fünfundsechzig Prozent der Siebenjährigen haben einen imaginären Freund und das ist ein extrovertierter Charakterzug.

Introversion bei Kindern sehen

Introvertiertheit bei Kindern manifestiert sich als ein ziemlich gleichmäßiges Temperament ohne die gleichen plötzlichen Schwankungen wie bei Extrovertierten. Diese Kinder sind leichter ängstlich und reagieren etwas empfindlicher auf äußere Ereignisse. Es kann sein, dass sie wegen Dingen, die sie im Fernsehen sehen, anfangen zu weinen. Gleichzeitig haben sie eine unabhängige Persönlichkeit und können lange Zeit für sich bleiben und herumbasteln. Introvertierte Menschen sind oft neugierig darauf, wie die Dinge funktionieren. Sie haben eher einen intellektuellen Durst als einen sozialen. Sie sind also nicht unbedingt phlegmatischer als Extrovertierte, es ist nur so, dass ihre Energie in andere Dinge fließt. Eine Eigenschaft von introvertierten Kindern ist, dass sie lieber erst einmal beobachten, bevor sie sich in neue Spiele stürzen.

Beide Typen von Kindern können viel Energie haben, aber sie nutzen sie auf unterschiedliche Weise. Meine Tochter Smilla zum Beispiel ist ausgesprochen extrovertiert und ist immer in meiner oder Hannahs Nähe, wenn wir zu Hause sind. Womit auch immer sie spielt, sie bindet andere Menschen mit ein. Was auch immer sie tut, sie verlangt Aufmerksamkeit. Mein Sohn Ludwig ist eher introvertiert. Er kann stundenlang mit Autos in seinem Zimmer spielen, ohne dass wir einen Pieps hören. Wenn er spielt, ist er still wie ein Mäuschen. Dies steht im krassen Gegensatz zu seiner Schwester, die ständig mit der Stimme eines Schlumpfes auf Helium spricht. Ludwig verbringt seine Energie damit, die Welt zu erforschen und zufällige Objekte von Punkt A nach Punkt B zu bewegen. Das Ergebnis ist, dass ich oft die Autoschlüssel im Mülleimer und ungekochte Makkaroni in meinen Jackentaschen finde. Gelegentlich entstehen Momente, in denen ich andere Züge in ihnen sehe. Neulich saß Smilla auf einem Stuhl im Garten und sah niedergeschlagen aus. Ich war ein wenig besorgt, denn das ist weit entfernt vom Normalzustand meiner Tochter.

„Willst du nicht mitspielen?“ fragte ich sie.

Dann antwortete sie, drei Jahre alt, in einem apathischen Ton: „Ich will nicht spielen. Ich will nur nachdenken.“

Schließlich haben die meisten von uns Züge von beiden Vorlieben. Aber egal, wie unsere Kinder unter Druck gesetzt werden, um kontaktfreudiger zu sein, sie sind im Inneren immer noch unverändert.

Deshalb denke ich, dass es falsch ist, Kinder zu zwingen, auf eine bestimmte Art und Weise zu sein. Es ist schädlich für ihr Selbstwertgefühl, wenn ihnen immer gesagt wird, dass sie nicht vorlaut genug sind oder zu wenig reden. Es ist, wie Einstein es ausdrückte: Wenn du einen Fisch nach seiner Fähigkeit, auf Bäume zu klettern, beurteilst, bekommst du einen Fisch, der denkt, er sei unfähig. Versuche nicht, introvertierte Kinder zu ändern, sondern begrüße die Tatsache, dass sie Kinder mit anderen Gaben sind.

Meine Freundin Annika erinnert sich an die Sommer, als ihr Sohn ein Kind war: „Wir waren aus der Großstadt aufs Land gezogen. In meiner Vorstellung hatte ich diese Bilder vom Leben auf dem idyllischen Land. Ich habe gesehen, wie mein Sohn sich mit den Kindern in der Nachbarschaft angefreundet hat und wie sie den ganzen Tag lang gespielt haben. Sie sprangen auf Heuböden, angelten Krebse und fuhren mit ihren Fahrrädern durch die Landschaft. Aber mein Sohn war nicht dazu bestimmt, so zu sein. Er war zufrieden damit, allein zu sein. Er wanderte durch die Landschaft und genoss es wirklich, die Landschaft auf eigene Faust zu erkunden. Eines Tages kam er nach Hause und erzählte mir, dass er drei Freunde gefunden hatte. Ich spürte, wie ich aufleuchtete, als er mir das erzählte: „Das ist schön“, sagte ich, „wie heißen sie?“

Er lächelte: „Ihre Namen sind Bella, Fiona und Bianca. Meine Begeisterung ließ etwas nach, als sich herausstellte, dass es drei Kühe waren.“

Wenn wir in der Zeit zurückgehen und zwischen alten Erinnerungen stehen bleiben, wird es ziemlich offensichtlich, dass wir uns im Laufe unseres Lebens nicht viel verändern. Als ich ein Kind war, verschwand ich immer, sobald wir einen Supermarkt betraten. Ich fühlte mich wohl, wenn ich auf mich allein gestellt war und würde mich schnell zwischen hohen Regalen verlaufen. Es wurde eher die Regel als die Ausnahme, dass sie meinen Namen über die Lautsprecheranlage riefen.

Die Evolution des Pflugpferdes

In der Schulwelt sind die Extrovertierten die Musterschüler geworden. Das habe ich das letzte Mal gemerkt, als ich einen Vortrag am Gymnasium Schloss Salem gehalten habe. Wir reden hier von einer weiterführenden Schule, wo nur die mit den besten Noten reinkommen. Ich hatte eine Vorstellung davon, was mich erwarten würde, als ich in den Hörsaal zur Vorlesung wanderte. Ich wusste, wie Schulgenies zu meiner Zeit aussahen. Wir reden hier von einem Body-Mass-Index von entweder 45 oder 3 und Topfhaarschnitten. Als ich mich dem Publikum zuwende, frage ich mich, ob ich am falschen Ort bin. Anstelle der dicken Brillengläser sitzen bildhübsche, trendbewusste Jungs und Mädels mit Top-Noten. Hier sind diejenigen, die alles argumentieren und verhandeln können. Die Nerds von gestern sind weg. Früher hast du gute Noten bekommen, indem du gute Klausuren geschrieben hast. Das mit dem Präsentieren beschränkte sich auf einen wackeligen Moment im Unterricht. Mit zittrigen Händen und monotonen Stimmen lesen wir: „Die Wüstensau ist vier Monate lang trächtig und hat Würfe von vier bis sieben Jungen." Das wäre heute niemals genug gewesen. Die heutige Schule beinhaltet Training in Rhetorik, Präsentationsfähigkeiten und Verhandlungsführung. Du musst in der Lage sein, auf eine ganz andere Art und Weise zu argumentieren und zu diskutieren. Heute gibt es mündliche nationale Prüfungen, bei denen du Vorträge in der Aula hältst. Schulen sind extrovertiert geworden und als Folge davon werden extrovertierte, soziale und vernetzte Schüler gefeiert.

Der Persönlichkeitstest

Ich möchte ein Rätsel knacken. Es geht um ein Bild. Ich mag es so sehr, dass ich es auf der Rückseite meiner Visitenkarte habe. Es besteht aus vielen Punkten in verschiedenen Formen und Mustern. Ein interessantes Phänomen passiert, wenn Menschen es betrachten. Die meisten Menschen sehen nur eine Menge Punkte. Sie drehen und wenden die Karte und ziehen eine Grimasse. Dann gibt es diejenigen, die nur kurz schauen und dann sagen, was es ist. So sieht das Bild aus:

Es ist faszinierend, was das alles ausmacht. Die Psychologie weiß nicht, warum das passiert. Meine bisherige Beobachtung ist, dass es oft die stillen Menschen sind, die sehen, was die Punkte und Muster ergeben. Eine Bekannte von mir hat eine fünfjährige Tochter, die sofort sah, was es war. Oft sind die Menschen, die das Bild aufdröseln, ein bisschen biedere, ruhige Leute. Sie sagen, was es ist, als wäre es die natürlichste Sache der Welt. Manchmal erzähle ich eine Notlüge und sage denen, die es sehen, dass es für Introvertierte üblich ist, das Motiv sofort zu erkennen. Dies ist meine beständige Theorie, die immer noch gilt. Die Reaktion, auf die ich stoße, ist manchmal ziemlich stark. Neeeeein, sag das nicht!", sagt der Personalleiter und rümpft die Nase, sodass ihm die Brille fast vom Nasensteg fällt. Es gibt eine große Abneigung dagegen, als introvertiert abgestempelt zu werden. Für die meisten Menschen ist es ein negatives Wort, ein soziales Handicap. Natürlich willst du nicht jemand sein, der *es nicht mag,* in Gesellschaft zu sein. Für viele ist Erfolg gleichbedeutend damit, ein großes Netzwerk zu haben und selbst ein sichtbares Gesicht zu sein. Das Bild ist übrigens von einem Dalmatiner, der an Blättern schnüffelt.

Eine Bekannte von mir ist sehr gegen den Begriff introvertiert. Wie viele andere wehrt sie sich dagegen, sich so zu bezeichnen, obwohl sie vom Verhalten her eigentlich eher introvertiert ist. Sie ist eine unabhängige Person. Eine, die auf die andere Seite der Welt geht, um über das Leben zu philosophieren und allein zu sein. Sie verbringt ihre Tage damit, Menschen zu beobachten und alleine durch Stadt und Land zu wandern. Sie ist als Autorin sehr produktiv und bloggt jeden Tag. Sie verbringt sehr viel Zeit mit Lesen:

„Das ist überhaupt nicht wahr. Ich bin ein extrovertierter Mensch, aber ich mag keine oberflächlichen Beziehungen. Ich bevorzuge tiefe Gespräche mit einer Person nach der anderen.“ Trotz allem, was ich aufgelistet habe, ist sie entschlossen, dass sie die Ausnahme ist, die die Regel bestätigt. Sie hält an der Überzeugung fest, dass sie eine extrovertierte Person ist. Ich fragte sie, ob sie sich *wirklich* sicher sei. Dann erzählte sie mir, dass sie als extrovertiert getestet worden war. „Wer hat dich getestet?“ fragte ich. „Ich habe es selbst gemacht, es war ein Test zur Selbsteinschätzung.“

Das macht die Diskussion nur noch interessanter. Wir sind *mindestens zu* dritt. Derjenige, der wir sein wollen, derjenige, der wir *sind* und derjenige, den der *andere* sieht. Das Problem bei Selbsteinschätzungstests ist, dass man oft viel von dem, *was man sein möchte, in die* Antworten hineinlegt. Gleichzeitig sind Tests vielleicht der am wenigsten schlechte Weg, um herauszufinden, wer du bist. Meine Bekannte ist in guter

Gesellschaft. In den Augen der Allgemeinheit ist die Norm extrovertiert, es ist das Feinste, ein soziales Wesen zu haben.

Zusammenfassung für Extrovertierte

- Introvertierte Kinder sind oft unabhängig, aber leicht ängstlich. Sie bevorzugen es, zuerst zu beobachten, bevor sie sich auf das Spiel einlassen.
- Introvertierte werden weitgehend von inneren Antrieben angetrieben, die Liebe zur Aufgabe ist der Motor. Geld und Status haben wenig Einfluss.
- Wir benutzen oft eine extrovertierte Schablone dafür, wie wir uns in der westlichen Kultur verhalten sollten. Das hat zur Folge, dass wir die introvertierte Seite unserer Persönlichkeit nicht bejahen.

Der Introvertierte im Arbeitsleben

Die Männer mit den lustigen Hüten schleppten Ferdinand in ein Stadion, wo er nicht hingehörte. In meinem Fall trugen die Männer keine lustigen Hüte. Sie waren Führungskräfte in einer Beratungsfirma und ließen mich weit von meiner Korkeiche wegwandern.

Es war ein kribbelndes Gefühl, das mich am ersten Tag überkam. Ich fühlte mich beschwingt. Es war, als würde ich mich selbst auf Touren bringen, um mich direkt in eine harte Umgebung zu stürzen. Meine zukünftige Chefin hatte diese Erwartungen geweckt, als sie die Unternehmenskultur in üppigen Worten beschrieb. Sie vermittelte das Bild eines Unternehmens, das von getriebenen, statusorientierten Menschen mit spitzen Ellenbogen aufgebaut wurde. Der interne Wettbewerb war heftig. Der Grundriss war bevölkert von trendigen, zeitgenössischen Kriechern mit Top-Noten von den besten Universitäten. Das Tempo der Veränderungen war extrem, Entscheidungen wurden schnell und reaktiv getroffen. Es gab eine halsabschneiderische interne Politik der Pakte und Rückendeckung. Es war ein schnell wachsendes Unternehmen, das sehr stark in einer extrovertierten Kultur verwurzelt war. Die Situation war nicht ideal für mich, aber irgendwo hatte ich die Hoffnung, dass ich etwas bewirken kann, dass ich auch hier Kunst schaffen kann.

Ich zog den bunten Anzug an und wanderte in die Arena der Beraterwelt. Ich schluckte meine Introvertiertheit tief in mich hinein und wurde der verspielte Typ, den ich immer gehasst habe. Tagsüber hielt ich Meetings ab und benutzte hochtrabende Worte für Synergie. Ich habe Projekte geleitet, Netzwerke zusammengehalten und blauäugig kommuniziert. Oft ging es darum, Konflikte zwischen verschiedenen Parteien zu lösen. Es ist bemerkenswert, dass ich als Introvertierter derjenige war, der die Extrovertierten dazu gebracht hat, aufzuhören, auf dem Territorium herumzuhacken und anzufangen, miteinander zu reden. An manchen Tagen kam ich nach Hause und starrte einfach mit einem Tausend-Meilen-Blick durch das Abendessen. Dann habe ich Videospiele gespielt, bis meine Finger bluteten und versucht, aus meinem eigenen Kopf herauszufinden.

Fälschung

Diese soziale Rolle war keine Situation, die zu mir passte. Während dieser Zeit war ich manisch, gestresst und verwirrt über meine eigene Identität. Für eine gewisse Zeit jemand anderes sein zu können, ist eine Stärke. Deine Person zu dehnen und vorübergehend sozialer oder introvertierter als normal zu sein, ist effektiv. Ein solcher Charakterzug erfüllt in fast jedem Beruf eine wichtige Funktion. Auch ein Beruf mit viel sozialem Kontakt enthält meist einige introvertierte Elemente wie Verwaltung und Dokumentation. Das ist ganz natürlich. Es besteht jedoch eine große Gefahr, wenn wir diesen erweiterten Modus zur Norm machen. Wenn wir in einer Rolle feststecken, die uns zwingt, etwas zu sein, was wir nicht sind, dann werden wir verletzt. Eine Psychologin namens Katherine Benziger hat darüber geforscht und nennt es Fälschung.

Wenn du als Introvertierter in einer beruflichen Rolle festhängst, in der du ständig im Mittelpunkt sozialer Situationen stehst, dann verfälschst du deine Persönlichkeit. Was Benziger sagt, ist, dass das, was wir Burnout nennen, in erster Linie eine Folge einer schlechten Übereinstimmung zwischen Persönlichkeitstyp und beruflicher Situation ist.

Verfälschung ist Stress für uns alle, egal ob du ein Introvertierter oder ein Extrovertierter bist. Es gibt keine allgemeingültige Beschreibung dessen, was Stress erzeugt. Sie ist von Mensch zu Mensch einzigartig. Was einen Introvertierten stresst, können zum Beispiel Berufe mit schnellen Änderungen sein. Eine Situation, in der du innerhalb eines Tages auf die andere Seite der Welt musst, ist für die meisten Introvertierten stressig. Ein Extrovertierter würde eine solche Situation eher spannend finden. Der Extrovertierte wird eher von Arbeitssituationen gestresst, die zu viel Vorhersehbarkeit, zu viel Fokus auf Details und zu wenig Veränderung beinhalten. Im Englischen wird eine solche Situation als *Boreout* bezeichnet und ist das Gegenteil von *Burnout*. Unsere Bedürfnisse sind unterschiedlich und die Stressoren auch.

Als Benziger Menschen untersuchte, die ihre Persönlichkeiten verfälschten, bemerkte sie einige verblüffende Symptome. Sie bemerkte eine Treppe von Symptomen, die auftauchten. Verfälschte Menschen leiden unter einem herabgesetzten Immunsystem und scheinen von ständigen Erkältungen angezogen zu werden. Sie haben in dieser Zeit ein verschlechtertes Gedächtnis und erleben Schlafstörungen. Viele berichten, dass sich der Stress durch nächtliche Einschlafschwierigkeiten bemerkbar macht. Benzigers Empfehlung ist, dass wir Rollen finden, in denen wir mindestens die Hälfte unserer Zeit mit Dingen verbringen, die unserem Temperament entsprechen.

Introversion und Extroversion sind Teil unserer Identität. Ich denke über die Berufswahl so: Es ist egal, ob jeder in deiner Familie ein Buchhalter ist. Wer du bist, wird in dieser Hinsicht durch deine Biologie bestimmt. Deshalb solltest du eine berufliche Rolle wählen, die dem entspricht, was du eigentlich bist.

Wer werden dann die besten Führungskräfte sein?

Wenn du eine Organisation fragst, was eine gute Führungskraft ausmacht, bekommst du mehr Klischees als eine Fernsehwerbung für Fitnessgeräte. Eine gute Führungskraft ist engagiert, kreativ und angetrieben. Dies sind Eigenschaften, die weder ausschließlich extrovertiert noch introvertiert sind. Wenn wir versuchen, der Frage auf den Grund zu gehen, wie sich diese Eigenschaften zeigen sollen, was kommt dabei heraus? Ich habe die Frage einer Frau gestellt, die für ein großes

Technologieunternehmen rekrutiert. Ich bat sie, zu erklären, was jedes Wort bedeutet.

Das ist es, was sie mit dem Begriff Getriebensein verbindet:

Optimistisch zu sein und überall Chancen zu sehen! Eine getriebene Person ist verbal und furchtlos, ihre Meinung zu sagen. Jemand, der direkt in Konflikte hineinläuft.

So beschrieb sie *kreativ*: Es ist eine Führungspersönlichkeit, die den Verstand von allen nutzen kann, um voranzukommen. Jemand, der erkennt, dass alle zusammen schlauer sind als einer allein.

Engagiert wurde mit diesen Worten beschrieben: Einer, der seine Arbeit mit dem Herzen und nicht für Geld macht. Du kannst es in den Menschen sehen, wenn sie sich engagieren", sagt sie, „etwas Intensives in ihren Augen."

Ich frage: „Wie zeigt es sich?"

Ihre Reaktion kommt sofort: „Es ist eine Art von Unruhe! Jemand, der aufsteht und telefoniert, der einfach nicht anders kann, als Energie zu verströmen und sich viel zu bewegen. Ein engagierter Mensch spricht laut und spontan und ist ansteckend. Er oder sie hat oft eine ungestüme Körpersprache und lässt sein oder ihr Engagement hören, ohne sich dafür zu entschuldigen. Eine engagierte Person nimmt viel Platz in einem Raum ein!"

Ich saß schweigend da und grübelte, während ihre Worte sich in einem verschwommenen Bereich meiner Aufmerksamkeit fortsetzten. Ich reflektierte, dass das, was sie beschrieb, Extrovertiertheit war. Vielleicht hauptsächlich die extrovertierte Version von Engagement.

Ein Kollege von mir hat Literaturwissenschaften studiert. Er tat dies mit unglaublichem Fokus und echter Leidenschaft. An einem Punkt las er zweitausend Seiten Literatur in einer Woche. Er isolierte sich während dieser Zeit völlig und zog das Telefon aus der Anschlussdose. Für mich ist das eine unglaubliche Manifestation von Engagement.

Ich habe gerade zweihundert Seiten Text über einen Zeitraum von drei Wochen geschrieben. Obwohl ich extrem sesshaft war, sehe ich dies als einen Akt der Selbstdisziplin und des Engagements. Aber es ist nicht die Art von Engagement, die *gehört wird*. Mein Engagement deckt sich überhaupt nicht mit dem, was die Recruiterin beschrieben hat. Sicher, es gibt Engagement bei der Teilnahme an Firmentreffen, Kickoffs und Business Networking Events. Dies ist eine Schwäche der Introversion. Ein Firmenabend folgt oft dem gleichen Muster. Der Brauch verlangt von dir, dass du formelle, unbequeme Kleidung trägst und Räume mit formellen und unbequemen Menschen frequentierst. Es beginnt eine Zeit des obligatorischen Mischens. Du sprichst über das Wetter, Hypothekenzinsen oder die Fußball-Europameisterschaft. Den meisten Kollegen scheint das auch ziemlich unangenehm zu sein. Du merkst, dass du einen Abend deines Privatlebens damit verbringst, mit deiner Gesellschaft auf oberflächliche Art und Weise Dinge zu tun, die du nicht magst. Die Teilnahme hier zählt als Loyalität und Engagement. Einige Unternehmen haben Systeme eingerichtet, um die Teilnahme an diesen Versammlungen zu messen. Wenn jemand ein paar Mal hintereinander nicht erscheint, wird das zu einer roten Flagge im HR-System. Dies deutet darauf hin, dass der betreffende Mitarbeiter wahrscheinlich in Kürze gehen wird. Ich denke, es ist absolut lächerlich, Engagement auf diese Weise zu messen. Viele Introvertierte sind bereit, viel persönliche Zeit einzutauschen, um ein Arbeitsergebnis zu erzielen. Lange Nächte im Büro mit einer Diät aus Snickers und Automatenkaffee schrecken uns nicht ab.

Champagnerpyramiden und andere Zusammenhänge sind dagegen weniger beliebt. Mitmachen und eine gute

Atmosphäre schaffen ist definitiv eine Art von Engagement. Abends und am Wochenende dazusitzen und Patente zu erstellen ist eine andere Form der gleichen Sache. Dieses introvertierte Engagement ist eine der stillen Kräfte der Natur. In einer Welt, in der die Stärke deiner Stimme oft deinen Erfolg bestimmt, wird dies zu einer Schwäche.

In der heutigen Wahrnehmung der *perfekten Führungskraft* fühlen sich die zurückgezogenen Qualitäten als Kompetenzen eher vergessen - wenn man nicht gehört wird, existiert man nicht.

Bei Geschäftstreffen der Nachdenkliche und Reflektierende zu sein, wird oft als Desinteresse oder mangelnde Initiative interpretiert. Direkt und mit Überzeugung zu handeln wird als Stärke angesehen.

Mein Chef beim Entwicklungsmeeting fragt mich: „Du hast ein zurückhaltendes Selbstbild. Wie können wir dich aktivieren?" Ohne nachzudenken, rutscht die Antwort heraus: „Ich bin kein Tamagotchi. Du kannst mich nicht aktivieren, indem du auf Knöpfe drückst."

Da ich mich in Kreisen bewege, in denen solche Themen diskutiert werden, habe ich den Eindruck gewonnen, dass das Ideal von Unternehmen zu Unternehmen ein wenig variiert. Wir leben in einer risikoaffinen Kultur im Westen. „Es ist besser, etwas zu tun und zu scheitern, als gar nichts zu tun", sagen freche Führungstrainer in Kreidestreifenanzügen. „Es ist einfacher um Vergebung zu bitten als um Erlaubnis zu fragen" ist ein weiteres zeitgenössisches Klischee, das bei jedem Business-Meeting gelüftet wird. Ich glaube an ein Gleichgewicht der Kräfte: Risikoaffinität, und Bremse: Risikoaversion. Heute scheint der Zustand der Wirtschaft das Auto im Leerlauf den steilsten Hügel der Welt hinunter zu fahren. Die Risikobereitschaft ist vor allem in Skandinavien mittlerweile stark ausgeprägt. Sie leben in einer Kultur, in der sie daran glauben,

Risiken einzugehen. Vielleicht hängt das damit zusammen, dass sie ein starkes soziales Sicherheitsnetz haben und dass, wenn sie bankrott gehen, die Dinge sowieso wieder in Ordnung kommen? Aber das wirft die Frage auf: Wer sind die besten Führungskräfte?

Und der Gewinner ist

Seit dem Zweiten Weltkrieg speichert das Myers-Briggs-Persönlichkeitssystem Informationen über die Introversion und Extroversion von Menschen. So haben sie mittlerweile eine Datenbank mit hunderttausenden von Ergebnissen erstellt. Diese Information ist interessant, weil sie mit verschiedenen Fragen verglichen werden kann. Als Introvertierter kannst du zum Beispiel sehen, in welchen beruflichen Rollen wir am meisten vertreten sind. Es gibt Studien zum Thema Leadership im Besonderen. Die Analysten fischten tief in dieser Datenbank nach der Antwort auf diese Frage:

Welcher Persönlichkeitstyp ist am besten für Führung geeignet? Die Antwort, die sie bekamen, zeigte etwas, das viele überrascht. In der Führung gab es eine relativ gleichmäßige Verteilung aller Persönlichkeitstypen. Es stellte sich heraus, dass du unabhängig von deinen Vorlieben eine erfolgreiche Führungskraft sein kannst. Sie fanden heraus, dass eine ganz andere Eigenschaft deinen Erfolg bestimmt. Die Schlussfolgerung war, dass das, was die wirklich erfolgreichen Führungskräfte vom Rest trennt, der Grad der *Flexibilität* ist. Eine introvertierte Führungskraft mit hoher Flexibilität kann sich an große Gruppensituationen anpassen und ihre Argumente auch in Elementen durchsetzen, die als falsch angesehen werden könnten. Genauso kann eine gute extrovertierte Führungskraft zurücktreten und andere ihren Platz einnehmen lassen. Führungsstudien zeigen, dass sowohl Introversion als auch Extroversion als Talente im Führungskontext zu berücksichtigen sind.

Introvertierte Führungskräfte sind gut darin, selbstgesteuerte Mitarbeiter zu führen. Extrovertierte Menschen arbeiten oft besser mit einer Belegschaft zusammen, die gerne Befehle annimmt.

Die Fähigkeit, andere sozial zu beeinflussen, ist einer der Gründe, warum Extrovertiertheit oft mit Führung in Verbindung gebracht wird. Es ist wichtig, den stillen Anführer nicht als eine Kraft zu vergessen, mit der man rechnen muss. Gandhi war ein introvertierter Mensch. Das Gleiche gilt für Martin Luther King und Rosa Parks. Das sagt etwas über Eifer und Führung aus. Wir sprechen über Menschen, die hinter den monumentalsten Veränderungen stehen, die unsere Zivilisation erlebt hat. Introversion hat nichts mit einem Mangel an Leidenschaft zu tun. Tritt auf etwas, das ihnen am Herzen liegt und der Eifer wird sehr deutlich sein.

Traumchef hat unterschiedliche Bedeutungen für Introvertierte und Extrovertierte. Für einen Extrovertierten ist es der Wunsch, jemanden zu haben, mit dem er reden kann, den er jederzeit unterbrechen kann. Der Traummanager hat die Tür offen und steht für kreative, persönliche Gespräche zur Verfügung.

Für einen Introvertierten ist der Traummanager eher jemand, der gut delegieren kann, auf die richtige Art und Weise. Damit ist gemeint, ganze Verantwortungen zu delegieren und nicht nur Tätigkeiten. Je größer und gerahmter die Aufgabe ist, desto einfacher ist es für uns, loszuziehen und selbstständig zu arbeiten. Wir mögen es, uns zu isolieren und uns in der Aufgabe zu verlieren, dort sind wir am besten. Eine gute Führungskraft ist eine, die kein Mikromanagement betreibt und effektiv beschreiben kann, was erreicht werden soll.

Je freier unsere Zeit im Kalender wird, desto höher wird unser Engagement für die Aufgabe sein. Wäre ich ein Manager von Introvertierten, würde ich damit beginnen, die

Pflichtmeetings abzuschaffen. Erlaube dem Introvertierten, so unabhängig zu sein, wie er es braucht. Ein Beweis dafür, dass introvertierte Führung funktioniert: Queen Elizabeth ist seit über sechzig Jahren im Amt und hat in ihrer gesamten Karriere etwa zwanzig Worte gesagt.

Auf der anderen Seite ist es eine absurde Vorstellung, dass Introvertierte Lob nicht so sehr schätzen wie ihre extrovertierten Kollegen. Es ist nicht wahr, aber ich kann verstehen, dass unser Mangel an Ausdruck es so erscheinen lassen könnte.

Details sind keine Details für diejenigen, die Details mögen

Ich sehe ihn normalerweise weit im Voraus. Es gibt immer mindestens einen wie ihn im Publikum. Während der Aufführung selbst sitzt er ziemlich weit hinten im Raum. Nach dem Vortrag versammeln sich diejenigen, die weiterreden wollen.

Zuerst kommen die Banderillas. Sie sind überschwängliche Extrovertierte, die über ihre eigenen Erfahrungen sprechen wollen, die das berühren, worüber ich gesprochen habe: „Meine Tochter ist so, wie du mir erzählt hast und ..." Sie reden gerne. Dann kommen die Picadores, das sind die, die eine Frage zum Material haben. „Meine Arbeitsgruppe besteht komplett aus Leuten aus den Neunzigern. Wie kann ich..." Sie sind diejenigen, die zuhören wollen. In der Zwischenzeit wartet er ruhig, ohne einen Muskel zu bewegen. Wenn alle anderen zu Wort gekommen sind, kommt er mit seinem Smartphone heraus. „Ich habe zur Kenntnis genommen, was du vorhin gesagt hast. Es war 1979, als Monty Python *Das Leben des Brian* veröffentlichte, nicht 1978, wie du sagtest." Der Mann hat sich also die Mühe gemacht, dreißig Minuten zu stehen und zu warten, nur um mir diese sachliche Korrektur zu geben.

Vielleicht ist das Seltsamste nicht, dass er es tut, sondern dass ich es schätze. Für mich ist es wichtig, dass die Fakten stimmen. Typisch introvertierte Herangehensweise. Wenn es um Details geht, sind wir fanatisch. Es ist, als ob alles, was wir sehen, in die richtige Struktur und das richtige System passen muss.

Eine Frau, die mein erstes Buch gelesen hatte, schickte mir eine E-Mail mit einer Liste von fast zweihundert Korrekturen, von denen sie dachte, ich könnte sie überprüfen. Sie hatte selbst markiert, wo ein Leerzeichen fehlte oder wo ein Wort mit Bindestrich geschrieben wurde. Das Erstaunliche daran war, dass sie dies für ein Buch tat, das ein professionelles Lektorat bestanden hatte und im Handel erhältlich war. Diese Art von Auge für Details ist eine erstaunliche Qualität, ein Talent. Ich bin sehr dankbar, dass sie es getan hat. Als ich sie fragte, warum sie so viel Zeit damit verbrachte, sagte sie nur, dass es ihren Ordnungssinn stört. Auf der redaktionellen Seite einer deutschen Zeitung fand ich diesen kurzen Beitrag, von dem ich vermute, dass er einen introvertierten Absender hat:

Zur Weihnachtsausgabe: Du hattest ein F auf Seite 45, Zeile 5, drittes Wort, und ein S auf Seite 57, Zeile 2, siebtes Wort, vergessen.

Verwandt mit dem Detaildenken ist der Strukturfanatismus. Mein ständiger Refrain, wenn wir Filme schauen, ist: Wo habe ich diese Schauspielerin schon mal gesehen? Dann kann ich das erst loslassen, wenn ich genau nachgeschaut habe, in welchen Filmen sie bisher aufgetreten sind. Es ist wie eine Art Zwang, mentale Ticks. Ich kann der Handlung wirklich nicht folgen, bis das geklärt ist.

Jobmesse

Wenn Unternehmen zukünftige Talente kennenlernen wollen, bauen sie meist Stände auf sogenannten Jobmessen auf. Diese finden in der Regel in großen Veranstaltungsorten statt, wo tausende Besucher aus verschiedenen Universitäten übereinander klettern und kostenlose Süßigkeiten essen können, bei denen es sich immer um Werthers Original und andere Süßigkeiten für alte Männer handelt. Es ist eine Art Speed-Dating, bei dem mediengewandte Ökonomen mit dem Atem im Mund die Chance bekommen, vor gebräunten Unternehmensvertretern anzugeben. In nur wenigen Sekunden wird von ihnen erwartet, dass sie eine Beschreibung von sich selbst herausstürzen, die ein bisschen lustig, sehr ernst und vor allem spannend sein soll. Zum größten Teil klingen sie genau wie alle anderen. Die Vertreter der Firma kontern, indem sie etwas über die Firma sagen, das ein bisschen lustig, sehr ernst und vor allem spannend ist. Auch sie klingen genau wie alle anderen.

In diesem Umfeld wird von den Talenten erwartet, dass sie sich mit den potentiellen Unternehmen verbinden und sich erfolgreich als Produkt verkaufen. Es überrascht nicht, dass diese Umgebung nicht sofort Cluster von Introvertierten anzieht.

In meiner Region gibt es ein bekanntes Netzwerk, das junge Talente und etablierte Unternehmen zusammenbringen soll. Es geht darum, in einer großen Gruppe zusammenzukommen und an runden Tischen spontane Themen zu diskutieren. Auch dies hat eine klare Anziehungskraft für extrovertierte Talente. Es geht darum, spontan, verbal und überzeugend zu sein. Diese Art von Forum ist nicht förderlich für die Art von Talent, welches stark Introvertierte auszeichnet.

Es gibt Unternehmen, die das verstehen. Introvertierte sind nicht auf Fußballplätzen zu finden, die mit lauten Tribünen gefüllt sind. Wir mögen es, mit einer Person zu sprechen und uns von etwas inspirieren zu lassen, das unseren Intellekt anspricht. Ein lustiges Event ist *Robot Wars*, organisiert von einer Beratungsfirma in Süddeutschland. Hier kommen Menschen zusammen und programmieren Roboter, die dann in der digitalen Welt gegeneinander antreten. Es ist ein Event, das mit Fritz Cola gesäumt ist. Dies ist ein Treffen, das introvertierte Stars bejahen.

Ich habe ein Beispiel für eine clevere Stellenanzeige gesehen, die anscheinend für die mehr nach innen gerichteten Talente gedacht war:

> Wir sind auf der Suche nach Systementwicklern für fortgeschrittene Programmierung. Ruf uns an: X = 24, y = 30 Telefon: = 01 . $(y^2\text{-}x)$. $(y^2\text{-}10^2)$ x 10

Ich mag mich

Es gibt einige Studien darüber, wie wir Kandidaten einschätzen, wenn wir rekrutieren. Die meisten Recruiter haben innerhalb von vier Minuten bereits entschieden, was sie von dem Kandidaten halten. Was man wissen sollte, ist, dass wir größtenteils jemanden rekrutieren, der wie wir selbst ist. Es macht Sinn, denn wir mögen uns selbst und denken, dass unsere Werte solide sind. Es ist menschlich, Menschen zu finden, die uns auf diese Weise widerspiegeln. Was zu einem Ungleichgewicht in dieser Hinsicht führen kann, ist, dass es meist Extrovertierte sind, die rekrutieren. Das ist nicht verwunderlich, denn sie dominieren den Planeten, aber vor allem lieben sie es, mit Menschen zu reden und strömen deshalb in diese Berufe. Wer bekommt also oft den Vorteil? Also: Extrovertierte, weil sie den Recruiter besser reflektieren als Introvertierte.

Mehrdimensionale Talente

Eine Dame ragt über die anderen in der Landschaft hinaus. Sie steht groß, gerade und intensiv. Ihre Stimme schneidet durch die Bankreihen, während sie unbekümmert die Welt zu ihren Füßen legt, ein Telefonat nach dem anderen. Sie hat eine ganz besondere Ausstrahlung, ein bisschen wie eine Tausend-Watt-Lampe. Es ist ein intensives Glühen, das in den Augen brennt, aber garantiert deine Aufmerksamkeit erregt. Ihre Strategie ist so einzigartig wie genial. Ihr Name ist Gisela und sie ist eine Starverkäuferin. Wenn sie einen Kunden anruft, überrascht sie ihn mit einem so herzlichen und positiven Tonfall, dass der

Kunde fasziniert ist. Spontan bis zum Geht-nicht-mehr, das ist sie. Manchmal singt sie den Kunden am Telefon zum Geburtstag. Ihre Calls sind lang, aber auch ihre Trefferquote ist phänomenal. Manchmal trägt sie einen Cowboyhut im Büro. Wie bei allen starken Persönlichkeiten, teilt sie die Welt in zwei Pole, diejenigen, die sie lieben und alle anderen. Irgendwo zwischen verrückt und genial spielt sie ihr Register aus. Sie ist eine Verkäuferin durch und durch. Extrovertiert durch und durch und mit der Fähigkeit, Einfluss zu nehmen, als ihre Superkraft.

Lass uns die Arbeitsplätze verändern. Stell dir eine Landschaft mit vielen Schreibtischen vor, so weit das Auge reicht. Dies ist ein Umfeld mit einer jüngeren Belegschaft. Es ist wettbewerbsfähiger. Viele große Egos haben sich an kleinen Schreibtischen zusammengequetscht. Hier sind die Menschen trendy, selbstbewusst und auf dem Sprung. Wir reden von gebügelten und akkurat gefalteten Hemdkragen und orangefarbenen Hauttönen. Perfekte Zähne und eine Einstellung von rohem Ehrgeiz sind das Gebot der Stunde. Auch hier verkaufen sie über das Telefon. Der Wettbewerb ist halsbrecherisch und die Verhältnisse lassen wenig Raum für Schwäche. Jede Woche wird die Leistung aller Leiter in Zahlen zusammengefasst. Unter denen, die behaupten, die Gabe der Rede zu haben, soll ein einzelner König oder eine Königin gekrönt werden. Das Bemerkenswerte ist, was Woche für Woche passiert. Denn es ist eine Person, die jede Woche die Goldmedaille besitzt. Ein Mädchen, das trotz einer mageren Statur die Schwergewichtsmeisterin dieser Klasse ist. Sie fegt mit allen anderen Verkäufern über das Brett.

Wenn du mit ihr sprichst, wirst du wahrscheinlich überrascht sein. Du wirst keine eingebildete, bunte Selbstverherrlichungsmaschine finden.

Du wirst feststellen, dass du mit einer ruhigen Person sprichst, die einen sehr bescheidenen Eindruck macht. Sie ist introvertiert und hat ein entspanntes Auftreten, das mit ihrem

Gesprächspartner in Resonanz geht. Etwas in ihrer Gelassenheit vermittelt Vertrauen. Als Kunde bist du überzeugt, dass du es mit jemandem zu tun hast, der nicht versucht, zu viel zu verkaufen. Souverän, sachlich und prägnant wirst du durch deine Optionen geführt. Slogans, Klischees und Verkaufsargumente fallen durch ihre Abwesenheit auf. Du wirst nicht in Worten oder kitschigem Jargon ertränkt. Sie kommuniziert mit geradlinigen, ehrlichen Dialogen.

Gleichzeitig gibt es eine enorme Energie unter der Oberfläche. Es ist diese ruhige, introvertierte Urkraft. Sie überzeugt die Welt nicht durch das, was sie sagt, sondern durch das, was sie tut. In ihrem eigenen Kopf hat sie genau ausgemeißelt, was sie erreichen will, aber nach außen hin ist sie still. Wie bereits besprochen, ist das Verschweigen ihrer eigenen Ziele eine psychologisch sehr starke Strategie.

Was sie zu einer Star-Verkäuferin macht, ist nicht das, was sie zu ihren Kunden sagt, sondern wie sie ihnen zuhört.

Ein Professor namens Adam Grant hat eine große Studie durchgeführt, die etwas zeigt, was viele Menschen rätselhaft finden: dass Extrovertierte dazu neigen, überraschend schlechte Verkäufer zu sein.

In seiner Studie erwiesen sich die Ambivertierten als überlegen. Für sie ist es einfach, die richtige Balance zwischen Zuhören und Reden zu finden. In seiner Studie mit mehr als 300 Verkäufern waren die Ambivertierten mit Abstand die Besten und verdienten 32 % mehr als die Extrovertierten. Die Silbermedaille ging an die Introvertierten und die Extrovertierten landeten auf dem letzten Platz. Persönlich denke ich, dass die Extrovertierten in der Vergangenheit vor diesem Jahrzehnt erfolgreicher waren. Viele Konsumenten sind zu quellenkritischen Experten geworden. Wir nutzen das Internet und Preisvergleichsseiten. Wir treffen Entscheidungen außerhalb der Reichweite von aggressiven Verkäufern.

Dennoch möchte ich etwas hervorheben, das mir aufgefallen ist. Wir haben oft eine Vorstellung davon, was jemand unserer Meinung nach sein muss, um in einem bestimmten Beruf erfolgreich zu sein. Zum Beispiel neigen wir dazu, diese Extrovertiertheit mit dem Verkauf, dem Management, dem Unterrichten oder dem Reisemanagement zu verbinden. Ähnlich denken wir über Programmierer als introvertierte Knopfschimpansen, die in einem Schrank leben - ein Zitat von einem meiner ehemaligen Arbeitgeber. In einer kürzlich durchgeführten kubanischen Studie über Programmierer stellte sich heraus, dass die meisten tatsächlich extrovertiert sind. Extrovertierte Entwickler sind erfolgreich, weil sie die Fähigkeit haben, die kollektiven Fähigkeiten des Teams zu nutzen, anstatt zu versuchen, alles selbst zu reparieren.

Verallgemeinern ist nicht gefährlich. Allerdings liegen wir oft falsch. Wie in den obigen Beispielen gibt es Menschen mit unterschiedlichen Vorlieben, die es schaffen, das zu tun, und zwar mit Bravour. Ein Mädchen wie im zweiten Beispiel wird bei der Rekrutierung von Starverkäufern aussortiert, weil sie nicht im klassischen Sinne *on* ist. Die Schlussfolgerung ist, dass in den meisten Berufen Persönlichkeit und Kompetenz nicht miteinander verbunden sind. Blind auf bestimmte Persönlichkeitsmerkmale von Kandidaten zu starren, kann dazu führen, dass wir großartige Talente übersehen.

Zusammenfassung für Extrovertierte

- Außergewöhnliche Führung hat nichts mit Introversion oder Extroversion zu tun. Erfahrene Führungskräfte sind flexibel und können auf Situationen außerhalb ihrer natürlichen Vorlieben reagieren. Flexibilität ist ein Markenzeichen von Führungskräften im Allgemeinen.
- In einem Unternehmen werden Introvertierte manchmal als unmotiviert abgestempelt, weil sie bei der Teilnahme an Aktivitäten außerhalb der Arbeitszeit restriktiv sind. Konferenzen und Gala-Dinner sind nicht die Lieblingsaktivitäten von Introvertierten.
- Ein Introvertierter hat oft einen untrüglichen Sinn für Details. Dies eignet sich gut zur Qualitätssicherung. Wenn das Material von einer Reihe von Introvertierten geprüft und für gut befunden wurde, ist es sicherlich ein solides Stück Arbeit.

Was ist das richtige Arbeitsumfeld und die richtige Führung?

Keine Macht dem Großraumbüro!

Okay, los geht's. Du schnippst mit den Fingern auf der Tastatur. Zeit, sich zu konzentrieren. Du wirst einen vollständigen Bericht über das Projekt schreiben, das du gerade beendet hast. Drei Sekunden nach dem Schreiben hörst du einen Crazy Frog-Klingelton. Das Telefon leuchtet auf, dröhnt und vibriert drei Schreibtische weiter, wo sein Besitzer es offenbar zurückgelassen hat. Endlich ist es still. Du senkst deinen Blick. Jemand lacht unkontrolliert wie ein Nilpferd weiter weg in der Landschaft. Du schließt deine Augen und versuchst, dein Kartenhaus wieder aufzubauen. Menschen mit den schlechtesten Akzenten des Universums starten am anderen Ende des Raumes ein spontanes Brainstorming. Du bemühst dich, nicht zuzuhören, aber die Worte drängen sich auf und stehlen deine Aufmerksamkeit. Der Mann zu deiner Rechten brummt und hustet zum tausendsten Mal in einer Stunde. Er ging zur Arbeit, obwohl er einen Ebola-Virus in sich trug. Das rauschende Husten bringt dich dazu, aus deiner Haut kriechen zu wollen. Die Frau dir gegenüber quietscht auf ihrem Stuhl und lauscht der Musik, die aus ihren Kopfhörern dringt. Außerdem klickt sie im Takt mit ihrem Kultstift. Hinter dir atmet jemand laut durch seine Nase, während er liest. Überall diese Geräusche und verstörenden Eindrücke. Offene Bürolandschaften wurden eingeführt, um Kreativität und Zusammenarbeit zu fördern. Das einzige, was aber zugenommen hat, ist dein Stress.

Du gibst auf und findest, dass du den Bericht stattdessen schreiben kannst, wenn du nach Hause kommst und etwas Ruhe hast, um dich zu konzentrieren. Um zu diesem Ort zu gelangen, musstest du eine Stunde in einem überfüllten Zug verbringen. Du saßt zwischen regennassen Menschen, die nach Aschenbechern rochen. All dieser Ärger, um dich an einen Ort zu bringen, an dem du sowieso nicht effizient arbeiten kannst. Wenn die introvertierte Revolution kommt, werden die Großraumbüros die ersten sein, die abgeschafft werden.

In der Arbeitswelt gab es in den letzten Jahren einen Trend, Menschen in großen Landschaften unterzubringen. Die einzigen freien Zonen für introvertierte Menschen mit Platzangst sind die kleinen Räume, die eigentlich zum Telefonieren gedacht sind. Dort sitzen wir, wenn etwas erledigt werden muss und nicht alles eine einzige große Kaffeepause ist. Seit den 1970er Jahren hat sich die Arbeitsfläche pro Mitarbeiter halbiert. Der Großteil der Büroarbeit findet auf dem Lande statt. Wir quetschen immer mehr Menschen auf immer weniger Platz. Gleichzeitig verlangen wir von ihnen immer anspruchsvollere Ergebnisse. Nach Jahrtausenden der Evolution muss es doch eine bessere Arbeitsweise geben als diese?

Die Idee eines Großraumbüros ist etwas, das ausschließlich Extrovertierte ansprechen könnte. Studien über Stress haben gezeigt, dass Introvertierte auf eine Art und Weise empfindlich auf Störungen reagieren, wie es Extrovertierte nicht tun. Wir können tief denken und uns über lange Zeiträume mit voller Konzentration in fortgeschrittene Aufgaben einarbeiten. Aber es funktioniert nicht, wenn wir alle 15 Minuten den Klingelton des Nachbarn hören. Viele der alten Wahrheiten über Führung werden scheinbar von Extrovertierten vorgetragen. Mit geschlossener Tür zu sitzen ist etwas, das in Führungskursen behandelt wird. Neuen Führungskräften wird gesagt, dass sie aufpassen sollen, wenn jemand die Bürotür schließt. Es wird erwartet, dass dies ein Zeichen dafür ist, dass sie deprimiert, niedergeschlagen oder wütend sind. Ich kann verraten, was das wirklich bedeutet: Wir versuchen, etwas zu erreichen.

Für Introvertierte ist ein Minimum an ablenkenden Reizen erwünscht. In unseren Köpfen haben wir ein Rudel verspielter Schlittenhunde, die wir versuchen, in die gleiche Richtung zu ziehen. Sie nutzen jede Chance, um einen Seitenweg zu verfolgen.

Vielen Introvertierten fällt es, wie erwähnt, sehr schwer, *sich zu konzentrieren*, wenn sie etwas stört. Aber wenn wir uns nicht konzentrieren müssen, ist das kein Problem. Wir können uns entspannen, wenn es viel Lärm gibt und uns davon abkoppeln, genauso wie wir bei Stress passiv werden. Zum Beispiel können wir in einem lauten Zug einschlafen oder mit einem Haufen schreiender Kinder fertig werden. Extrovertierte werden stattdessen durch Geräusche aktiviert. Der Extrovertierte kann aus diesem Grund auch unter Stress und Störung gute Leistungen erbringen. Der Extrovertierte leidet stattdessen darunter, dass er sich in chaotischen Bedingungen nicht entspannen kann, da all diese Geräusche zu Aktivität und Reaktion einladen. Extrovertierte sind diejenigen, die sich oft durch kleine Geräusche wie das Pfeifen der Klimaanlage oder das Piepsen von Lautsprechern gestört fühlen. Sie sind seltsam sensibel und unsensibel zugleich. Ein guter Arbeitsplatz hat ein Arbeitsumfeld, das beide Persönlichkeitstypen anspricht.

Wage es, die Gruppenmassage abzulehnen

„Wie viel kostet dein Meeting?" Die Frage steht an der Wand eines Konferenzraums in Niedersachsen geschrieben. Ich kichere darüber, wie vernünftig es ist, in diese Richtung zu denken. Denke an all die Meetings, in denen du an deinem Arbeitsplatz gesessen hast. Überlege dir, auf wie viel Prozent davon du deiner Meinung nach hättest verzichten können. Aus dem Stegreif: achtzig Prozent aller Meetings, an denen ich teilgenommen habe, waren reine Zeitverschwendung. Am schlimmsten ist es, wenn ein nutzloses Meeting mit einer langen Geschäftsreise kombiniert wird. Es erstaunt mich immer wieder, warum wir eine Handvoll Fachleute in Büros auf der anderen Seite der Welt schicken, ohne direkten Input zu haben. Das passiert die ganze Zeit. Wir haben ein paar deutsche Ökonomen für zwei Wochen in das Büro in Tokio gesteckt und sie gebeten: „Triff ein paar Leute, mach ein bisschen Networking und bring Gesichter zu Namen." Diese millionenschwere Investition an Zeit und Geld erfolgt unter dem fadenscheinigen und unermesslichen Vorwand, dass sie automatisch zu einer besseren Zusammenarbeit beitragen wird.

Aber das ist die Melodie der Zeit. Wir leben in einer Meeting-getriebenen Kultur, in der erwartet wird, dass Magie passiert, wenn Menschen sich treffen. Viele Treffen werden von außenstehenden Wahrsagern geleitet, die seltsame Tricks einstreuen, wann immer sie können. Wenn du einwendest und denkst, dass die Spiele irrelevant sind, ist die Antwort, dass sie die Zusammenarbeit fördern sollen. Verschwitzte Teilnehmer dürfen sich gegenseitig berühren und Gruppenmassagen im Kreis geben. Es soll ein Gruppengefühl schaffen, aber es verbreitet eher den aktuellen Erkältungs-Virus. Eine beliebte Übung ist es, Fremden gegenüber zu sitzen und zu sehen, wie lange du den Augenkontakt halten kannst, ohne zu lachen. Der Spielleiter stupst dich schelmisch an. Spontane Meinungen werden verdrängt. „Was denkst du?", sagen sie frech und entlocken mir halbverdaute Gedanken. In Coaching-Kursen wird den Führungskräften eines der dümmsten Gebote unserer Zeit beigebracht: Gutes Feedback ist immer direkt, spontan und ehrlich! Du solltest sagen, was du fühlst, bevor du den Raum verlässt. Diese Gedanken werden zweifelsohne von Extrovertierten bei einem super lustigen Seminar mit viel Sangria ausgeheckt. Der introvertierte Denkprozess ist langsam, tief und unabhängig. Es ist wichtig, dies zu verstehen. Es gibt magische Begegnungen, aber sie sind selten. Bei magischen Treffen geht es darum, Bedingungen zu schaffen, unter denen sich alle wohlfühlen, nicht nur diejenigen, die es ohnehin lieben, in Gruppen gesehen und gehört zu werden.

Cheerleader, Firmenslogans und Rucksäcke fühlen sich für Introvertierte oberflächlich an. Das führt dazu, dass Introvertierte leicht aus dem Gruppenprozess ausgeschlossen werden.

Extrovertierte haben einen schnellen Entscheidungsprozess und bilden sich recht schnell eine Meinung. Introvertierte schalten stattdessen das Pokerface ein, während sich hinter den Kulissen die Zahnräder wie verrückt drehen. Wenn dann die Extrovertierten einander zustimmen und nicken, wird das Schweigen der Introvertierten als Zustimmung interpretiert.

Der Meeting-getriebene Terror

Zu oft geht es in Meetings darum, über andere Meetings zu lästern. Es werden Protokolle geschrieben, die niemand liest und es werden Aktivitäten erstellt, die dann vergessen werden. Manchmal wurde ich zu obligatorischen Informationstreffen gerufen, wo es hieß, dass es bis zum nächsten Treffen keine Informationen gibt. Nachdem ich eine gute Stunde in der S-Bahn für dieses erzwungene Treffen geopfert habe, kocht mein Blut vor Verärgerung. Eine ungeschriebene zeitgenössische Wahrheit scheint zu sein, dass wir ein übermäßiges Maß an Informationen verlangen. Es wird davon ausgegangen, dass jeder Mensch so gut wie ständig kommunizieren und auf so gut wie alle Informationen zugreifen möchte. Unwissenheit ist ein Segen, denke ich. Du machst deinen Job und ich mache meinen. Zu oft scheint es in Meetings um Selbstbehauptung und das Einnehmen von Positionen zu gehen. Introvertierte werden leicht zu unsichtbaren Gruppen. An einem Arbeitsplatz hatten wir ein erzwungenes wöchentliches Treffen. Die meiste Zeit hatten wir nichts zu besprechen und unser Chef platzte mit Dingen heraus wie: „Kennt jemand eine lustige Geschichte?“ Allzu oft wird es so, als sei das Treffen selbst ein Selbstzweck. Die Technologiekette Best Buy in den USA ist eine Organisation, die sich an eine neue und sehr liberale Arbeitsphilosophie gewagt hat. Sie haben erkannt, dass Menschen auch am Arbeitsplatz gerne wie Erwachsene behandelt werden. Als Konsequenz haben sie eine Reihe von Prinzipien eingeführt, die jedem Mitarbeiter die Kontrolle darüber geben, wie, wo und wann er seine Arbeit erledigt. Sie konzentrieren sich nicht darauf, wie viel du arbeitest, sondern nur darauf, was du erschaffst. Eine der Ideen, die mich bei Best Buy anspricht, ist, dass sie die obligatorischen Meetings abgeschafft haben. Es liegt immer an dir zu entscheiden, ob du Zeit hast oder nicht. Das klingt nach einem Paradies für Introvertierte! Google hat sich als großartiger Arbeitgeber einen Namen gemacht. Als Google-Mitarbeiter darfst du zum Beispiel zwanzig Prozent deiner Arbeitszeit damit verbringen, an deinen eigenen Ideen zu arbeiten. Fünfzig Prozent von Googles Patenten stammen hieraus.

Wie lang ist eine Schnur?

Etwas, das mich geärgert hat, ist die Länge des Meetings. Alle Meetings sollen genau eine Stunde lang sein. Als Konsequenz sind sie das in der Regel auch. Studien zeigen, dass eine Aufgabe in der Regel so lange dauert, wie sie dir vorgegeben wird. Psychologisch gesehen passen wir unsere Arbeitsweise an, um die Zeit, die wir zur Verfügung haben, zu füllen.

Ein finnisches Unternehmen hat eingeführt, dass ein Meeting 15 Minuten lang *ist*. Auf diese Weise haben sie kurze, reduzierte Meetings produziert. Der übliche Smalltalk verschwand und die Teilnehmer wurden fokussiert. Ich sehe das als eine sehr positive Einstellung. Ich denke, es ist vielleicht hauptsächlich eine introvertierte Sichtweise, dass die Zeit, die in Business Meetings verbracht wird, oft verschwendet wird. Es ist eine Zeitverschwendung, wo wir etwas Wertvolles tun könnten.

Zögerliche Inspiration

Auf der Arbeit habe ich gelernt, spontane Unterhaltungen auf ein paar höfliche Sätze zu beschränken. Das ist wahr, wenn ich Aufgaben zu erledigen habe. Extrovertierte werden zu Zeitdieben, die manchmal ohne jegliches Fingerspitzengefühl anfangen, mir viel über die Schulabschlüsse ihrer Kinder, ihre LCHF-

Diät oder irgendeine andere unwichtige Sache zu erzählen. Das Erstaunliche ist, dass dieser unaufgeforderte Wortstrom unerwartet Goldnuggets enthalten kann. So sehr ich die Unterbrechung auch hasse, ich muss zugeben, dass viele meiner Ideen von flüchtigen Menschen stammen. Es gibt eine Beziehung zwischen Extrovertierten und Introvertierten, bei der es manchmal funkt. Ein Effekt, den ich bemerkt habe, ist, dass die Extrovertiertheit manchmal auf mich abfärbt, sodass ich mich noch lange nach dem Ende des Gesprächs lächelnd wiederfinde.

Tipps für den Chef - das Beste aus introvertierten Mitarbeitern herausholen

- Introvertierte schneiden unter Stress und Lärm schlechter ab. Das ist der große Unterschied zu Extrovertierten, die stattdessen den nächsten Gang finden. Extrovertierte wachsen unter Druck, Introvertierte werden fragmentiert und passiv.
- Introvertierte wollen den Lärm ausblenden. Wir brauchen einen Raum, um wirklich effektiv zu sein. Aus diesem Grund kann es klug sein, das Arbeiten von zu Hause aus zu fördern. Es gibt nur wenige Orte, an denen ich so fokussiert bin wie in meinem eigenen Arbeitszimmer.
- Wirklich hartes und fokussiertes Lernen geschieht am besten im Privaten, sagt der Expertenforscher Anders Ericsson. Mit steinhartem Fokus nach innen kannst du ein wirklich glänzendes Talent herausarbeiten.
- Multitasking ist nie wirklich sehr effektiv. Das liegt daran, dass es zwischen den einzelnen Aufgaben Standzeiten gibt. Wenn wir zwischen vielen Aufgaben hetzen und uns energiegeladen fühlen, vergessen wir das leicht. Schließlich sind wir bis zum Anschlag aktiviert und haben viele Bälle in der Luft. Aber wie eine weise Person sagte: Du kannst sehr produktiv sein, ohne sehr effizient zu sein. Sequenzielles Arbeiten ist für die meisten Menschen,

besonders für Introvertierte, eine optimale Arbeitsweise. Ermutige eine Kultur, die es uns erlaubt, eine Aufgabe nach der anderen zu bearbeiten.

- Vorausplanung über alles. Wir brauchen Zeit, um uns vorzubereiten. Einer der wirklichen Vorteile von Introvertierten ist die Fähigkeit, viele unpersönliche Informationen aufzusaugen. Dann wird es in uns sortiert und wir verdrehen, drehen und hinterfragen die Informationen. Nach der Analyse sehen wir oft ganz andere Dinge als das, was zuerst erschien. Introvertierte Stärke für Analyse ist verschwendet, wenn keine Zeit für Reflexion vorhanden ist. Wenn du Entscheidungen an einem sitzenden Tisch treffen willst, solltest du im Vorfeld des Meetings genügend Entscheidungshilfen bereitstellen, damit alle Introvertierten ihre Stärken einbringen können.
- Kreativität ist ein Samen, der in der Einsamkeit keimen muss. Studien zeigen, dass Gruppen-Brainstormings meist von den verbalsten Teilnehmern dominiert werden. Deine stimmliche Stärke wird dann zum entscheidenden Faktor, ob deine Idee durchkommt. Diskutieren und Brainstorming in einer Gruppe ist sicher nicht falsch, aber ein introvertiertes Gehirn will in der Einsamkeit brainstormen. Oft sind es nicht die offensichtlichen Ideen, die im Meetingraum entstehen. Sie kommen meist viel später während des Kaffee Trinkens, hinter dem Steuer, im Bett oder auf der Joggingstrecke.

Introversion in spezialisierten beruflichen Rollen

Es ist ein eisiger, aber atemberaubend schöner Morgen. Die Fahrt findet unter klarem Himmel statt und der regengetränkte Asphalt glänzt wie Gold im Sonnenschein. In mir herrscht aufgestaute Vorfreude, als ich den Eingang zur Akademie erreiche. Die Ausbilderin Christa empfängt mich an der Tür.

Ihre Ausstrahlung ist positiv und ihre Haltung ist geradlinig, stolz. Sie hat eisblaue Augen und eine selbstbewusste

Ausstrahlung. Meine Hoffnung ist, dass sie mir helfen wird, die Persönlichkeit zu verstehen, die für einen der extremsten Berufe der Welt erforderlich ist.

Einmal in den luftigen Räumlichkeiten angekommen, gesellt sich der warme, schwindelerregende Tropensturm Andrea dazu. Sie lächelt viel und beschreibt sich selbst als hundertprozentig extrovertiert. Sie ist spezialisiert auf den fortschrittlichen und strengen Auswahlprozess, der hier angewendet wird. Es handelt sich um ein standardisiertes Testsystem namens FEAST, das alle denkbaren Dimensionen von Kompetenz, Persönlichkeit und Kognition misst. Christa und Andrea arbeiten an einer Ausbildung, die so hohe Anforderungen an die kognitiven Fähigkeiten stellt, dass nur ein verschwindend geringer Teil der Bevölkerung durch das Nadelöhr kommt. Sie suchen nach dem Talent aus dem richtigen Holz. Wir sprechen hier über den Beruf des Fluglotsen.

Ich bin hier, um Feldforschung darüber zu betreiben, wie Extrovertiertheit ins Spiel kommt, wenn es um diese Art von extremen beruflichen Rollen geht. Ich setze mich mit ihnen zusammen und die Zeit vergeht wie im Flug. Sie teilen großzügig ihr Wissen und plötzlich ist es Nachmittag.

Was hat also Extrovertiertheit mit diesem Beruf zu tun? Extrovertiertheit ist eine Dimension der Persönlichkeit, bei der es um viel mehr geht als um das Ausmaß, in dem du sozial sein willst. Vielmehr ist der soziale Aspekt ein Symptom dafür, wie dein Gehirn Informationen verarbeitet. Die introvertierte und die extrovertierte Persönlichkeit gehen unterschiedlich mit dem um, was im Leben vor sich geht. Hier sind einige der Bedingungen, die statistisch als Stärken von Introversion und Extroversion abgeleitet wurden.

Introvertierte Stärken

- Kann sich lange konzentrieren, ohne den Fokus zu verlieren. Wird nicht so schnell gelangweilt und braucht weniger Pausen.
- Stark in Improvisation und im Umgang mit ungeplanten Situationen.
- Aufmerksam für Details und Qualitätsabweichungen.
- Der Denkprozess ist langsam aber tief. Introvertierte haben also generell einen hohen IQ und die meisten Entscheidungen sind kognitiv ausgewogen.

Extrovertierte Stärken

- Gut darin, mehrere Bälle gleichzeitig in der Luft zu halten, d.h. auf mehreren parallelen Schienen zu arbeiten.
- Die Wahrnehmung ist hoch. Extrovertierte nehmen viele Informationen durch Sehen, Hören und andere Sinne auf. Sie haben stärkere sogenannte Alphawellen als Introvertierte. Alphawellen sind mit der Wahrnehmung verbunden.
- Behält seine Kapazität auch unter Stress bei.
- Der Denkprozess ist schnell und oberflächlich. Es geht sehr schnell, dass sie sich eine Meinung über die Situation bilden. Entscheidungen werden schnell und routiniert. In Abwesenheit von Routine werden sie oft affektiv. Entscheidungen werden dann eher aus dem Bauchgefühl heraus getroffen.

Der Grund, warum gerade Fluglotsen interessant zu betrachten sind, ist folgender: Viele andere Berufe sind nachsichtig. Es gibt immer unterschiedliche Wege, die Stellenbeschreibung so zu gestalten, dass deine Stärken und Schwächen sie zum Funktionieren bringen. Schließlich könnte sich ein wirklich introvertierter Personaler eher auf Gehaltsabrechnungen und Arbeitsrecht spezialisieren, als auf direkte soziale Aktivitäten wie Bewerbungsgespräche. Deshalb werden wir in den meisten

Berufen Menschen aus dem gesamten Spektrum finden, die erfolgreich sind, obwohl sie vielleicht falsch dafür erscheinen. Es gibt offensichtlich introvertierte Starverkäufer und extrovertierte Code-Entwickler.

Im Beruf des Fluglotsen gibt es diese Flexibilität nicht. Hier gibt es nur einen Weg, den Job zu machen und das macht den Beruf interessant. Entscheidende Qualitäten eines Fluglotsen sind die schnelle Aufnahme von Informationen, deren genaue Bewertung und das Ziehen von Schlussfolgerungen, was als Nächstes passieren wird. Drei wichtige Fähigkeiten eines Fluglotsen sind diese:

- In der Lage zu sein, parallel zu denken. Es ist eine absolute Notwendigkeit, buchstäblich viele Bälle (Flugzeuge) gleichzeitig in der Luft halten zu können.
- Ein Fluglotse muss gut mit anderen Menschen zusammenarbeiten können. Das bedeutet zum Beispiel zu verstehen, welche Informationen die Person am anderen Ende braucht.
- Entscheidungsfindung, die klare, rationale und zeitnahe Entscheidungen liefert.

Die Frage, die ich stellte, war also: sind Fluglotsen introvertiert, extrovertiert oder zwischen beiden Neigungen verteilt?

Das Treffen, von dem ich dachte, es würde eine Stunde dauern, wurde zu einer ganztägigen Übung mit sehr interessanten Diskussionen. Andrea und Christa teilten großzügig mit, was hinter den Kulissen abläuft, wenn diese professionelle Gruppe ausgebildet wird. Wir haben sowohl Studenten, die als Fluglotsen arbeiten, als auch Instruktoren, die selbst als Fluglotsen gearbeitet haben, getestet.

Was die Studie herausfand, war, dass die Befragten oft nahe der Mitte des Spektrums lagen. Sowohl Introvertiertheit als auch Extrovertiertheit waren bei denjenigen, die die Tests bestanden, ausgeglichen.

Die extrovertierte Seite sorgt für eine gute Wahrnehmung, Multitasking und die Fähigkeit, schnelle Entscheidungen zu treffen. Die introvertierte Seite wird benötigt, damit der Controller den Fokus über lange Zeiträume mit wenig Veränderung aufrechterhalten kann.

Wenn du zu extrovertiert bist, wirst du dir wahrscheinlich nach einer Weile etwas anderes suchen wollen, weil die Abwechslung zu gering sein wird. Du wirst nicht genug aktiviert werden. Vielleicht ist ein solcher Karriereschritt, ein Ausbilder zu werden? Das würde erklären, warum diese Gruppe in dieser besonderen Eigenschaft überragte, da die Ausbilder die extrovertiertesten waren. Vielleicht könnte ein weiteres Ventil für einen Extrovertierten sein, neben dem Beruf bunte, anspruchsvolle Aktivitäten zu pflegen? Schließlich haben viele professionelle Fluglotsen sehr aktive Hobbys.

Wenn du zu introvertiert bist, hast du wahrscheinlich nicht die Fähigkeit, gut multitaskingfähig zu sein. Du hast wahrscheinlich auch eine Schwäche dafür, unter Stress zu handeln, was hier offensichtlich ein Problem ist.

Ich glaube nicht, dass Extreme in beide Richtungen in diesem Beruf gut sind. Vielmehr ist eine gelungene Verschmelzung von introvertierten und extrovertierten Fähigkeiten die richtige Mischung.

Wie wir Kompetenz fehlinterpretieren

Eines Tages beginnen zwei neue Mitarbeiter an deinem Arbeitsplatz. Sie sind Zwillinge. Sie sind sich äußerlich ähnlich wie Bären, aber es wird schnell klar, dass sie es vom Temperament her nicht sind.

Bernd ist ein freundlicher und sozialer Typ mit einer natürlichen und konventionellen Art mit Menschen umzugehen. Sein herzhaftes Lachen hallt ständig durch den Flur. Er wird gehört und er kommt damit durch, weil er so ein herzlicher Mensch ist. Er lädt ein und backt manchmal Cupcakes für das Freitagsfrühstück. Er hat immer eine Geschichte von Peter Maiwald in der Hinterhand. Bernd wird vom ersten Tag an im Büro beliebt.

Sein Bruder Karl ist jedoch ein anderes Kapitel. Karl ist zurückhaltend, reserviert und wortkarg. Er sagt morgens kaum Hallo zu seinen Kollegen. Stattdessen sitzt er an seinem Schreibtisch mit geschlossener Tür, wann immer er die Gelegenheit dazu hat. Am Freitagmittag schnappt er sich einen Cupcake und verschwindet in seinem Zimmer, anstatt sich der Gemeinschaft anzuschließen. Die Leute reden hinter Karls Rücken über seine Arroganz. Eines Tages geht es mit der Wirtschaft bergab. Das Unternehmen ist gezwungen, Leute zu entlassen. Der Schatten fällt auch auf die Brüder Bernd und Karl. Einer von ihnen muss gehen, wird dem Personalchef gesagt. Behalte den Kompetentesten, sagt der CEO und marschiert raus. Eine Stunde später, in neugewonnener Stille, packt Bernd seine Sachen in eine Bananenkiste. Das mag auf den ersten Blick merkwürdig erscheinen, aber es steckt eine faszinierende Psychologie dahinter. Es gibt ein Phänomen, das unser Urteil über andere beeinflusst.

Weil wir so verdrahtet sind, dass wir wahrgenommene Arroganz als Kompetenz bewerten. Charaktere wie Dr. House im Fernsehen sind Beispiele für diese Art der Voreingenommenheit. Irgendetwas in uns trickst uns aus, indem wir glauben, dass ein sozialer Mensch weniger kompetent ist als der verschlossene. Wir Introvertierten können als arrogant und engstirnig wahrgenommen werden, dafür als kompetenter. Manchmal werden wir aus den richtigen Gründen so wahrgenommen.

Was soll ich machen, wenn ich groß bin?

Ein bärtiger Gentleman namens John Holland hat studiert, wie der Introvertierte das Beste aus seinem Talent macht. Seiner Meinung nach gibt es ein paar grobe Karrierewege, die sich besonders gut für unsere Vorliebe eignen. Dies sind die Rollen, in denen Introvertierte seiner Meinung nach gedeihen:

Analytische Rollen: Dies bezieht sich auf Rollen, die eine Menge Denken erfordern. Die Arbeit zeichnet sich durch einen abwechselnden Fokus auf das Detail und das Ganze aus. Die Aufgaben beinhalten die Suche nach Informationen und Hinweisen. Typische Beispiele sind beratende Rollen wie die des Anwalts oder Psychologen.

Soziale Rollen: Das sind Rollen, die auf die Kommunikation mit anderen Menschen angewiesen sind. Ein typischer Beruf ist Lehrer oder Polizist.

Praktische Rollen: Dies bezieht sich auf Rollen, die bodenständiger Natur sind. Dazu gehören Forstarbeit, Maschinenbau und Handwerk. Zu den Berufen in dieser Kategorie gehören Elektriker, Schreiner, Holzfäller, aber auch Pflegeberufe wie Krankenpfleger oder Ärzte.

Management-Rollen: Arbeiten, um Projekte zu definieren und zu managen. Diese Rollen beinhalten Führung, Risikobewertung und Mediation.

Künstlerische Rollen: Ästhetische Berufsrollen, die mit Farbe, Form und Design arbeiten. Diese Arbeit zeichnet sich durch die Freiheit des Arbeitsprozesses aus. Diese professionelle Kategorie umfasst Illustratoren, Künstler und Artdirektoren.

Konventionelle Rollen: Klar definierte Rollen, die sorgfältig definierten Verfahren und Prozessen folgen. Dies ist eine Arbeit, die darauf ausgelegt ist, deinen Geist zu erodieren und dich im

Schlaf zu ersticken. Jobkategorie: alles in einer Regierungsbehörde.

Gruppendynamik - Keiner ist dümmer als alle zusammen

Versammle eine Anzahl von Individuen und bringe sie dazu, sich als Gruppe zu sehen. Du hast nun etwas geschaffen, das entweder das Dümmste oder das Beste darstellt, was der Mensch zu bieten hat.

Vor ein paar Jahrzehnten hat man untersucht, wie Menschen in Gruppen denken. Sie fanden heraus, dass eine Gruppe von Menschen in der Regel mit mehr Ideen aufwarten kann als ein einzelnes Genie. Sie prägten das Konzept der kollektiven Intelligenz, das manchmal auch als *Weisheit der Massen* bezeichnet wird. Aber wie gesagt, Gruppen sind sowohl das Beste als auch das Schlimmste. In der Gruppendynamik spielen Introversion und Extroversion eine ganz besondere Rolle. Lass uns damit beginnen, zu untersuchen, was an Gruppen nicht gut ist.

Gruppenschwäche 1: Der Zuschauereffekt

Im Jahr 1964 wurde eine Frau namens Kitty Genovese von einem verrückten Messerstecher getötet. Der Vorfall ereignete sich in einem Mehrfamilienhaus voller Zeugen. Keiner rief die Polizei oder griff ein, weil jeder erwartete, dass jemand anderes etwas tun würde. Diese Gruppendynamik hat sich seither auch anderswo wiederholt. Denn die Zugehörigkeit zu einer Gruppe hat auch eine nachteilige Seite. Je mehr Menschen Zeuge von etwas werden, desto weniger Verantwortung fühlt jeder Einzelne, um einzugreifen. Du verlässt dich eher auf die Gruppe als auf dich, um etwas zu tun. Dies wird der Zuschauereffekt genannt und ist der erste der negativen Gruppeneffekte.

Gruppenschwäche 2: Depersonalisierung

Wenn du einen Haufen wütender Fußball-Hooligans siehst, siehst du eine andere Gruppendynamik. Die Leute regressieren zu einer Affenmentalität, weil ihre Lieblingsmannschaft zu Hause verloren hat. Parkbänke werden umgeworfen und Mülleimer in Brand gesetzt. Läden werden verwüstet und Fremde werden von wütenden Höhlenmenschen angegriffen. Dieser Effekt wird Depersonalisation genannt. Es geht darum, je größer die Gruppe wird, desto weniger handeln wir als Individuen. Wie wir wissen, ist es nie ein einzelner Hooligan, der durchdreht, sondern eine Menge. Wenn die Gruppe groß genug wird, verschwinden das Selbst und das Gefühl der persönlichen Verantwortung.

Gruppenschwäche 3: Gruppenzwang

Hat jemand aus einem anderen Grund als dem Gruppenzwang mit dem Rauchen angefangen? Gruppenzwang ist ein sehr mächtiger Effekt, der uns an unserer eigenen Vernunft zweifeln lassen kann.

Gruppenschwäche 4: Gruppendenken

Wenn genug alte Männer mit grandiosen Egos und Bärten in der gleichen Gruppe sind, kann ein Phänomen namens Gruppendenken auftreten. Es wird als Hybris bezeichnet, wenn die Gruppe beginnt zu denken, dass sie es besser weiß als der Rest der Welt. Eine Gruppe, die vom Gruppendenken geprägt ist, ist sich ihrer eigenen Expertise nicht bewusst. Unsere Weltgeschichte ist eine Kavalkade von Situationen, die durch Gruppendenken entstanden sind. Tschernobyl wird als eine von ihnen betrachtet. Externe Politiker ermahnten die Leitung des Atomkraftwerks, die Sicherheitstest der Reaktoren unter schlechten Umständen durchzuführen. Das Zentralkomitee selbst dachte, sie wüssten es besser. Der Rest ist Geschichte. Die Hauptquelle für Gruppendenken ist, wenn die Teilnehmer gleich sind. Wenn sie im gleichen Alter sind, an den gleichen Schulen studiert haben und in der gleichen Stadt leben, ist die Gefahr groß, dass sich ein schlechter Korpsgeist entwickelt.

Gruppenschwäche 5: Der Fluch des Gewinners

Konkurrenzsituationen lassen Hörner aus den Stirnen aktiver Persönlichkeiten wachsen. Extrovertierte werden oft aufgeladen, angeheizt und leistungsbereit, wenn sie Konkurrenz wittern. Wenn er mit einer Situation konfrontiert wird, die sich nach Leistung und Wettbewerb anfühlt, sieht der Extrovertierte oft rot. Je mehr Konkurrenten es gibt, desto größer ist das Risiko, unter dem sogenannten *Fluch des Gewinners* zu leiden. Lass uns eine Auktion als Beispiel nehmen. Wenn zwei Leute gegen dich bieten, erreichst du in der Hitze des Gefechts, sagen wir, 12.000 Euro. Aber wenn die Anzahl der Konkurrenten wächst, wird unsere Entscheidungsmacht oft gestört. Hättest du stattdessen zehn Konkurrenten gehabt, wärst du wahrscheinlich bei viel mehr als 12.000 gelandet. Das Adrenalin und das Element der Aufregung haben dich dazu angespornt, einen überhöhten Preis zu zahlen, nur um zu gewinnen. Dieser Effekt der Gruppenaktivität wird daher als Fluch des Gewinners bezeichnet, weil der Gewinner oft einen überhöhten Preis zahlen muss.

Introversion versus Gruppendenken

Es gab fünf negative Aspekte der Gruppenaktivität. Wie hängt das also mit Introversion zusammen?

Eine Stärke von Introvertierten ist, dass sie dem Gruppendenken entgegenwirken, indem sie Individuen in ihrem Denkprozess und in ihrem Handeln sind. Studien zeigen, wie der wiederkehrende Charakterzug des Introvertierten die Distanz zur Gruppe ist. Wir fühlen uns nicht in gleichem Maße als Teil der Gemeinschaft wie ein Extrovertierter. Diese Person bewertet die Zugehörigkeit zu einer Gruppe danach, wie andere sie bewerten. Ein Introvertierter ist mehr auf seine eigene Bewertung der Gruppe fokussiert.

Es gibt einen Preis, den du zahlst, wenn du Ansichten vertrittst, die gegen deine eigene Gruppe gehen. Dieser Preis wird mit einer Währung der sozialen Zugehörigkeit bezahlt. Diese Währung hat einen höheren Wert für einen Extrovertierten, der für andere Menschen lebt. Introvertierte erwarten nicht, dass jemand anderes die Polizei ruft. Wir haben nicht das Gefühl, dass sich unser *Selbst* in Gruppen auflöst. Unsere Entscheidungsprozesse basieren auf langen Momenten der Reflexion und dem Abstreifen von Emotionen. Wir finden oft unangenehme Dinge und haben kein Problem damit, sie auszudrücken. All dies macht die introvertierte Persönlichkeit zu einem natürlichen Gegenmittel für einige der Probleme der Gruppendynamik. Über den Tellerrand zu schauen ist eine introvertierte Eigenschaft. Denn innerhalb der Box zu sein, bedeutet in der Regel, wie die anderen in der Gruppe zu denken. Ein Experte für Gruppenpsychologie hat eine ideale Gruppe so beschrieben:

> Die Teilnehmer haben eine eigenständige Persönlichkeit und bringen einzigartige Informationen mit.

Es ist ganz klar, dass viele der größten und transformativsten Verbesserungen der Geschichte das Ergebnis einer guten Teamdynamik waren. Der Arabische Frühling, der Marsch auf Washington und der Fall der Berliner Mauer zählen als gruppengetrieben.

Es gibt gut dokumentierte Experimente zur Bildung effektiver Gruppen. Es mag wie ein Klischee klingen, aber Tatsache ist, dass das Rezept für erfolgreiche Gruppen auf einer Sache beruht: *Vielfalt*. Durch Vielfalt bekommst du Menschen, die unterschiedliche Perspektiven haben, weil sie unterschiedliche Hintergründe, Werte, Fähigkeiten und Überzeugungen haben. Versuche daher, eine Vertretung von Introvertierten und Extrovertierten, Männern, Frauen, verschiedenen Generationen und anderen in einer Gruppe zu haben, die Vielfalt garantiert.

Dass jeder schlauer ist als jemand, ist sicherlich richtig, aber das gilt nur in gemischten Gruppen.

Forschung in Arbeit

Offensichtlich hat es eine sehr beeindruckende Menge an Forschung in diesem Bereich gegeben. Trotzdem ist Introversion immer noch ein Mysterium, das untersucht wird. Es wird viel an diesem Konzept geforscht, da wir es noch nicht ganz verstehen. Psychologen sind sich nicht wirklich einig, was genau die richtige Definition des Begriffs ist. Wenn du die wirklich schnelle Zusammenfassung willst, worüber sie sich hauptsächlich einig sind, sind die drei deutlichsten Merkmale diese:

1. **Unabhängigkeit.** In Gedanken und als Person haben wir weniger soziales Bedürfnis als Extrovertierte. Wir lassen uns nicht besonders von der Gruppendynamik beeinflussen und halten auch in einer stürmischen Gruppe an unserer Meinung fest.
2. **Fokus.** Wir können lange Zeit mit vollem Fokus an einer Aufgabe arbeiten, ohne müde zu werden.
3. **Reflexion.** Wir haben einen Denkprozess, der breit, gründlich und tief ist. Unsere Entscheidungen sind überlegt und nicht spontan.

Alles basiert auf einem Arbeitsprozess im Kopf, wo auch ohne äußere Reize eine Menge Informationen verarbeitet werden. Ein Psychologe hat es so formuliert: Extrovertierte plappern nach außen, Introvertierte haben ihr Geschwätz im Inneren.

Der Grund für die soziale Kontaktüberlastung bei Introvertierten ist immer noch nicht verstanden. Es gibt Studien über die Gehirnaktivität, die darauf hindeuten, dass ein Introvertierter mehr Informationen zu einem bestimmten Zeitpunkt verarbeitet und dass dies zu einer schnelleren Erschöpfung beiträgt. Das hört sich schmeichelhaft an, aber es ist nicht klar.

Warum wir uns in unseren Vorlieben unterscheiden, ist ebenfalls ein Rätsel. Es gibt eine Theorie mit einer evolutionären Perspektive. Es hat sich nämlich gezeigt, dass diejenigen, die auf Inseln leben und das schon seit ein paar Generationen, dazu neigen, introvertierter zu sein als diejenigen, die zuziehen. Es scheint eine Dynamik in dieser Vorliebe zu geben. Extrovertierte ziehen weiter und gründen neue Siedlungen und neue Städte. Introvertierte neigen stattdessen dazu, zu bleiben und das Vorhandene zu entwickeln. Das ist natürlich eine grobe Verallgemeinerung.

Bin ich *mehr* als nur ein Introvertierter?

Der Mensch ist komplex und wir sind offensichtlich nicht nur unsere Vorliebe. Der Introvertierte ist mehr als nur der schüchterne Typ mit der Lösung für knifflige Probleme. Unsere Biologie ist nicht die ganze Antwort. Wenn wir aufwachsen, werden wir von der Gesellschaft beeinflusst, in der wir aufwachsen. Wir sind geprägt von der Jugendkultur und den vorherrschenden Werten. Wenn es um Persönlichkeitspsychologie geht, ist Extrovertiertheit / Introvertiertheit eine der fünf Eigenschaften, von denen angenommen wird, dass sie allen Menschen auf dem Planeten gemeinsam sind. Diese werden zusammen als das *Fünf-Faktoren-Modell* bezeichnet. Dieses beinhaltet auch diese vier Eigenschaften:

Gewissenhaftigkeit. Ein Maß dafür, wie diszipliniert, akribisch und strukturiert du bist. Dieser Charakterzug kann als Zielstrebigkeit bezeichnet werden. Eine Menge dieser Eigenschaft zu haben, ist das, was man traditionell einen guten Charakter nennt.

Offenheit. Bei diesem Charakterzug geht es um Neugierde und Wissensdurst. Wie bereit du bist, neue Eindrücke zu suchen und wie bewusst du dir über dein eigenes und das Gefühlsleben anderer bist, ist ein Maß für Offenheit.

Neurotizismus. Umgang mit negativen Emotionen. Wenn du sehr neurotisch bist, bist du ein Mensch, der Wut, Angst und Instabilität in sich trägt.

Bereitschaft zur Zusammenarbeit. Hier geht es darum, wie sehr du geneigt bist, mit anderen zusammenzuarbeiten. Ein hohes Maß an diesem Charakterzug zeichnet sich durch Optimismus und gute soziale Fähigkeiten aus. Du hast Einfühlungsvermögen und bist geneigt, anderen Menschen zu helfen. Bei einem niedrigen Level geht es um eine wettbewerbsorientierte Einstellung zu anderen Menschen und eine skeptische Haltung gegenüber Fremden.

Die Forschung zeigt, dass Introversion eine eigene Verbindung zu einigen der Merkmale der Fünf-Faktoren-Theorie hat. *Gewissenhaftigkeit* hat einen positiven Zusammenhang mit Introversion. Je introvertierter du bist, desto besser kannst du den Job erledigen.

Leider ist Neurotizismus auch mit Introversion verbunden. Je introvertierter du bist, desto wahrscheinlicher ist es, dass du ein überdurchschnittliches Maß an *Neurotizismus* hast. Im Allgemeinen bist du also misstrauischer gegenüber Menschen und weniger positiv gegenüber dem Leben im Allgemeinen als extrovertierte Menschen. Ich ziehe es vor, es so zu sehen, dass Introvertierte weniger naiv und mehr realistisch orientiert sind.

Klettern oder nicht klettern

Ich war auf einem Führungskurs, der bis dahin mit ziemlich behäbigen Übungen und Diskussionen gefüllt war. Der Vorhang wurde zurückgezogen. Der riesige Raum wurde von einem nervösen Gebrüll erfüllt. Eine Kletterwand ragte vor uns auf. Mehrere der Teilnehmer sprangen auf der Stelle. Sie waren wirklich begeistert von der Idee, sich zu messen, denn darum ging es bei dieser Übung zweifellos. Mein Körper war wie betäubt. Ich schaute über die Versammlung und sah mehrere eingefallene Gesichter, Menschen wie mich. Tatsächlich hatte ich schon immer Höhenangst. Die Reaktionen der Gruppe waren, wie ich es wahrgenommen habe, eher stereotypisch. Extrovertierte agieren unter Druck, Introvertierte werden passiv. Was dann geschah, war eine der wichtigsten Lektionen, die ich in den letzten Jahren gelernt habe. Ein schlauer Betreuer ging auf die Wand zu und zeigte auf einen Griff, den er vom Boden aus fast erreichen konnte: „Das Ziel ist es, diesen Griff zu erreichen." Ich fühlte meinen Puls wie einen Stein fallen. Diese Aufgabe fühlte sich sehr einfach an. Ich wurde in nur einer Sekunde von gestresst zu ruhig. Er fuhr fort: „Ein Bonusziel ist, wenn du auch die Spitze erreichen kannst." Der Effekt, den dies auf die Gruppe hatte, war sehr interessant. Die wettbewerbsorientierten Extrovertierten strebten sofort das Bonusziel an. Alle haben es den ganzen Weg nach oben geschafft. Ich und meine introvertierten Klassenkameraden gingen auf das Hauptziel zu. Da es so einfach zu erreichen war, habe ich versucht, ein wenig höher zu gehen, nur um zu sehen, wie weit es geht. *Alle* Teilnehmer haben es an die Spitze geschafft. Ich wage zu behaupten, dass es nicht passiert wäre, wenn das Hauptziel das Erreichen der Spitze gewesen wäre. Die Schwelle war so niedrig, dass jeder an die Wand kam, jeder testete. Dies ist eine Lektion, die ich in jede Führungsrolle mitgenommen habe, die ich innehatte. Ich denke, der Schlüssel, um sowohl Extrovertierte als auch Introvertierte zu aktivieren, ist, ein leichtes Hauptziel und ein schwieriges Bonusziel festzulegen.

Zusammenfassung für Extrovertierte

- Introvertierte sind nachdenklich und unabhängig. Deshalb lassen wir uns leicht gegen den Strom treiben. Dies ist positiv in dem Sinne, dass wir dem sogenannten Gruppendenken entgegenwirken. Gruppendenken ist, wenn eine Gruppe aufhört, kritisch über ihr eigenes Handeln nachzudenken.
- Introvertierte planen und strukturieren ihre Arbeit gerne in Ruhe und entspannt. Introvertierte sehen Teamarbeit nicht immer als einen positiven Weg, um Ergebnisse zu erzielen.
- Introvertierte Menschen reagieren auf Lärm und unordentliche Arbeitsumgebungen anders als extrovertierte. Bürolandschaften sind daher eine Ablenkung für Introvertierte.

Finde deine Korkeiche[12]

„Wir treffen uns einmal im Monat mit etwa zehn Leuten und kochen Gourmet-Essen, trinken gute Weine und knüpfen Kontakte. Viele haben hohe Positionen in der Geschäftswelt. Es ist also eine gute Gelegenheit, Kontakte zu knüpfen. Möchtest du dich uns anschließen?“

Ich öffne meinen Mund, schließe ihn aber wieder. Ich bremse meinen ersten Impuls. Fast hätte ich aus einem Reflex der Dankbarkeit heraus Ja gesagt. Dann erinnerte ich mich daran, dass diese Art von Veranstaltung nicht mein Ding ist. Ich mag es nicht, meinen Status mit oberflächlichen Bekanntschaften zu vergleichen. Ich kenne die Kunst nicht, strategisch Kontakte zu knüpfen auf der Basis, dass sie für meine Karriere nützlich sein könnten. Wenn ich jemanden nicht mag, spielt es keine Rolle, ob er der CEO von Google ist. Aber natürlich freue ich mich, wenn ich gefragt werde. Es ist schmeichelhaft. Ich denke, wir sagen oft aus Höflichkeit Ja. Aber es ist wichtig für die persönliche Entwicklung, dass man auf seine natürliche Vorliebe reagiert. Triff keine extrovertierten Entscheidungen, nur weil die Welt extrovertiert ist. Wir müssen den Weg zurück zu unserer Korkeiche finden. Aktive Entscheidungen wie diese sind das, was ich als die stille Revolution sehe. Bei dieser Revolution geht es nicht darum, zu schreien und an Türen zu hämmern oder auf Barrikaden zu stehen und Unterwäsche zu verbrennen. Stattdessen geht es darum, auszusortieren, was nicht zu unserem *wahren* Selbst passt. Ich habe mir selbst eingestanden, dass ich normalerweise lieber Batman in Jogginghosen lese, als im Anzug zum Gourmet-Dinner zu gehen. Bei der stillen Revolution geht es vor allem darum, introvertierte Eigenschaften als erstrebenswert anzusehen. Es ist an der Zeit, Nachdenklichkeit, Unabhängigkeit und Tiefenorientierung als gute Eigenschaften zu sehen. Ich wünsche mir eine Zukunft,

[12] Der Ruhepol aus Ferdinand der Stier.

in der ich keine Artikel über Serienmörder finde, wenn ich introvertiert google und in der nicht in jeder Stellenanzeige nach einem *sozialen Menschen* gesucht wird.

Madonna sang *„Express yourself“* in den späten 1980er Jahren. Die Welt hat offensichtlich zugehört. Heute leben wir in einer Welt, die nonstop redet.

Es hagelt Textnachrichten, E-Mails, Tweets, Status-Updates und Telefonanrufe. Der Fluss der Kommunikation ist zu einer Flutwelle geworden, die die gesamte Gesellschaft trägt. Es kann sich negativ anfühlen, der Außenseiter zu sein, derjenige, der das Telefon leidenschaftlich hasst und die Meeting-Kultur meidet. Es kann jedoch erwärmend sein, daran erinnert zu werden, dass Introvertierte trotz ihrer Phobie die akademische, technische und ästhetische Welt dominieren. Ein Introvertierter zu sein, bedeutet nicht, dass ich dein WLAN reparieren kann. Obwohl, lass mich mal einen Blick auf deinen Router werfen, so kompliziert kann es doch nicht sein, oder?

Das Wichtigste beim Coming-out als Introvertierter ist nicht, wie sich andere Menschen zu dir verhalten sollen. Es geht darum, wie du dich zu dir selbst verhältst.

Introvertierte Gabriele: „Während ich älter und weiser werde, lande ich mehr und mehr in meiner Natur. Es gibt einen Unterschied in der Art und Weise, wie ich mit mir selbst und vor allem mit den Menschen um mich herum umgehe. Ich fühle mich nicht mehr so oft falsch, ich versuche nicht, mich zu ändern, sondern denke darüber nach, wie ich meine Vorliebe am besten nutzen kann. Ich lasse meine Kinder auch einfach so sein, wie sie sind, ein bisschen introvertiert, ruhig und sicher.“

Es gibt diejenigen, die als Pseudo-Andere bezeichnet werden, diejenigen, die denken, dass sie eine andere Vorliebe haben, als sie wirklich haben. Manchmal liegt das daran, dass ihr

Kindheitsumfeld einen so starken Einfluss hatte, dass sie ihre Vorliebe verloren haben. Manchmal liegt es daran, dass sie selbst extrovertiert sein *wollen* und so die Beweise für das Gegenteil herausfiltern. Ich hoffe, dass ich anderen helfen kann, ihre natürliche Vorliebe zu erkennen und zu akzeptieren. Sobald du deine Vorliebe akzeptierst, fällt es dir leichter, dir zu erlauben, das zu ignorieren, was sich nicht richtig anfühlt, einfach mal nein zu sagen.

Introvertierte Gabriele: „Das Risiko, zu viele Einladungen abzulehnen, weil man lieber unter einer Korkeiche sitzt, ist, dass die Einladungen nicht mehr kommen. Das wäre furchtbar traurig. Man muss eine Balance finden und vielleicht nicht vor Erleichterung aufschreien, wenn eine weniger attraktive Veranstaltung ausfällt." Irgendwo in den eisigen Weiten des Internets habe ich ein kurzes Zitat gefunden. Ein passendes Mantra für Introvertierte. Ich wiederhole es immer wieder für mich. Das geht so:

Ich bin nicht wütend, depressiv oder asozial. Ich möchte einfach eine Zeit lang nicht mit jemandem reden und das ist okay.

Aufopferung

Vor ein paar Wochen waren Hannah und ich auf einer Release-Party. Ein enger Freund hat mit seiner Band eine Platte herausgebracht. Wir quetschten uns in einen kleinen Club voller betrunkener Österreicher. Ich, Hannah und ein paar Freunde von uns standen vorne an der Bühne. Bald waren wir überfüllt mit diesen Männern mittleren Alters, die auf ihre glücklichen Teenager-Tage zurückblickten. Es dauerte ein paar Stunden, bis mein sozialer Tank alle war und mich an die Wand drückte, den Blick auf mein Handy gerichtet. Eine Veranstaltung wie diese war nicht das richtige Umfeld für mich, das wusste ich schon vorher. Aber es war eine bewusste Entscheidung. Unser Freund war begeistert, dass wir aufgetaucht sind.

Sich selbst zu kompromittieren, um andere Menschen zu unterstützen, ist ein Akt der Liebe. Es gibt viel Wertvolles außerhalb unserer Komfortzone. Manche würden sogar sagen, dass alles von Wert außerhalb unserer Komfortzone liegt. Aber mir ist klar, dass diejenigen, die das behaupten, meist extrovertierte Jobcoaches sind. Tatsache ist jedoch, dass Kompromisse Beziehungen zugutekommen.

Introversion ist eine weitere Variante des Normalen

Der komplizierteste Teil ist vielleicht, sich über seine Vorlieben und Neigungen klar zu werden. Oft wird es schwierig, es selbst für uns zu definieren, weil unsere biologische Kodierung mit vielen Einflüssen aus der Norm vermischt ist, wie wir uns verhalten sollen. Außerdem gibt es oft ein trübes Maß für das, was wir sein wollen. Manche finden es prickelnd, ein dominanter verbaler Unternehmer zu sein. Wenn sie einen Selbsteinschätzungstest machen, ist es dann leicht, Fragen aufzurunden, die dieses Bild verstärken. Viele Menschen, mit denen ich spreche, fühlen sich sowohl mit introvertierten als auch mit extrovertierten Bedürfnissen wohl. In vielen Situationen sind wir wirklich beides. Setze zweihundert Deutsche in einen Raum und stelle ihnen Fragen und du wirst sie als eine Gruppe von Introvertierten wahrnehmen. In einer ausreichend großen Gruppe werden alle Menschen still sein. Nimm eine Gruppe von Introvertierten und bitte sie, für etwas zu argumentieren, das ihnen am Herzen liegt. Du wirst dann ein Leuchten sehen, das normalerweise nicht mit Introversion in Verbindung gebracht wird. Mein Punkt ist, dass wir alle je nach Situation schwanken. Unser Verhalten wird von unserer Umgebung beeinflusst. In dieser mediengesättigten Gesellschaft haben viele Nerds, mich eingeschlossen, gelernt, in sozialen Umgebungen einen äußeren Eindruck zu hinterlassen. Daher ist es normalerweise unmöglich, Menschen an ihrem Aussehen oder ihrer Kleidung zu erkennen. Introvertierte kleiden sich nicht mehr wie Sheldon Cooper. Der beste Weg, um eine Antwort auf deine Vorliebe zu bekommen, ist, darüber nachzudenken, was du tust, wenn du nichts tun musst. Da ist deine Antwort.

Im Inneren der Muschel entstehen wunderschöne Perlen

Früher hat man gesagt, dass das, was du tust, lauter spricht als das, was du sagst. Das gilt nicht mehr. Selbst geniale Ideen sterben mit mittelmäßigen Verkäufen. Brillante Produkte sind denjenigen mit schärferen Zungen und clevererem Verkaufsjargon gewichen. Die Stärke deiner Stimme übertrumpft Qualität und Ausführung in einem extrovertierten Zeitalter.

Ich möchte etwas beschreiben, was ich bei Introvertierten oft beobachtet habe. Wir Introvertierten rollen uns mit unseren Gedanken ein wie mit einer warmen Decke. In der Kammer schreiben wir, zeichnen, analysieren, diktieren, programmieren oder was auch immer. Ein enormer Fokus und Ozeane von Zeit werden in Produkte gepflügt, die mit dem Gehirn als Meißel geschaffen werden. Dann kommt das Problem. Für viele endet dort die Arbeit. Wir einigen uns. Wir sitzen mit diesen Gedankenprodukten und warten darauf, dass uns jemand entdeckt. Wir sehen es als die Pflicht von jemand anderem, normalerweise dem Chef, uns hochzuheben und zu befördern. Ein Ratschlag an alle Introvertierten ist es, Selbstmarketing zu lernen. Trotze dem kribbelnden Gefühl des Unbehagens über die Selbstdarstellung. Bringe das, was du produzierst, in die reale Welt hinaus. Vernetze dich mit denen, die dir helfen können weiterzukommen, auch wenn deine sozialen Muskeln schmerzen. Verbinde dich und richte deine Energie nach außen in die Welt. Es ist heute viel einfacher, die Leute zu erreichen als noch vor zehn Jahren. Über die sozialen Medien kannst du deine Kunst verbreiten, ohne mit einem einzigen öligen Typen zu sprechen.

Meine Schlussfolgerung ist, dass Introvertierte überproduzieren und unterfordern. Aus irgendeinem Grund haben wir kein Problem damit, sechshundert Stunden mit dem Schreiben eines Buches zu verbringen. Aber dann dreißig Minuten damit zu verbringen, den Verlagsvertrag zu verhandeln, ist eine große Hürde.

Es gibt diejenigen, die mit großer Kunst in einsamen Galerien sitzen. Viele Helen Keller mit einer Schublade voller toller Geschichten. Ich kenne junge Leute, die erstaunliche Software geschrieben haben, aber nicht die Energie haben, zu versuchen, damit Geld zu verdienen. Introvertiertheit ist eine Gabe, die dich zu mehr bestimmt, als nur ein Träumer zu sein. Nutze diese Gabe, um die Dinge zu maximieren, die du aus der Welt schaffen willst. Ich selbst war ein Mensch mit einer Schublade voller Romane. Dann entschied ich mich, mit Verlagen in Kontakt zu treten und so begann meine berufliche Reise.

Sie mussten Ferdinand einfach nach Hause schicken

Als Introvertierter habe ich endlich meinen Weg nach Hause gefunden. Die Leute bezahlen mich dafür, dass ich Bücher schreibe und Vorträge über Themen halte, für die ich bereits eine Leidenschaft habe. Wenn ich eine Vorlesung halte, kann ich das ungestört und ohne Unterbrechung tun.

Meine Tage verbringe ich oft in der Oase, die ich mir selbst geschaffen habe. Das Büro ist vollgestopft mit Büchern über Philosophie, Psychologie und anderen Themen, die ich liebe. Wenn ich die Tür schließe, verschwindet die Welt draußen. An den Wänden hängen Stimmungsbilder von atemberaubender Architektur bis hin zu kreativen Fotoexperimenten. Ich fülle den Raum mit Musik, in die ich mich verkriechen kann. Die Kleidung, die ich trage, wird nach Komfort ausgewählt. Es sind nur ich, mein Text und meine Fantasie im Raum. Ich bin mein eigener Chef über meinen Kalender. Widersprüchlicherweise bin ich frei, auch wenn ich härter als je zuvor für meinen eigenen Ehrgeiz schufte. Es ist ein Dasein, das fantastisch zu mir passt, weil meine Batterien für Meetings immer voll aufgeladen sind. Wenn ich ins Menschendorf gehe und jemanden treffe, genieße ich das Treffen. Heute habe ich die Möglichkeit, Dinge zu tun, die mich wirklich interessieren, was der größte Luxus ist, den ich mir vorstellen kann. Anstatt mich an eine nach außen gerichtete Welt anzupassen, wandte ich mich nach Hause.

Ich habe eine Rolle gefunden, die zu dem passt, was ich bin. Wo auch immer meine Karriere mich hinführt, ich habe diesen Kern gefunden, diese Sache, die ich weiterhin bewahren und bestätigen kann. Ich weiß, was ich bin.

Um Steve Jobs zu zitieren: „Unsere Zeit ist zu kurz, um in Dinge zu investieren, die uns nicht wichtig sind."

Unsere Berufungen im Leben sind auch für Introvertierte extrem unterschiedlich. Manche finden ihre Berufung darin, Codes zu schreiben, Wälder zu pflegen, ein Antiquariat zu betreiben oder in Tracht durch den Chiemsee zu schwimmen. Es ist nicht wichtig, was deine Berufung ist, nur dass du sie findest.

Ein Philosoph sagte, dass der Sinn des Lebens darin besteht, in Bewegung zu bleiben und verschiedene Dinge auszuprobieren, damit du schließlich das findest, was du tun sollst.

Ich bin dazu bestimmt, das zu tun, was ich tue. Es ist ein tiefer innerer Frieden. Es geht darum, etwas zu tun, das seine eigene Belohnung ist, anstatt seine Zeit gegen Geld zu tauschen. Jetzt sitze ich hier unter meiner Korkeiche, rieche meinen Espresso und fühle mich sehr, sehr glücklich.

Zum Schluss. Eine meiner Bekannten erzählte mir aufgeregt im Chat, dass sie von einigen Freunden betrogen worden sei. Sie hatten sie egoistisch und introvertiert genannt. Ich erklärte ihr, dass introvertiert kein Schimpfwort ist und erzählte ihr von den Stärken. Ich möchte jedem den gleichen Rat geben, den ich ihr gegeben habe:

Wenn dich jemand als introvertiert bezeichnet, sag einfach: „Danke."

Test – Versteckst du dich auf der Toilette?

Eine Reihe von Aussagen werden hier präsentiert. Wähle, ob du denkst, dass A oder B für dich am besten geeignet ist. Antworte nicht, wie du *gerne wärst*, sondern wie du *tatsächlich bist*. Eine der häufigsten Fehlerquellen bei Persönlichkeitstests ist, dass wir dazu neigen, auszufüllen, wie wir sein wollen. Tappe nicht in diese Falle, sei ehrlich zu dir selbst! Wenn du deine Ergebnisse gemäß den Anweisungen am Ende des Tests zusammenfasst, erhältst du eine nuancierte Einschätzung, wo du dich auf der Skala von extrovertiert bis introvertiert befindest.

Aussage 1

A: Bei gesellschaftlichen Ereignissen wirst du manchmal überwältigt. Danach fühlst du dich vielleicht erschöpft.

B: Es gibt dir Inspiration und Energie, neue Leute zu treffen. Du kannst durch das Event wieder aufgeladen werden.

Aussage 2

A: Einen Raum voller Fremder zu betreten, fühlt sich unangenehm an.

B: Einen Raum voller Fremder zu betreten, fühlt sich aufregend an.

Aussage 3

A: Nach einer Woche voller Arbeitstreffen und engem Kontakt mit den Kollegen wünschst du dir nichts mehr, als in der Einsamkeit oder mit deiner engsten Familie zu entspannen.

B: Nach einer Woche harter Arbeit und engem Kontakt mit deinen Kollegen, willst du nichts mehr, als deine Freunde anzurufen und einen gemeinsamen Abend zu organisieren.

Aussage 4

A: Du arbeitest am besten in der Reihenfolge. Du musst dich auf eine Sache auf einmal konzentrieren und deine Aufgabe abschließen, bevor du weitermachst.

B: Du arbeitest gerne parallel und springst ohne Probleme zwischen verschiedenen Aktivitäten hin und her. Die Abwechslung gibt dir Schwung und eine Energie, die sich positiv auf deine Leistung auswirkt.

Aussage 5

A: Du vermeidest es, Gespräche mit Leuten zu beginnen, die du nicht kennst. Im Supermarkt oder auf der Post tauscht man Höflichkeiten aus, aber sonst nichts.

B: Du suchst Blickkontakt und soziale Interaktion. Wenn du unter Fremden bist, bist du normalerweise derjenige, der Gespräche initiiert.

Aussage 6

A: Deine Rede ist geprägt von Kunstpausen und Nachdenklichkeit. Wenn dir eine Frage gestellt wird, nimmst du die Antwort bereitwillig auf und wählst deine Worte gut.

B: Du denkst nicht viel darüber nach, was du sagen sollst, deine Worte sind meist die gleichen wie deine Gedanken.

Aussage 7

A: Du bist schwach im Smalltalk und fühlst dich falsch oder gezwungen, wenn du es versuchst. Du zögerst, mit Menschen in Kontakt zu treten, die du noch nicht kennst.

B: Du bist schnell im Sprechen und es fällt dir leicht, mit jedem über fast alles zu reden. Du verbindest dich daher leicht mit Fremden.

Aussage 8

A: Wenn es klingelt, lässt du den Anruf oft auf die Voicemail gehen. Du rufst dann lieber zu einer Zeit zurück, die dir passt.

B: Du lässt los, was dir durch den Kopf geht, wenn jemand anruft und gehst direkt ans Telefon. Fast alles kann warten, bis das Gespräch vorbei ist.

Aussage 9

A: Du minimierst die Telefonzeit. Deshalb sind deine Anrufe meist kurz und du hast einen bestimmten Zweck für den Anruf.

B: Wenn dir langweilig ist, nimmst du gerne das Telefon in die Hand und rufst einen Freund an, ohne einen bestimmten Grund.

Aussage 10

A: Du fühlst dich wohl, wenn du im Hintergrund stehst. Du gibst dir wenig Mühe, die Aufmerksamkeit auf dich zu lenken. Du fühlst dich unwohl, wenn das Rampenlicht auf dich gerichtet ist.

B: Du stellst oft fest, dass du der Mittelpunkt der Party wirst. Es ist nicht wirklich eine Rolle, die du aktiv suchst, es passiert einfach. Aber du genießt es, im Zentrum der Aufmerksamkeit zu stehen.

Aussage 11

A: Deine Konzentration reagiert empfindlich auf Ablenkungen wie laute Geräusche, Gespräche anderer Leute oder unordentliche Schreibtische.

B: Deine Konzentration ist nicht besonders empfindlich gegenüber Störungen in Form von lauten Geräuschen, Gesprächen anderer Menschen oder Unordnung.

Aussage 12

A: Du hast oft das Gefühl, dass das, was diskutiert wird, trivial ist. Es ist, als ob das Thema überflüssig wäre, darüber zu sprechen.

B: Auch ein oberflächliches Gespräch ist ein gutes Gespräch. Für dich ist es nur ein Weg, deinem Gesprächspartner näher zu kommen.

Aussage 13

A: Auf Partys ist es leicht, in Gesprächen mit einer oder wenigen Personen stecken zu bleiben, anstatt mit allen zu reden.

B: Auf einer Party fängst du oft Gespräche an und redest mit vielen verschiedenen Leuten.

Aussage 14

A: Du fühlst dich oft unwohl und erdrückt unter Menschen. Besonders größere gesellschaftliche Zusammenkünfte kosten Energie.

B: Du fühlst dich entspannt und wohl unter Menschen. Auch große gesellschaftliche Zusammenkünfte sind keine Belastung für dich.

Aussage 15

A: Du neigst dazu, deine Gefühle in dir zu behalten, anstatt sie zu zeigen. Es fühlt sich an, als würdest du manchmal eine Maske tragen, ein Pokerface.

B: Du lässt Emotionen raus. Es ist daher schwierig für dich, das, was du fühlst, vor den Menschen um dich herum zu verbergen. Die Menschen um dich herum sehen, wie du dich fühlst, ob du es willst oder nicht.

Aussage 16

A: Du langweilst dich nicht leicht und findest Anregung in ruhigen Aufgaben.

B: Du brauchst eine Veränderung, um dich aktiviert zu fühlen. Du langweilst dich schnell.

Aussage 17

A: Du stellst fest, dass eine Nacht mit wenig Schlaf einen vernachlässigbaren Effekt auf deine intellektuelle Leistungsfähigkeit hat.

B: Du stellst fest, dass eine Nacht mit wenig Schlaf einen großen Einfluss auf deine intellektuelle Leistungsfähigkeit hat.

Aussage 18

A: Du findest es schwierig, auf Menschen zuzugehen, die du nicht kennst.

B: Du wirst leicht neue Freunde finden und in den meisten Menschen Dinge finden, die du magst.

Aussage 19

A: Wenn Fremde mitmachen, wirst du ruhiger als sonst.

B: Wenn Fremde mitmachen, erhebst du gerne deine Stimme, um gehört und wahrgenommen zu werden.

Aussage 20

A: Du hast eine ziemlich kleine Anzahl von Freunden, zu denen du tiefe Beziehungen hast.

B: Du hast eine große Anzahl von Bekannten in deinem sozialen Netzwerk und genießt dies, auch wenn viele der Bekanntschaften oberflächlich sind.

Aussage 21

A: Du hast oft das Gefühl, dass du eine Rolle unter den Menschen spielst, eine Rolle, die ganz anders ist, als du selbst, wenn du für dich bist.

B: Du bist die ganze Zeit du selbst, im Guten wie im Schlechten.

Aussage 22

A: Du fühlst dich oft von Menschen unter Druck gesetzt, die versuchen, dich zu überreden, Dingen zuzustimmen.

B: Du schaffst es, Menschen zu beeinflussen und zu überreden, deinem Willen zu folgen. Du hast großen Einfluss auf deine Umgebung.

Aussage 23

A: Du hast das Gefühl, dass du nicht viel zu sagen hast.

B: Du bist leicht zu unterhalten und es fällt dir leicht, Menschen in ein Gespräch zu verwickeln.

Aussage 24

A: Es wird dir peinlich sein, wenn die Verkäufer im Laden direkt auf dich zukommen und fragen, was sie tun können, um zu helfen.

B: Du schätzt fröhliche Verkäufer, die dich im Laden aufsuchen.

Aussage 25

A: Du ziehst das Vorglühen der tatsächlichen Party selbst vor.

B: Du freust dich auf das eigentliche Ausgehen im Nachtclub. Schließlich liegt der Puls in der Stadt.

Aussage 26

A: Neue Bekanntschaften und oberflächliche Treffen wie Cocktailpartys bringen dich ins Schwitzen.

B: Die Cocktailparty mit neuen Leuten ist ein Sammelsurium an sozialen Leckerbissen für dich.

Aussage 27

A: Deine besten Ideen sind entstanden, als du in der Einsamkeit gebrütet hast.

B: Deine besten Ideen hast du gemeinsam mit anderen in einer Gruppe entwickelt.

Aussage 28

A: Die meisten Meetings am Arbeitsplatz sind unnötig. Fälschlicherweise scheinen viele Menschen Meetings als Selbstzweck zu betrachten.

B: Du gedeihst in einer engmaschigen Kultur. Kommunizieren ist lebenswichtig. Meetings werden zum Treibstoff für Innovationen.

Aussage 29

A: Wenn du gestresst bist, schaltet dein Gehirn ab. Du wirst passiv und nachdenklich, anstatt aktiv.

B: Stress aktiviert dich und gibt dir einen hohen Ruhepuls. Du reagierst schnell und mit viel Energie.

Aussage 30

A: Du bereitest dich gerne vor und strukturierst dich vor einem Meeting.

B: Du magst es, zu improvisieren und das Treffen im Laufe der Zeit zu gestalten.

Aussage 31

A: Du denkst oft über existenzielle Fragen nach, wie zum Beispiel: Wie groß ist das Universum?

B: Du grübelst über banale Fragen wie: Wie groß sieht mein Hintern in dieser Hose aus?

Aussage 32

A: Wenn du bei geschlossener Bürotür sitzt, hat das praktische Gründe, wie zum Beispiel das Bedürfnis, sich zu konzentrieren.

B: Wenn du mit geschlossener Bürotür dasitzt, liegt das daran, dass du einen schlechten Tag hast.

Aussage 33

A: Du ziehst es vor, die meisten Aufgaben zunächst selbst zu erledigen.

B: Du arbeitest gerne im Team und findest es natürlich, Ergebnisse zu erzielen.

Aussage 34

A: Schnelle Änderungen von Reiseplänen oder Wochenplänen sind stressig für dich. Das ist nicht aus praktischen Gründen, sondern weil es deine Struktur stört.

B: Schnelle unerwartete Änderungen von Reiseplänen oder Wochenplänen sind spannend. Unerwartete Drehungen und Wendungen führen zu Abenteuern, neuen Bekanntschaften und interessanten Orten.

Aussage 35

A: Dir gefällt es, Dinge mit anderen zu tun, aber ohne einen ständigen Fokus auf den Dialog. Ein Buch zu lesen, während dein Partner neben dir sitzt und fernsieht, ist für dich Socializing.

B: Du lässt dich gerne auf intensive Diskussionen mit viel Gefühl, Puls und Humor ein. Gespräche mit hohen Decken und ständigem Blickkontakt sind deine Melodie.

Aussage 36

A: Du machst dir ziemlich wenig Gedanken über dein Aussehen. Deine Kleidung und dein Auftreten sind nicht komponiert, um die Aufmerksamkeit der anderen zu erregen.
B: Du hast einen Look kreiert und einen Look, der Aufmerksamkeit erregt. Knallige Farben, Tattoos, Piercings, gewagte Outfits und originelle Frisuren können Teil des aufmerksamkeitsstarken Arsenals sein.

Aussage 37

A: Deine Grundeinstellung gegenüber Fremden ist Misstrauen.
B: Du denkst gut über Leute, die du noch nicht kennst.

Aussage 38

A: Du hast eine vorsichtige Einstellung zum Leben. Du siehst es als klug an, keine Gewinne im Voraus mitzunehmen und mit einer pessimistischen Sichtweise zu planen.
B: Deine Grundeinstellung zum Leben ist positiv. Du bist überzeugt, dass die meisten Dinge funktionieren, wenn du an deine Fähigkeiten glaubst.

Aussage 39

A: Du konzentrierst dich vertieft auf eine Sache zu einer Zeit. Wenn du dich mit jemandem unterhältst, schaltest du ab, was um dich herum passiert.

B: Du bist im Raum präsent und nimmst eine Vielzahl von Eindrücken auf. Während du sprichst, bist du dir völlig bewusst, was um dich herum passiert.

Aussage 40

A: Du erlaubst dir nur selten, spontan zu reagieren. Du willst darüber nachdenken, was du sagst, bevor du es sagst. Du beginnst daher oft mit einer Kunstpause.

B: Du neigst dazu, schnell und impulsiv auf Appelle zu reagieren.

Aussage 41

A: Du bist eine Bremse für Aktivität und Veränderung. Das liegt daran, dass du versuchst, in mehreren Schritten zu argumentieren. Du siehst, dass kleine Fehler am Anfang große Auswirkungen im weiteren Verlauf des Projekts haben können.

B: Du stellst fest, dass du oft derjenige bist, der Aktivitäten vorantreibt und auf Veränderungen drängt. Die meisten Dinge können auf dem Weg gelöst werden. Es ist besser zu handeln, als alles zu analysieren.

Aussage 42

A: Du findest es unangenehm, wenn dich jemand in einem Satz unterbricht. Du magst es nicht, dich zu wiederholen und wirst stattdessen oft still.

B: Im Dialog regst du dich oft auf und unterbrichst andere Menschen leicht. Du findest es nicht unangenehm, selbst unterbrochen zu werden, sondern siehst es als einen natürlichen Teil eines Dialogs.

Aussage 43

A: Deine Vorstellung von guten Urlaubsaktivitäten ist fast die vollkommene Abwesenheit von solchen.

B: Du bevorzugst einen Urlaub, der viele spannende Aktivitäten sozialer Natur beinhaltet.

Aussage 44

A: Spontane unangekündigte Besuche von Freunden sind meist lästig. Du bevorzugst es, Treffen im Voraus zu planen.

B: Unerwartete Besuche erhellen den Alltag. Du hast immer Zeit, um mit einem Freund zu reden.

Aussage 45

A: Du denkst sehr wenig darüber nach, was in den Augen der anderen beliebt ist, wenn du Kleidung, Musik oder Literatur auswählst.

B: Du hast ein Interesse daran, die Moden, Trends und Werte zu verfolgen, die bei verschiedenen Gruppen in der Gesellschaft beliebt sind.

Aussage 46

A: Wenn Menschen um dich herum sich für etwas wie ein beliebtes Buch oder einen berühmten Film interessieren, wirst du normalerweise desinteressiert.

B: Wenn andere sich für etwas interessieren, wirst du selbst neugierig. Du willst verstehen, was sie anzieht. Es gibt dir ein Gefühl der Zugehörigkeit, die Erfahrung zu teilen.

Aussage 47

A: Deine Inspiration kommt aus Momenten, in denen du mit deinen Gedanken allein bist.

B: Wenn du Inspiration brauchst, suchst du sie bei anderen Menschen.

Aussage 48

A: Du bist eine Person, die als schwierig zu verstehen wahrgenommen wird.

B: Andere finden es einfach, dich kennenzulernen.

Aussage 49

A: Du scheust dich nicht, eine Meinung zu äußern, die dem Rest deines Umfelds unangenehm ist. Du sprichst aus dem Herzen und siehst dich selbst als Wahrheitssprecher.

B: Deine Meinungen haben einen Einfluss auf deine Popularität und deinen Status. Daher wirst du in deinen Meinungen von deiner Umgebung beeinflusst.

Aussage 50

A: Du bist ziemlich restriktiv, wenn es darum geht, Dinge über dich preiszugeben.

B: Wenn du mit anderen sprichst, gibst du reflexartig persönliche Dinge preis.

Aussage 51

A: Du bist analytisch und gründlich in der Entscheidungsfindung. Du denkst zuerst und führst dann aus.

B: Du analysierst die Optionen nicht sehr sorgfältig. Stattdessen folgst du deiner Intuition. Du performst zuerst und analysierst dann.

Aussage 52

A: Du wirst normalerweise die aufmerksamste Partei in einem Gespräch sein.

B: In den meisten Gesprächen redest du mehr, als dass du zuhörst.

Aussage 53

A: Du empfindest das Sprechen vor anderen Menschen in einer großen Gruppe als unangenehm und störend.

B: Du wirst keine größeren Probleme damit haben, spontan vor einer Gruppe von Menschen zu sprechen.

Aussage 54

A: Schwierige Ziele stressen dich auf eine Weise, die deine Leistung senkt.
B: Schwierige Ziele spornen dich auf eine Weise an, die deine Leistung steigert.

Aussage 55

A: Du stellst fest, dass du morgens die beste Leistung bringst.
B: Du stellst fest, dass du am Nachmittag die beste Leistung bringst.

Aussage 56

A: Wenn du dich unglücklich fühlst, verschließt du dich und kommunizierst weniger mit der Welt um dich herum.
B: Wenn du dich unglücklich fühlst, verhältst du dich entsprechend und teilst deine Gefühle mit den Menschen um dich herum.

Aussage 57

A: Du ziehst es vor, neue Aufgaben zu studieren, bevor du sie in Angriff nimmst.
B: Du lernst am besten durch Handeln. Deshalb probierst du auch schnell neue Aufgaben aus.

Ergebnisse des Tests

Du hast nun 57 Aspekte der Introversion und Extroversion betrachtet. Um herauszufinden, wo du auf der Skala stehst, musst du nun die Anzahl der A's (introvertierte Werte) und B's (extrovertierte Werte) jeweils für sich summieren, die du bei diesen Testfragen bekommen hast. Finde dann deine Präferenz, indem du A minus B berechnest. So erhältst du eine Skala von +57 bis -57.

Erläuterung

-57 bis -42 Sehr starke Extrovertiertheit

Du bist offensichtlich ein Mensch mit viel Energie und einer Vorliebe, diese in die Welt um dich herum zu investieren. Du suchst dir in den meisten Kontexten Schlüsselrollen und hast großen Einfluss. Dein Bekanntenkreis ist wahrscheinlich groß und deine Antennen sind überall im sozialen Netzwerk. Du bist für sehr spezifische Rollen mit hohem persönlichem Kontakt, viel Abwechslung und gegenseitiger Stimulation geeignet. Du bist wahrscheinlich sehr aufmerksam und beobachtend, aber gleichzeitig fühlst du dich leicht unterreizt.

-41 bis -6 Extrovertierte Dominanz

Obwohl du hauptsächlich ein sozialer Mensch bist, hast du einige Züge von der introvertierten Seite. Du bist extrem flexibel in deinem Arbeitsleben, würdest aber wahrscheinlich am besten in einer beruflichen Rolle funktionieren, die es dir erlaubt, die meiste Zeit über sozial zu sein. In Gruppen bist du mit deiner sozial ausgeglichenen Art ein echter Gewinn.

-5 bis +5 Ambivertiert

Du balancierst zwei Vorlieben aus. Das Einzigartige an dir ist, dass du sowohl durch soziale Kontakte als auch durch Zeit für dich allein energetisiert werden kannst. Du fühlst dich wohl in einer Gruppe, aber gleichzeitig hast du ein Interesse daran, Dinge in der Einsamkeit zu vertiefen und durchzuarbeiten. Die ambivalente Persönlichkeit hat sich die Rosinen aus beiden Kuchen herausgepickt und ist oft in vielen Berufen erfolgreich.

+6 bis +41 Introvertierte Dominanz

Du hast keine Schwierigkeiten, soziale Kontakte zu knüpfen, aber du brauchst unbestreitbar Zeit allein, um dich gut zu fühlen. Du erledigst mit Freude administrative, künstlerische oder qualitätsorientierte Aufgaben. Du arbeitest gut in Gruppen und auch alleine.

+42 bis +57 Sehr starke Introversion

Du bist eine sehr unabhängige Person mit hoher Integrität. Du bist fokussiert und stimuliert, auch wenn du für längere Zeit alleine bist. Du hast wahrscheinlich ein echtes Talent für komplexes Denken und eine Tendenz, dich in das zu vertiefen, was du tust. Du bist empfindlich gegenüber abrupten Veränderungen und musst mit einem Gefühl der Dringlichkeit in der Reihenfolge arbeiten. Du hast eine reiche innere Welt, die ständig deine Aufmerksamkeit fordert. Du visualisierst fortgeschrittene Konzepte und formst Ideen gut im Privaten. Mit diesem Talent gehörst du in spezialisierte Berufsrollen, wo extremer Fokus, Kreativität und tiefes Denken Erfolgsfaktoren sind.

Die Cocktail Version - Extroversion und Introversion

Dies ist das Markenzeichen eines Introvertierten:

- Auf der Suche nach Stille und Entspannung.
- Mag selbstständige Arbeit. Kann über einen längeren Zeitraum ohne die Einmischung anderer Menschen arbeiten, ohne sozial krank zu werden.
- Sieht die Details und hat ein Auge für Qualität.
- Reflexion. Ist stark in der Analyse und trifft Entscheidungen basierend auf mehreren Faktoren und einer Art intellektueller Distanz. Bemüht sich, Emotionen von Logik zu trennen.
- Hyperfokus. Bleibt leicht für lange Zeit ohne Pause an einer Aufgabe hängen.
- Arbeitet am liebsten sequentiell an einer klar definierten Aufgabe zu einer Zeit.
- Das Gehirn arbeitet trotz wenig Schlaf gut.
- Funktioniert am besten am Morgen.
- Geduld. Erlebt keine Langeweile in der Einsamkeit, kann aber lange darauf warten, dass etwas passiert.
- Gedeiht in privater Gesellschaft. Hat ein geringes soziales Bedürfnis.
- Leicht zu visualisierende Wörter. Der Introvertierte denkt in Bildern.
- Gutes Langzeitgedächtnis.
- Zuhörer. Achtet in Gesprächen auf das, was gesagt wird, und auf das, was tatsächlich gemeint ist.
- Zieht es vor, zu denken, bevor er spricht. Ist nicht das, was die Geheimdienste einen Kläffer nennen.
- Unabhängig. Nicht stark von Trends und Gruppendenken beeinflusst. Identifiziert sich nicht stark mit der Gruppenzugehörigkeit.

- Ist empfindlich gegenüber Stress. Muss sich abschirmen, um sich konzentrieren zu können.
- Leistet unter Druck schlechtere Leistungen.

Dies ist das Markenzeichen eines Extrovertierten:

- Auf der Suche nach Aktivität und Abenteuer.
- Schnelle Reaktionen. Hat einen sehr aktiven Umgang mit der Umwelt. Findet schnell Worte und Gedanken.
- Aufmerksam. Hat eine hohe Präsenz im Raum. Nimmt auf, was die Sinne aufnehmen.
- Sozial und beziehungsorientiert. Findet in den meisten Situationen Freunde.
- Optimistisch. Hebt in den meisten Situationen das Positive hervor. Glaubt an andere Menschen und hat ein hohes Maß an Selbstvertrauen.
- Mündlich. Kann mit den meisten Menschen spontan und natürlich über die meisten Dinge reden. Findet Berührungspunkte mit den Menschen um sich herum.
- Gruppenorientiert. Wird zu einem natürlichen Mitglied der meisten Gruppensituationen.
- Bezieht andere Menschen in ihre Aktivitäten mit ein. Hilft gerne und nimmt Hilfe von anderen an.
- Legt viel Wert auf Äußeres wie die Wahl der Kleidung und der Frisur. Studien zeigen, dass extrovertierte Menschen kräftige Farben bevorzugen.
- Beeinflussung. Hat die Fähigkeit, die Umwelt zu beeinflussen.
- Zeigt auch unter Stress gute Leistungen. Ein Extrovertierter arbeitet unter Stress schneller und behält dabei die Qualität bei. Unempfindlich gegenüber ablenkenden Geräuschen.
- Fühlt sich in großen Menschenmengen zu Hause. Kann durch große Menschenmengen angeregt werden.
- Liebt es, Aufmerksamkeit zu bekommen und sich von der Masse abzuheben. Daher hat er oft ein hervorstechendes

Aussehen. Es macht ihm nichts aus, gesehen und gehört zu werden oder Platz einzunehmen.

- Wird in der Einsamkeit unruhig. Hat ein Bedürfnis, durch äußere Ereignisse aktiviert zu werden.
- Der Entscheidungsprozess ist schnell. Normalerweise weiß er sofort, was er über etwas denkt.
- Kann zwischen mehreren Aufgaben gleichzeitig wechseln, ohne gestresst zu sein.

Quellen und Fakten

Ich mag Text ohne Unterbrechungen, Nebengeräusche und Ablenkungen. Deshalb steht auch nicht nach jedem dritten Satz der Name eines deutschen Mannes mit Bart. Stattdessen habe ich hier meine Quellen gesammelt. Hier ist eine Liste der relevanten Quellen, die ich in diesem Buch verwendet habe.

Hinweis: Was sind die Big Five? Dieses Konzept wird in der Quellenliste mehrfach erwähnt. Die Big Five (auch bekannt als das Fünf-Faktoren-Modell) beschreiben fünf Dimensionen von Persönlichkeitsmerkmalen, die sich in allen bekannten menschlichen Kulturen wiederholen. Es handelt sich um fünf Eigenschaften, die über Kulturen und Zeitalter hinweg weitgehend erhalten bleiben (es gibt auch dreißig zugrunde liegende Facetten). Die Merkmale der Big Five gelten als primär biologisch und erblich (vererbt und nicht umweltbedingt). Eines der Merkmale ist eben die Dimension der Extroversion.

McCrae, Robert R.; Costa Jr., Paul T.

American Psychologist, Vol 52(5), May 1997, 509-516

Das Modell. Die Big Five als Ganzes sind nun eine große Ansammlung verschiedener Studien.

Odessa, FL: Psychological Assessment Resources
Costa, P.T.,Jr. & McCrae, R.R. (1992)

1a. Dopamin. Introvertierte und extrovertierte Züge entstehen durch unterschiedliche Toleranz gegenüber dem Neurotransmitter Dopamin.

Richard A. Depue and Paul F. Collins (1999).

b. Genetische Komponente. Eine russische Studie aus dem Jahr 2007 suchte nach Zusammenhängen zwischen einem bestimmten Gen (DRD4) und bestimmten Formen eines Enzyms (COMT). Es wurde festgestellt, dass diese Verbindung die Dopaminaufnahme beeinflusst. Dieses Gen wurde in der Studie überzeugend bei Probanden mit extrovertierten und erregungssuchenden, impulsiven Persönlichkeitsmerkmalen gefunden.

V. E. Golimbet, M. V. Alfimova, I. K. Gritsenko, R. P. Ebstein (2007)

2a. Die Empfindlichkeit gegenüber Reizen. Introvertierte reagieren stärker auf Reize. Die folgende Quelle ist Hans Eysencks berühmter Zitronentest. Der Test zeigte, dass Introvertierte als Reaktion auf Reize (in diesem Fall Zitronensaft) mehr Speichel produzieren.

SBG Eysenck, H.J. Eysenck - Perceptual and motor skills, (1967)

b. Mehr Zitronensaft. In einer späteren Studie wurde der Zitronentest an Kindern erneut getestet. (Es scheint in den 70er Jahren das Recht eines jeden Wissenschaftlers gewesen zu sein, einen Haufen Kinder als Probanden zu haben, wenn irgendeine vage Idee validiert werden sollte).

John Casey and Donald l. Mcmanis, (1971)

c. Empfindlichkeit gegenüber Reizen. Der Zitronentest wurde bereits mehrfach getestet. Hier ist eine weitere Studie. Gut, dass Introversion ein größeres Thema ist, als nur über Speichel zu reden.

Corcoran, D. W. J. (1964)

The American Journal of Psychology, Vol 77(2), 298-300

d. Schalltoleranz. In einer Studie durften Introvertierte und Extrovertierte die Lautstärke eines Tons wählen, der abgespielt wurde, während sie eine Konzentrationsübung durchführten. Extrovertierte wählten durchweg eine höhere Lautstärke.

Geen, Russell G. (1984)

Journal of Personality and Social Psychology, Vol 46(6), Jun 1984, 1303-1312

e. Weißes Rauschen. Es wurde ein Vergleich der Auswirkungen von intensivem Lärm (sogenanntes weißes Rauschen) auf Gruppen von introvertierten und extrovertierten Kindern durchgeführt. Extrovertierte hatten eine höhere Resistenz dagegen, was auf eine höhere Dopamintoleranz zurückzuführen ist.

Colin d. Elliott (1971)

f. Aktivierungsebene. 1983 wurde eine Studie durchgeführt, um Eysencks Hypothese über die geringere Dopamintoleranz von Introvertierten weiterzuverfolgen. Experimentelle Gruppen von Introvertierten und Extrovertierten wurden mit Koffein manipuliert. Gemessen wurde die Wirkung in Bezug auf die Aktivierung. Das Ergebnis war, dass Introvertierte leichter ein höheres Aktivierungsniveau erreichen als Extrovertierte in den Testgruppen.

Barry D. Smith (1983)

g. Schmerzgrenze. In einem der legendären Tests von Hans Eysenck wurden Unterschiede in der Schmerzempfindlichkeit untersucht. Es wurde festgestellt, dass dies eine der stärksten Korrelationen ist, die für das Persönlichkeitsmerkmal Extroversion gesehen wurde. Es wurde festgestellt, dass Extrovertierte eine signifikant höhere Schmerzgrenze haben (aber auch signifikant mehr jammern als Introvertierte).

R. Lynn and h. J. Eysenck (1961)

University of Exeter University of London

3a. Schlaf. Verschiedene Studien haben untersucht, ob es signifikante Unterschiede zwischen dem Schlafbedarf von Introvertierten und Extrovertierten gibt. Eine Studie untersuchte, ob es einen Zusammenhang zwischen diesem Persönlichkeitsmerkmal und der Tageszeit gibt, zu der wir am aktivsten sind. Es wurde keine signifikante Korrelation gefunden.

James A. Horne, Olov Östberg (1977)

b. Schlafbedarf. Es wurde (in mehreren Experimenten) gezeigt, dass Introvertierte und Extrovertierte eine unterschiedliche Widerstandsfähigkeit gegenüber Perioden mit wenig Schlaf haben. Unter diesen Bedingungen schneiden Introvertierte deutlich besser ab.

Daniel J Taylora, Robert M McFatterb (2003)

4. Problemlösung. Introvertierte und Problemlösung. Mehrere Tests haben gezeigt, dass Introvertierte eine längere Ausdauer beim Lösen von Problemen haben. Dies ist einer der bedeutenderen Unterschiede zwischen diesen Seiten des Persönlichkeitsspektrums.

H. J. Eysenck (1959)

Institute of Psychiatry, University of London

5. Stabilität. Die Dimension Extroversion ist stabil und verändert sich im Laufe der Zeit wenig. Es handelt sich um eine Studie, bei der die Probanden ihre Ergebnisse vier Jahre später erneut testen konnten.

Cobb-Clark, D.A. & Schurer, S. (2012). Economics Letters , v.115 , p.11

6. Geschlechtsspezifische Unterschiede. In einer finnischen Studie wurden 15.000 Zwillingspaare zweimal im Abstand von sechs Jahren getestet. Es wurde festgestellt, dass Extroversion ein Persönlichkeitsmerkmal ist, das nicht zwischen den Geschlechtern zu variieren scheint, aber bei dem es nach dem fünfzigsten Lebensjahr eine gewisse Abnahme gibt.

Viken, Richard J.; Rose, Richard J.; Kaprio, Jaakko; Koskenvuo, Markku (1994)

Journal of Personality and Social Psychology, Vol 66(4), Apr 1994, 722-730

7. Isolierung. Introvertierte sind tolerant gegenüber Isolation und können lange Zeiträume ohne soziale Interaktion verkraften (als ob jemand eine Studie bräuchte, um das zu erkennen).

R. D. Francis (1969)

University College, Wollongong N. S. IV

8a. Störmomente. Darüber, dass Introvertierte empfindlicher auf Lärm reagieren als Extrovertierte.

Lionel Standing, Danny Lynn (1990), Bulletin of the Psychonomic Society

August 1990, Volume 28, Issue 2, pp 138-140

b. Lärm. Introvertierte schneiden bei Lärm im Ohr schlechter ab als Extrovertierte.

Leonard Daoussis, and Stuart J. Mckelvie

c. Musik. Eine Studie zeigte, dass Introvertierte in der Stille und Extrovertierte mit Musik am besten arbeiten.

Sepehrian Azar Firouzeh, Ketabi Afsaneh (2013)

9a. Verkäufer. Eine Studie aus dem Jahr 1976 untersuchte, was den Erfolg im Verkaufsberuf ausmacht. Es wurde kein Zusammenhang zwischen Extroversion und Verkaufserfolg festgestellt.

Allen a. Turnbull, Jr (1976)

b. Stereotypen über Verkäufer. Eine Studie verglich introvertierte, ambivertierte und extrovertierte Verkäufer und fand heraus, dass entgegen dem Stereotyp die schlechtesten Verkäufer extrovertiert waren.

Melinda Wenner Moyer (2012)

c. Mehr Klischees über Verkäufer. Eine Studie mit über 300 Telefonverkäufern ergab, dass ambivertierte Verkäufer die besten sind. Introvertierte kamen auf den zweiten Platz und Extrovertierte waren am schlechtesten.

Adam M. Grant (2013)

10a. Arbeitsumgebung. Ich stellte Gruppen von introvertierten, extrovertierten und ambivertierten Probanden eine Reihe von Fragen, die sich auf die Arbeitsumgebung bezogen. Die Studie wurde mittels eines Fragebogens durchgeführt und mehr als 900 Personen haben geantwortet. Dabei stellte sich unter anderem heraus, dass Introvertierte eine klare Vorliebe für die Abgeschiedenheit haben.

Linus Jonkman (2014)

b. Arbeitsumgebung - Bürolandschaft. 169 Probanden wurden gebeten, in ihrem eigenen Büro und in einer Landschaft zu arbeiten. Die Mehrheit bevorzugte ihre eigenen Büros. Die introvertierten Probanden schnitten in den abgeschiedenen Bedingungen besser ab. Die zusammenfassende Analyse wirft eine relevante Frage auf: Ist eine offene Landschaft ein Gewinn für jede Organisation?

Lisa K. Block, M.S. (1989)

University of Georgia

11a. Falsche Archetypen. Wir haben oft ein Bild davon, wie ein bestimmter Jobtyp auf eine bestimmte Art von Persönlichkeit ausgerichtet ist. Dies ist oft falsch. In dieser kubanischen Studie wurde zum Beispiel festgestellt, dass Programmierer überwiegend extrovertiert sind.

Daniel Varona, Luiz Fernando Capretz & Yadenis Piñero (2011)

b. Archetypen über Entwickler. Diese Studie aus dem Jahr 2009 fand heraus, dass extrovertierte Programmierer schneller beim Produzieren von Code waren als introvertierte.

Sinéad Mc Givney, Alan F. Smeaton, Hyowon Lee (2009)

12a. Glücklich sein. In einer Studie wurden die Glückserlebnisse von 270 Introvertierten und Extrovertierten verglichen. Diese Studie fand heraus, dass die Glücksniveaus gleich waren, aber dass der Weg zum Glück aus unterschiedlichen Aktivitäten für die beiden Gruppen bestand. Insbesondere scheint es, dass, obwohl Glück als mit Extroversion korreliert angesehen werden kann, die wahrgenommene Lebenszufriedenheit nicht mit Extroversion, sondern mit anderen Faktoren verbunden ist.

Peter Hills, Michael Argyle (2001)

b. Glück und Kultur. Mehr über Happiness.

Eine Studie fand heraus, dass das, was wir als „Glück" bezeichnen, nicht nur eine Persönlichkeitseigenschaft ist, sondern auch (vielleicht in erster Linie) mit der Kultur zusammenhängt, aus der wir kommen.

Yukiko Uchida, Vinai Norasakkunkit, Shinobu Kitayama

c. Glücklich sein in schwierigen Situationen. Obwohl Extroversion oft mit Glück in Verbindung gebracht wurde, fand eine Studie aus dem Jahr 1991 heraus, dass introvertierte Personen glücklicher waren als extrovertierte.

Man Yee Ho, Fanny M. Cheung, Shu Fai Cheung (1991)

d. Glück in Ost und West. In dieser Studie wurde das Konzept des Glücks zwischen taiwanesischen und britischen Probanden verglichen. Es wurde festgestellt, dass kulturelle Faktoren einen großen Anteil am subjektiven Glückserleben haben.

Luo Lu (1999)

e. Happiness für Introvertierte. In einem Artikel, der in Psychology Today veröffentlicht wurde, beschreibt der Autor Dan Buettner die Komplexität der Messung von Glück (wie in den oben genannten Quellen) und wie Glück für verschiedene Persönlichkeitstypen unterschiedlich aussehen kann. Er liefert auch Erkenntnisse darüber, warum Introvertierte bei diesen Tests im Osten und im Westen unterschiedlich abschneiden.

Published on May 14, 2012 by Dan Buettner

f. Glücklichsein und Arbeitszufriedenheit. 175 Büroangestellte wurden in eine Studie zur wahrgenommenen Arbeitszufriedenheit einbezogen. Die Introvertierten waren signifikant zufriedener mit ihren Aufgaben und ihrem Job, während die Extrovertierten unterreizt waren.

Laura Sterns, Ralph A. Alexander, Gerald V. Barrett Andfaye H. Dambrot (1983)

13a. Erfolg - Akademisch. Eine Studie untersuchte speziell, welche Persönlichkeitsmerkmale am stärksten mit akademischem Erfolg korrelieren. Die Antwort war Introversion.

David S. Goh, and Charles Moore (1978)

b. Erfolg - künstlerisch. 2006 wurde eine Metastudie über erfolgreiche Kunststudenten erstellt, die herausfand, dass zwei starke Eigenschaften den Erfolg in der Kunst charakterisieren, Introversion und Offenheit (Offenheit, wie sie im Big-Five-Modell etwa als intellektuelle Neugier definiert wird).

Mark C. Gridley, Seiten 247-248 (2006)

c. Erfolg - künstlerisch. Eine deutsche Studie aus dem Jahr 1973 fand heraus, dass zwei Persönlichkeitsmerkmale bei den 50 künstlerisch begabten jungen Menschen in der Studie offensichtlich waren. Sie waren introvertierter und hatten mehr Neurotizismus als nicht-künstlerisch begabte Jugendliche. Von der Gruppe der Hochbegabten waren 15 besonders begabt. Bei diesen 15 war der Grad der Introversion und des Neurotizismus sogar höher als bei den anderen Begabten. In dieser Studie wurde eine besonders starke Korrelation zwischen Introversion und künstlerischer Begabung gefunden.

Karl Otto Götz och Karin Götz

Academy of Fine Arts, Düsseldorf (1973)

14a. Langeweile. Eine introvertierte Superkraft ist die Fähigkeit, sich nicht zu langweilen. Das ist eine Studie, die 25.000 kanadische Jugendliche analysierte und herausfand, dass Extrovertierte eine Aufgabe leichter als langweilig empfinden.

Lannie Kanevskya & Tacey Keighley (2003)

b. Langeweile. Ein weiterer Artikel darüber, dass Introvertierte mehr Monotonie ertragen, bevor eine Aufgabe zu langweilig wird.

Lia Loukidou, John Loan-Clarke and Kevin Daniels (2009)

15a. Aufmerksamkeit. Einer von mehreren Tests der Aufmerksamkeitsfähigkeiten, die zeigen, dass Introvertierte geschickt darin sind, sich auf einen einzelnen visuellen Reiz zu konzentrieren und diesen über längere Zeit aufrechtzuerhalten.

James J. Gange, Russell G. Geen and Stephen G. Harkins (1979)

b. Fokus. 60 Probanden wurden gebeten, sich 40 Minuten lang auf eine einzige Aufgabe zu konzentrieren. Die Studie unterstützte frühere Erkenntnisse, dass Introvertierte eine größere Fähigkeit haben, die Aufmerksamkeit aufrechtzuerhalten und sich auf eine Aufgabe zu konzentrieren.

Richard I. Thackray, Karen N. Jones, Androbert M. Touchstone (1974)

16. Anwesenheit und Wahrnehmung. Obwohl Introvertierte den Fokus nachweislich länger aufrechterhalten können, haben mehrere Studien gezeigt, dass Extrovertierte eine höhere Kapazität für intensive Präsenz haben. Sie sind in der Gegenwart verankert und nehmen mehr Sinneseindrücke (Wahrnehmung) auf als Introvertierte.

Posner, M. I. (1980). Quarterly

Journal of Experimental Psychology, 32, 3-25.

17a. Sucht. Der Zusammenhang zwischen Persönlichkeitstyp und Substanzmissbrauch wurde in mehreren Studien untersucht. In dieser Studie wurde festgestellt, dass diejenigen, die sich am extremen Ende des Spektrums befinden, am meisten gefährdet sind, in Drogenmissbrauch zu geraten (d.h. extreme Extrovertierte und extreme Introvertierte).

H. Ghorbani Amiri, T. Ahmadi Gatab (2011)

b. Sucht - Nikotin. Eine Studie mit Rauchern zeigte, dass es keinen Unterschied zwischen den Persönlichkeitsmerkmalen gibt, wer mit dem Rauchen beginnt. Introvertierte neigen jedoch dazu, leichter aufzugeben.

Ásgeir R. Helgason, Mats Fredrikson, Tadeusz Dyba, Gunnar Steineck (1995)

18. Zeitwahrnehmung. Introvertierte haben ein genaueres Zeitempfinden als Extrovertierte. In dieser Studie wurden den Probanden die Augen verbunden und sie wurden gebeten zu schätzen, wann 15 Minuten vergangen waren. Extrovertierte hatten eine deutlich größere Fehlerspanne als Introvertierte.

G. F. Reed and j. C. Kenna, University of Manchester (1967)

19a. Das Internet und Introversion. In einer Studie zum Chat-Verhalten wurde festgestellt, dass Introvertierte im Allgemeinen glauben, dass sie im Text über das Internet ihr wahres Ich sein können, während Extrovertierte glauben, dass ihr wahres Ich in tatsächlichen Begegnungen von Angesicht zu Angesicht zum Vorschein kommt.

Yair Amichai-Hamburger, Galit Wainapel, and Shaul Fox. CyberPsychology & Behavior. (2002)

b. Internet-Sucht. Eine Studie untersuchte die Merkmale, die die Internetsucht auslösen. Extroversion-Introversion wurde in die Studie einbezogen, aber es wurde festgestellt, dass es keinen Zusammenhang gibt. Stattdessen scheint es bei der Spielsucht um Probleme mit der Impulskontrolle zu gehen.

Andrew J. Mottram and Michele J. Fleming. CyberPsychology & Behavior. June 2009, 12(3): 319-321

20a. IQ. Introvertierte und Extrovertierte scheinen keinen signifikanten Unterschied im IQ zu haben.

Vafaiee, B (2004)

b. IQ. Eine weitere Studie, die versuchte, bestimmte Persönlichkeitsmerkmale mit dem IQ zu verknüpfen. Auch hier wurde keine eindeutige Korrelation gefunden.

Dennis Child (1964), British Journal of Educational Psychology

Volume 34, Issue 2, Seiten 187–196, June (1964)

21. Reaktionszeit. In einer rumänischen Studie wurden die Reaktionszeit und die Handlungswahl in einem Test mit Extrovertierten und Introvertierten gemessen. Es wurde festgestellt, dass es hier zwei signifikante Unterschiede gibt. Die Extrovertierten reagierten signifikant schneller, aber die Introvertierten trafen signifikant bessere Entscheidungen.

Vlad Burtăverde, Teodor Mihăilă University Of Bucharest, Department Of Psychology (2011)

22. Begabte Kinder. Eine Studie aus dem Jahr 1966 untersuchte, was Kinder auszeichnet, die eine Klassenstufe überspringen. Introvertiertheit war dabei ein signifikantes und ausgeprägtes Merkmal.

Dennis Child (1966), British Journal of Social and Clinical Psychology

Volume 5, Issue 3, Seiten 196–199, September 1966

23a. Gedächtnis. In einer Studie von 1979 wurde das Gedächtnis von 40 Studenten getestet. Es wurde festgestellt, dass der introvertierte Teil der Testgruppe eine nachhaltigere und visuellere Erinnerung an die Aufgabe hatte. Dies unterstützte die Hypothese, dass es Introvertierten leichter fällt, ihre Gedanken zu visualisieren. Dies führte auch zu einem besseren Langzeitgedächtnis für die Aufgabe.

Gralton, Moira A.; Hayes, Yvonne A.; Richardson, John T.

Journal of Mental Imagery, Vol 3(1-2), 1979

b. Kurzzeitgedächtnis. In einer Studie aus dem Jahr 2000 wurde das Arbeitsgedächtnis bei introvertierten und extrovertierten Probanden getestet. Es wurde festgestellt, dass Extrovertierte schneller in der Lage sind, das Arbeitsgedächtnis (Kurzzeitgedächtnis) mit bestimmten Situationen zu verbinden. Sie sind mehr in der Gegenwart verankert.

Matthew D Lieberman (2000)

Volume 28, Issue 3, March 2000, Pages 479–486

24a. Multitasking. 160 Studenten wurden in eine Studie einbezogen, in der zwölf verschiedene Zweige des Multitaskings getestet wurden. Ihre Ergebnisse wurden hier mit ihrem Persönlichkeitstyp und ihrer Einstellung zum Multitasking verglichen. Die wichtigste Schlussfolgerung dieser Studie war, dass kein Persönlichkeitstyp beim Multitasking besser abschnitt als ein anderer. Allerdings zeigten Extrovertierte eine starke Tendenz, einen Multitasking-Ansatz zu bevorzugen.

Girgis, Zackary Magdy (2010)

b. Erfolgreiches Multitasking. In Anbetracht der vorangegangenen Beschreibung ist es interessant, das Konzept des Multitasking näher zu betrachten. Eine Studie aus dem Jahr 2005 ergab, dass die wichtigsten Faktoren für erfolgreiches Multitasking Aufmerksamkeit und Arbeitsgedächtnis sind.

Cornelius J. Konig, Markus Buhner & Gesine Murling (2005)

25a. Risikobereitschaft. Dieser Artikel beschreibt verschiedene Studien zur Risikobereitschaft und den damit verbundenen Persönlichkeitsmerkmalen. Die Eigenschaft, die am deutlichsten mit unmotivierter Risikobereitschaft verbunden ist, ist Extroversion.

Nigel Nicholson, Emma Soane, Mark Fenton-O'Creevy & Paul Willman (2005)

b. Risikobereitschaft in einer Gruppe. Risikofreudige Persönlichkeiten mit einem hohen Maß an Extroversion neigen auch dazu, den Entscheidungsprozess einer Gruppe stark zu beeinflussen und zu dominieren.

Rim, Y. The Psychological Record, Vol 14(1), 37-45 (1964)

c. Risikobereitschaft in einer Gruppe - Militär. Die Analyse von Persönlichkeiten durch die US-Armee kommt zu dem Schluss, dass eine Gruppe mit mehreren Persönlichkeitsmerkmalen ausgeglichen sein muss, um effektive Entscheidungen zu treffen. Diversität in Form von Persönlichkeitsmerkmalen wirkt dem negativen Phänomen des Gruppendenkens entgegen.

Army command and general staff coll fort leavenworth ks school of advanced military studies, Walck, Ronald d. (2009)

d. Gene und Risikobereitschaft. In diesem Artikel werden Gene diskutiert, die den Dopamineinstrom beeinflussen und einen Einfluss auf das Risikoverhalten haben.

Camelia M. Kuhnen, Joan Y. Chiao (2009)

e. Risikobereitschaft im Verkehr. In einer Studie wurde untersucht, wie sich etwa 1000 männliche Studenten im Straßenverkehr verhalten. Die Gruppe der Extrovertierten hatte eine statistisch signifikant höhere Häufigkeit von verursachten Unfällen. (Es sollte also immer der Introvertierteste in der Gruppe fahren).

Bernard J. Fine (1963)

f. Optimismus und Risikobereitschaft. Es wird angenommen, dass Risikobereitschaft mit Optimismus verbunden ist. Interessanterweise bestätigte diese Studie die Verbindung zwischen Extroversion und Optimismus. Es gab jedoch keinen Zusammenhang zwischen Pessimismus und Introversion. Stattdessen wurde Pessimismus mit dem Persönlichkeitsmerkmal Neurotizismus in Verbindung gebracht. Das ist interessant, weil allgemein angenommen wird, dass die Abwesenheit von Optimismus Pessimismus bedeutet.

Marshall, Grant N.; Wortman, Camille B.; Kusulas, Jeffrey W.; Hervig, Linda K.; Vickers Jr., Ross R. Journal of Personality and Social Psychology, Vol 62(6), 1067-1074 Jun (1992)

26a. Vererbung. Hans Eysenck testete die Persönlichkeiten von 56 verschiedenen Zwillingspaaren. Die Studie ergab, dass eineiige Zwillinge eine größere Ähnlichkeit in ihrer Persönlichkeit aufweisen als zweieiige Zwillinge. Dies war eine der ersten Studien, die auf die biologische Komponente der Persönlichkeit und auch auf die vererbbare Seite derselben hinwies.

H.J. Eysenck (1956)

b. Vererbung. Eine Studie mit 1200 australischen Zwillingen brachte Persönlichkeitsmerkmale mit den Genen in Verbindung. Der stärkste erbliche Zusammenhang wurde zwischen Extroversion und Neurotizismus gefunden

Wright and Nick G. Martin (2008)

27a. Führung. Eine Studie untersuchte, wie extrovertierte Führung in der Praxis funktioniert. Die Schlussfolgerung war, dass eine Führungskraft mit hoher Extroversion in Situationen mit passiven Mitarbeitern gut ist, während Führungskräfte mit eher introvertierten Persönlichkeiten besser für proaktive, selbstgesteuerte Mitarbeiter sind.

Adam M. Grant, Francesca Gino and David A. Hofmann (2011)

b. Introvertierte Führung. Die Harvard Business School hat im Jahr 2010 einen Artikel veröffentlicht, der auf verschiedenen Studien zum Thema Führung basiert. Sie fand heraus, dass introvertierte Führungskräfte besonders gut für selbstgesteuerte, proaktive Mitarbeiter sind. Darin wird unter anderem beschrieben, dass ein Vorteil von introvertierten Führungskräften darin besteht, dass sie Meetings nicht „monopolisieren“.

Carmen Nobel (2010)

28a. Leistung. In einer rumänischen Studie aus dem Jahr 2007 wurden 247 Studenten gebeten, unter verschiedenen Bedingungen zu arbeiten. Es wurde bestätigt, dass Extrovertierte unter Wettbewerbsbedingungen am besten abschnitten, während Introvertierte ohne Wettbewerbselemente am besten abschnitten. Dies deckt sich übrigens mit den Theorien von Hans Eysenck.

Cristina - Corina ŞTIR, University of Galaţi No. 47, Romania (2007)

b. Gruppenleistung. Eine Studie verglich 82 Teams. In einigen Teams gab es Personen, die sich in ihrer Persönlichkeit ähnlich waren, in anderen Teams waren die Personen unterschiedlich. Die Gruppen wurden nach den Big Five verglichen. Es wurde festgestellt, dass bestimmte Eigenschaften die Gruppenleistung verbessern, wenn sie gleich sind (z.B. Gewissenhaftigkeit). Es gab jedoch einen klaren Zusammenhang, dass sich eine Spanne zwischen introvertiert und extrovertiert positiv auf die Leistung auswirkte. In dieser Hinsicht zeigt die Studie, dass sowohl Introvertierte als auch Extrovertierte in der gleichen Gruppe vertreten sein sollten.

George A. Neuman. Northern Illinois University (1999)

29. Bestrafung. Im Jahr 1937 wurde eine (nach heutigen Maßstäben nicht sehr ethische) Studie durchgeführt. Es wurde getestet, wie Introvertierte und Extrovertierte auf Kritik und Tadel reagierten. Die Schlussfolgerung war, dass Introvertierte stärker auf Kritik reagieren und deshalb ihre Leistung stärker verändern als Extrovertierte.

Forlano, G.; Axelrod, H. C.

Journal of Educational Psychology, Vol 28 (1937)

30a. Beruflicher Erfolg. In einer Studie zur Frage, was Talent ausmacht, wurde festgestellt, dass Extroversion eine hoch relevante Dimension ist, die jedoch im Zusammenspiel mit einem anderen Persönlichkeitsmerkmal Gewissenhaftigkeit (kann salopp mit Disziplin und der Fähigkeit, zielorientiert zu arbeiten, übersetzt werden) wirkt. Eine Person mit einem hohen Maß an diesen beiden Eigenschaften wird am Arbeitsplatz oft sehr geschätzt. Ist die Gewissenhaftigkeit hingegen niedrig, so senkt ein hohes Maß an Extroversion diesen Wert erheblich.

L. A. Witt (2002)

b. Beruflicher Erfolg und Persönlichkeit. Es wurden mehr als 200 Lagerarbeiter verglichen. Ihre Persönlichkeit war damit verbunden, wie gut sie in ihrem Job waren. Es gab nur einen sehr schwachen Zusammenhang zwischen Persönlichkeitsmerkmalen und Fähigkeiten

Patrick M. Wright, K. Michele Kacmar, Gary C. McMahan and Kevin Deleeuw (1995)

31. Dozenten. Die Studie verglich, wie Extrovertierte und Introvertierte sprechen. Es wurde unter anderem festgestellt, dass Extrovertierte dazu neigen, zu lange zu reden und auch mehr irrelevante Wörter zu verwenden.

Elwood Murray & James A. Tracy (1935)

32. Stimme. Die Studie verglich Persönlichkeitsmerkmale mit der bevorzugten Sprechlautstärke. Es zeigte sich, dass Introvertierte lieber leiser sprechen als Extrovertierte.

Edith B. Mallory & Virginia R. Miller (1958)

33. Schüchtern sein. Ziel dieser Studie war es, einen Rahmen dafür zu schaffen, was Schüchternheit ist. Es wurde festgestellt, dass Schüchternheit und Introversion nicht dasselbe sind. Schüchternheit scheint eine völlig eigenständige Eigenschaft zu sein.

W. R. Crazier. (2011)

34. Blutdruck. Eine japanische Studie fand heraus, dass es bei ein und demselben Patienten meist einen Unterschied im Blutdruck gibt, je nachdem, ob der Blutdruck zu Hause oder im Krankenhaus gemessen wird. Bei Introvertierten war dieser Unterschied signifikant, was auf eine größere Sensibilität für die Umstände hinweist.

Hozawa, Atsushi; Ohkubo, Takayoshi; Obara, Taku; Metoki, Hirohito; Kikuya, Masahiro; Asayama, Kei; Totsune, Kazuhito; Hashimoto, Junichiro; Hoshi, Haruhisa; Arai, Yumiko; Satoh, Hiroshi; Hosokawa, Toru; Imai, Yutaka (2006)

35a. Gedankenarbeit. Verschiedene Studien haben untersucht, wie sich die Denkaktivitäten von Introvertierten und Extrovertierten unterscheiden. Hier zeigten Elektrodenscans, dass sich die Aktivität zwischen introvertierten und extrovertierten Gehirnen deutlich unterscheidet, wenn wir unsere Augen schließen.

b. Gedankliche Arbeit. Eine weitere Studie mit Elektroden zeigt deutliche Unterschiede bei extrovertierten und introvertierten Probanden vor allem im Frontallappen.

Ramírez Pérez A, Martínez López-Coterilla M, Fajardo López A, Lardelli Claret A

Actas Luso-espanolas de Neurologia, Psiquiatria y Ciencias Afines (1989)

c. Gedankliche Arbeit und Monotonie. Die Gehirnaktivität wurde gemessen, als extrem introvertierte und extrem extrovertierte Probanden 40 Minuten lang eine monotone Aufgabe ausführen mussten. Die Introvertierten waren in der Lage, die Aufgabe mit besseren Ergebnissen und weniger wahrgenommener Anstrengung zu erfüllen.

André Beauducela, Burkhard Brockeb, Anja Leuec (2006)

d. Gedankenarbeit mit sozialem Charakter. Die Gehirne von Extrovertierten werden durch Mimik stärker aktiviert als durch Denkaufgaben. Die soziale Dimension des Lebens wird von einem Introvertierten als intensiver empfunden.

Andreas Fink (2005)

e. Gedankenarbeit - Gehirnwellen. Eine Studie untersuchte die Alphawellen im Gehirn. Es stellte sich heraus, dass Extrovertierte bei diesem Prozess aktiver waren (oder eine höhere Amplitude hatten, um korrekt zu sein). Man geht davon aus, dass Alphawellen mit visuellen Eindrücken und Wahrnehmungen verbunden sind und einfach in der Gegenwart verankert sind.

J.F.W. Deakin*, K.A. Exley (1979)

f. Gedankenarbeit - Blutfluss. Der Blutfluss im Gehirn unterscheidet sich zwischen introvertierten und extrovertierten Personen. Es scheint, dass Introvertierte eine Vorliebe dafür haben, den Frontallappen mehr zu nutzen als Extrovertierte.

G. Stenberg, J. Risberg, S. Warkentin, I. Rosén (1990). Personality and Individual Differences Volume 11, Issue 7, s663–673

36. ADHS: In einer französischen Studie über Kinder mit ADHS wurde festgestellt, dass die Kinder in der Studie extrovertierter waren als die Durchschnittsbevölkerung. Mehrere Studien haben sich mit der Diagnose ADHS befasst, und mehrmals wurde Extroversion als eine starke Komponente festgestellt (wenn die Big Five als Werkzeug verwendet wurden, geschah dies oft in Verbindung mit geringer Gewissenhaftigkeit)

Bouvard M, Sigel L, Laurent A

Laboratoire LIP, université de Savoie, BP 1104, 73011 Chambéry cedex, (2012)

37. Asperger-Syndrom. Eine amerikanische Studie untersuchte 20 Personen, bei denen das Asperger-Syndrom diagnostiziert wurde. Es wurde festgestellt, dass sie um 25-35 % introvertierter sind als die Durchschnittsbevölkerung. Daher gibt es sogar jene Psychologen, die behaupten, dass Introversion als eine milde Form von Autismus angesehen werden kann.

Sally Ozonoff, University of California (2006)

38a. Kulturelle Unterschiede. In einer Studie wurden verschiedene Kulturen anhand einer Reihe von Parametern verglichen, die auf nationaler Ebene als Hinweis auf Extroversion oder Introversion gelten. Die Studie ergab unter anderem, dass die Vereinigten Staaten das extrovertierteste Land der Welt sind, während Japan das introvertierteste ist.

R. Lynn and S. L. Hampson (1975)

b. Kulturelle Unterschiede - die Big Five. In einer weiteren Studie wurde untersucht, wie die Persönlichkeitsmerkmale der Big Five im Vergleich über 56 Länder verteilt sind. Japan und Bangladesch stechen in dieser Studie als die am wenigsten extrovertierten Nationen der Welt hervor.

David P. Schmitt, Jüri Allik, Robert R. McCrae and Verónica Benet-Martínez (2007)

39a. Weltbevölkerung. Eine Schätzung, die auf der Datenbank des Meyers-Briggs-Tests basiert, hat ergeben, dass 25-30% der Bevölkerung der Vereinigten Staaten introvertiert sind. Es ist erwähnenswert, dass die Wahrnehmungen außerhalb dieses Berichts je nach Quelle zwischen 20 % und 52 % schwanken.

Cherie E. Fretwell, Carmen C. Lewis, Maureen Hannay, Troy University (2013)

b. Prozentsatz der Introvertierten - Geschlecht. 1998 machte Myers Briggs eine Schätzung und fand heraus, dass in den USA Frauen im Durchschnitt 3% extrovertierter sind als Männer.

Myers, I. B., McCaulley, M. H., Quenk, N. L., & Hammer, A. L. (1998). Palo Alto.

c. Anteil der Introvertierten - Trend. Eine Studie zur nationalen Extroversion bestätigt, dass die Welt (im Westen) seit den 1950er Jahren zunehmend extrovertierter geworden ist.

R. Lynn and S. L. Hampson (2011)

d. Generationen. Eine Langzeitstudie hat Persönlichkeitsmerkmale von 1,4 Millionen Amerikanern verglichen, die seit den 1930er Jahren auf Fragen geantwortet haben. Die Ergebnisse zeigen, dass die 90-Jährigen das höchste Selbstwertgefühl und die höchsten Stresswerte seit Beginn der Studie haben.

Jean M. Twenge, Department of Psychology, San Diego State University. Stacy M. Campbell (2008)

e. Generationen. In einer Metastudie mit mehr als 16.000 amerikanischen Jugendlichen wurden Veränderungen von Persönlichkeitsmerkmalen über mehrere Jahrzehnte (zwischen den Jahren 1966-1993) analysiert. Es wurde festgestellt, dass Extroversion eine Eigenschaft ist, die signifikant zugenommen hat.

Jean M. Twenge (2001)

f. Anteil der Introvertierten - Auswanderer. Eine Studie aus dem Jahr 2006 untersuchte, wie sich Inselbewohner von der Festlandbevölkerung unterscheiden. Sie untersuchte auch die Unterschiede zwischen Auswanderern und Menschen, die seit vielen Generationen am gleichen geografischen Ort leben. Es wurde festgestellt, dass Auswanderer signifikant extrovertierter sind als die anderen Gruppen.

Andrea S. Camperio Ciani, Claudio Capiluppi, Antonio Veronese and Giuseppe Sartori (2006)

40a. Status - Interesse an Mode. Dieses Wort beschreibt den Status, den wir in Bezug auf andere zu haben glauben. Phänomene, die wir mit Status assoziieren, sind u.a. Aussehen, Mode, Titel und materielle Besitztümer. Konsistent über mehrere Studien ist, dass Extrovertierte dem Status eine größere Bedeutung beimessen. Das liegt wahrscheinlich daran, dass es sich in erster Linie um eine soziale Währung handelt. Diese Studie aus dem Jahr 2012 untersuchte, was modebewusste Menschen charakterisiert. Die primäre war Extroversion.

Casey Finigan, University of Massachusetts Boston (2012)

b. Status - Plastische Chirurgie. 155 Patienten, die sich kürzlich einer plastischen Operation unterzogen hatten, wurden mit der Normalbevölkerung verglichen. Es wurde festgestellt, dass sie vor der Operation extrovertierter waren, aber auch, dass ihre extrovertierten Züge danach verstärkt wurden.

Tilmann von Soest, Ingela L. Kvalema, Knut C. Skolleborg, Helge E. Roald (2009)

41. Klatsch und Tratsch. Eine etwas andere Studie untersuchte, wie Introvertierte und Extrovertierte mit Klatsch und Tratsch umgehen. Die Schlussfolgerung war, dass beide Gruppen gleichermaßen damit vertraut sind, aber dass Introvertierte es weniger häufig nutzen, um Gespräche zu führen.

Davis, F. B.; Rulon, P. J. The Journal of Abnormal and Social Psychology, Vol 30(1), Apr (1935)

42. Lügen. In einer Studie, in der gefälschte Bewerbungsgespräche erstellt wurden, wurde festgestellt, dass je höher der Grad der Extroversion des Bewerbers war, desto wahrscheinlicher war es, dass er lügt, um den Job zu bekommen.

Brent Weiss and Robert S. Feldman (2006)

43. Einfühlungsvermögen. Im Gegensatz zu dem, was man vermuten könnte, sind Introvertierte im Allgemeinen einfühlsamer als Extrovertierte. Insbesondere Introvertierte, die auch ein hohes Maß an Neurotizismus aufweisen, sind laut einer Studie von 1976 besonders empathisch.

Rim, Y. Scientia Paedagogica Experimentalis, Vol 11(2), 1974, 197-202

44. Kommunikationsstile. Introvertierte und Extrovertierte haben Vorlieben für die Verwendung unterschiedlicher Wortarten. Eine der Schlussfolgerungen der Studie war, dass es etwas einfacher ist, dem zu vertrauen, was Introvertierte kommunizieren, weil es mehr auf Fakten basiert.

Camiel J. Beukeboom, Martin Tanis, Ivar E. Vermeulen (2012)

45a. Lernstile. Eine Studie aus dem Jahr 1992 untersuchte, wie Persönlichkeitsmerkmale die Lernstile von Menschen beeinflussen. Insbesondere die Dimension Extroversion-Introvertiertheit hatte laut der Studie einen signifikanten Einfluss.

Adrian Furnham (1992)

b. Lernstile. Zweihundert Telemarketer wurden in eine Studie über Lernstile einbezogen. Die Studie ergab, dass Extroversion-Introversion eine große Rolle für den bevorzugten Lernstil eines jeden Einzelnen spielt.

Adrian Furnham, Chris J Jackson, Tony Miller (1999)

c. Lernstile - Gedächtnistechnik. In dieser Studie wurde die Fähigkeit, sich Informationen zu merken, bei introvertierten und extrovertierten 12-Jährigen verglichen. Ein signifikanter Unterschied wurde bei der Fähigkeit, Informationen abzurufen, festgestellt. Introvertierte erinnerten sich besser an bildbasierte Inhalte, während Extrovertierte sich besser an das Gesprochene, die verbalisierten Inhalte, erinnerten.

R. J. Riding, V. A. Dyer (1980)

46. Verfälschung. Sich über einen längeren Zeitraum wie ein anderer Persönlichkeitstyp zu verhalten, nennt man „Verfälschung des Typs". Die Forschungen von Dr. Katherine Benziger haben ergeben, dass dieses Verhalten das Gehirn extrem belastet. Sie verbindet es als einen starken Beitrag zum Burnout.

Katherine Benziger (1995)

47a. Narzissmus. Narzissmus beschreibt eine ungesunde Selbstverliebtheit. Es handelt sich um eine Selbstverliebtheit mit einem übertriebenen Glauben an die eigenen Fähigkeiten. In einer Studie über die Persönlichkeitsmerkmale, die mit Narzissmus in Verbindung gebracht werden, wurde festgestellt, dass es eine starke Verbindung zur Extroversion gibt.

Robert Raskin & Calvin S. Hall (1981)

b. Narzissmus und Facebook. Eine moderne Studie untersuchte die Eigenschaften, die Facebook-Nutzer charakterisieren. Es wurde festgestellt, dass Facebook-Nutzer extrovertierter und narzisstischer sind als der Durchschnitt. Gleichzeitig haben sie im Durchschnitt weniger soziale Kontakte als diejenigen, die Facebook nicht nutzen. Es ist erwähnenswert, dass die Studie durchgeführt wurde, bevor Facebook extrem weit verbreitet war.

Tracii Ryan, Sophia Xenos (2011)

48. Selbstwertgefühl. Es wurden mehrere Studien zum Selbstwertgefühl durchgeführt. In den meisten Fällen korreliert die Extroversion positiv mit einem hohen Selbstwertgefühl. Eine Metastudie verglich Alter, Geschlecht, Ethnizität und Persönlichkeitsmerkmale. Die stärkste Korrelation bestand zwischen Extroversion und Selbstwertgefühl.

Richard W. Robins, Jessica L. Tracy, Kali Trzesniewski, Jeff Potter, Samuel D. Gosling (2001)

49a. Partnerschaft. Seit vier Jahrzehnten wird darüber diskutiert, ob wir jemanden suchen, der so ist wie wir, oder jemanden, der das hat, was uns fehlt. Es gibt einige Studien, die sich mit dem Persönlichkeitsanteil davon beschäftigt haben. Eine Studie aus dem Jahr 1997 ergab, dass Menschen in Beziehungen zufriedener sind, wenn sie jemanden haben, der nicht wie wir fährt. Das heißt, wenn Sie passiv sind, gedeihen Sie am besten in einer Beziehung mit jemandem, der dominant ist.

Dryer, D. Christopher; Horowitz, Leonard M.

Journal of Personality and Social Psychology, Vol 72(3), 592-603. Mar (1997)

b. Partnerschaft - Liste der Anforderungen. Eine niederländische Studie untersuchte, wonach wir bewusst in einem Lebenspartner suchen. Die häufigste ist, dass wir nach demjenigen suchen, der uns ergänzt, anstatt nach demjenigen, der uns ähnelt.

Pieternel Dijkstra, Department of Psychology, University of Groningen (2008)

50. Untreue. 470 Personen nahmen an dieser Studie über Untreue teil. Es gab drei Dinge, die die Neigung zur Untreue signifikant beeinflussten. Diese waren: sexuelles Selbstvertrauen, permissive Einstellung gegenüber Untreue und das Persönlichkeitsmerkmal Extroversion.

Scutaru, Elena Laura; Turliuc, Maria-Nicoleta (2013)

51. Gruppendynamik. Halten Gruppen besser zusammen, wenn die Mitglieder einander ähnlich sind? Im Falle der Extroversion lautet die Antwort nein. Studien zeigen, dass das Gegenteil der Fall ist. Wenn eine Gruppe hauptsächlich aus Extrovertierten besteht, stärkt das Hinzufügen eines Introvertierten den Zusammenhalt. Umgekehrt gilt das Gleiche.

Amy Kristof-Brown, Murray R. Barrick and Cynthia Kay Stevens (2005)

52a. Militär. Es gibt eine Fülle von Studien darüber, wie Introvertierte beim Militär abschneiden. Eine NATO-Studie zu „bevorzugten Persönlichkeitsmerkmalen" stellt die These auf, dass ein introvertierter Soldat in sensiblen Bereichen besonders geeignet ist, da dieser Typus Soldat nachweislich eine geringere Neigung hat, in Drucksituationen reflexartig offensiv zu handeln.

Philip Kerbusch, Jeffrey Schram, Karel van den Bosch (2011)

b. Militär. 193 Offiziere wurden nach dem Meyers-Briggs-Typentest analysiert. Es wurde festgestellt, dass alle Charaktereigenschaften vertreten waren und dass es eine Wechselwirkung zwischen introvertiert und extrovertiert gab, die für militärische Operationen äußerst wertvoll war.

Dianna Lea Williams (1999)

c. Militär - Offiziersprofil. Eine australische Studie untersuchte 100 Beamte nach dem BigFive-Modell. Die Studie ergab, dass das markanteste Merkmal der effektiven Führungskräfte eine niedrige Extroversion und hohe Gewissenhaftigkeit war.

McCormack, Luke; Mellor, David, Military Psychology, Vol 14(3), 2002, 179-197

53 Persönliche Sphäre. Introvertierte und Extrovertierte scheinen die gleiche Präferenz für die Größe der persönlichen Sphäre zu haben. Introvertierte hingegen reagieren heftiger, wenn in die persönliche Sphäre eingegriffen wird.

Williams, John L. Canadian Journal of Behavioural Science, Vol 3(2), Apr 1971, 156-160

54a. Die Ladung im Wort „introvertiert". Etwas, das mir aufgefallen ist, als ich mich durch Hunderte von Studien über Introversion gearbeitet habe, ist die Wertaufladung des Wortes. In älteren Studien aus den 1930er, 1940er und 1950er Jahren werden introvertierte Eigenschaften als edel und wünschenswert beschrieben (z.B. „Introvertierte tratschen nicht so viel wie Extrovertierte". In moderneren Studien wird das Merkmal viel stärker problematisiert (Glück wird in den letzten Jahren oft als das eigentliche Merkmal der Extroversion beschrieben), Introversion wird in den letzten Jahren sogar zu einer Diagnose. Diese zeitliche Aufladung ist schwer zu ignorieren. Seit mein Buch geschrieben wurde, gibt es dazu eine These, die es wert ist, betrachtet zu werden. Er beschreibt, wie Introversion von einem Ideal über einen normalen Zustand zu einem pathologischen Zustand geworden ist.

Fudjack, Sara L. (2013)

b. Normal oder pathologisch? Psychologie heute hat einen Artikel veröffentlicht, der beschreibt, dass die American Psychological Association im Jahr 2010 die Diagnose Introversion in das DSM-5 (das ist ein Handbuch der psychologischen Diagnosen) aufnehmen wollte. Nach vielen Diskussionen wurde es nicht durchgesetzt.

Nancy Ancowitz (2010)

55. Kennen Sie Menschen, die introvertiert sind?

Barack Obama. Die Behauptungen über Baracks introvertierte Seite stammen aus seinen eigenen Memoiren, in denen er detailliert seinen Lebensweg und seine Sicht auf die Welt beschreibt. Mehrere andere Quellen, darunter Susan Cain und der politische Kommentator Matt Lewis, bestätigen die Behauptung über seine Introversion.

Matt Lewis (2012), DailyCaller

Meryl Streep. Ich habe unter anderem in Susan Cains Buch Quiet: The Power of Introverts in a World that Can't Stop Talking gelesen, dass Meryl Streep als introvertiert gilt. Ich habe das ganze Internet nach tatsächlichen Zitaten durchsucht, in denen Meryl selbst Farbe bekennt. Was ich gefunden habe, ist nicht, dass sie sich selbst als introvertiert beschreibt, sondern eine Reihe ihrer Aussagen, die diese Theorie unterstützen. Ein Beispiel: „Es ist seltsam: Ich habe diese Karriere, die sich über Kontinente erstreckt, aber das Erbärmliche ist, dass ich nicht vor Menschen aufstehen und sprechen kann. Ich werde sehr, sehr nervös."

Angela Merkel. Das Analyseunternehmen Zetabyte hat eine psychometrische Analyse der Wahrnehmung der beiden Parteiführer durch die schwedische Bevölkerung durchgeführt. Demnach werden sie beide als introvertiert wahrgenommen. Ich weiß nicht, ob sie als Individuen wirklich introvertiert sind. Worüber ich nachgedacht habe, ist vielmehr, dass beide trotz ihrer vermeintlichen Introvertiertheit tatsächlich gewählte Parteiführer sind.

Wolfgang Hanfstein (2012)